陈应松精品文集　卷二

陈应松 著

马嘶岭血案

中国言实出版社

图书在版编目（CIP）数据

马嘶岭血案 / 陈应松著 . —— 北京：中国言实出版
社, 2020.5
（陈应松精品文集；2）
ISBN 978-7-5171-3458-9

Ⅰ . ①马… Ⅱ . ①陈… Ⅲ . ①中篇小说 – 中国 – 当代
Ⅳ . ①I247.5

中国版本图书馆 CIP 数据核字（2020）第 069552 号

责任编辑　代青霞　李昌鹏
责任校对　张国旗

出版发行　中国言实出版社

　　　地　　址：北京市朝阳区北苑路 180 号加利大厦 5 号楼 105 室
　　　邮　　编：100101
　　　编辑部：北京市海淀区北太平庄路甲 1 号
　　　邮　　编：100088
　　　电　　话：64924853（总编室）　64924716（发行部）
　　　网　　址：www.zgyscbs.cn
　　　E–mail：zgyscbs@263.net

经　　销　新华书店
印　　刷　北京中科印刷有限公司
版　　次　2020 年 6 月第 1 版　　2020 年 6 月第 1 次印刷
规　　格　710 毫米 × 1000 毫米　1/16　14.5 印张
字　　数　222 千字
定　　价　558.00 元（全八卷）　　ISBN 978-7-5171-3458-9

目　录

马嘶岭血案

我就要死了。活着也就跟死了一样，脑壳瘪瘪的，像一个从石头缝里抠出来的红薯。头上我现在连摸也不敢摸，睡觉不是坐着就是俯卧着，九财叔那一斧头下去我就这个样子了，当梨树坪的两个老倌子把我从河里拉起来时，说，这是个人吗？这还是个人吗？可我还活着，我醒过来了，指着挑着担子往山上跑的九财叔说："他、他、他要抢我的东西！"我是指我们杀了七个人后抢来的财物，又给九财叔一个人抢走了。医生在给我撬起凹进去的颅骨时说："撬过来了反正还是得崩。"还有一个消瘦的护士给我扎针时说："你还晓得怕疼？我的天，到时一枪下去，那么大的洞看你喊疼去。"我疼得天昏地暗，这不是报应吗？九财叔砸我，我砸了别人，别人都死了，我却疼痛地活着。

就这么等死的时候，前天，老婆水香捎来了儿子的照片，一张嫩生生的照片，背景是红的，是在镇照相馆刘瘸子那儿照的。儿子在向我傻乎乎地笑着，咧着没齿的嘴巴，眼泡肿肿的，耳朵大大的，活脱脱一个水香，活脱脱一个我。

现在是深冬了，早上放风出去地上有凌。再有一个月，我就要与这世界再见了。

今年的秋天，九财叔来找我，让我跟他一起去当挑夫。我当时想都没想，就答应了。一个月三百块钱呀，不少了！尽管是到很高很远的马嘶岭。

1

我记得那个秋天早晨的山路是多么安详，水香的声音在干爽暖和的山路上飘荡着，还带着一股子挥之不去的乳香，紧紧依着我的鼻扇。临走的那天晚上，我糊糊涂涂地就要爬水香了，水香说，别压坏娃子哦。我说不压，不压。我忍了几个月了，可这一走一两个月，我实在忍不住了。水香在下面说，别压坏娃子哦……那个早晨的山道上红叶似火，天空像一张豁然张开的大嘴，瓦蓝瓦蓝，温馨的风像狗毛一样骚扰着脸颊，水香的声音就在那儿荡漾着，像山岚一样娇软若无："别压坏娃子哦……"这声音只有我一个人能听见。我嗅吸着声音里的乳香，在前头快快地走着。我不想跟九财叔走一起。分别时，九财叔睁着那只没眼皮的右眼睛，瞪着我跟水香道："快点上路！"

九财叔也在死劲地嗅吸着，他是在嗅吸空气中霜打过的野柿子的甜味。我给站在石坡上的水香挥手，水香穿一身紧身红袄，肚子鼓鼓。我在想，一个月三百块，这次去当挑夫，我是为水香挑的，为水香肚子里的娃儿挑的。

我们两天以后才到了马嘶岭。

马嘶岭是南山里面的野岭，燃烧得更加炽烈。茂密的冷杉林，鲜红的桦树，高挺的山毛榉，英气逼人的岩上松，还有那么多枫、栌、槭树和灌木的金黄色、暗红色，到处的秋花、野葱、兽迹，让人看得呆哑无言。五十多岁，戴着眼镜，头发趴顶的祝队长拿出一个仪器来，说："到了，是这儿。"另一个姓王的小王就拿出一张地图，指着说："正是这儿。"又问九财叔说："这是马嘶岭吗？"九财叔说不清，小王又问炊事员老麻，老麻也是我们当地人，他说这应该是马嘶岭，他说他听打猎的讲过，马嘶岭到处是野葱野蒜，"这就是了。"他扯了一大把野葱，他说以后我们就有野葱吃了，特别好吃的，用盐溇了最好吃。他掐着野葱的根须，一根根把它们分开，放到鼻子下闻闻，又让那些人闻。小杜就接过去闻了，她是踏勘队唯一的女娃子，她说："好香，好香。"

我们就这么住下来了。他们住一块，我们住一块的是三个人：炊事员老麻、九财叔和我。老麻后来嫌我们，住到厨房小棚里去了，在灶口柴窝里铺一床絮，比我们强多了。我们冷，头一夜就跟睡在冰岩上差不多。我一床被，九财叔一床絮，搭伙的。他的絮又破又烂又薄，怎么也隔不断冰冷的地气，第二天我去割了几捆巴茅垫在下面，才略微暖和些。我们的棚子是塑料纸的，而祝队长他们的是帆布的，还没有缝隙，完整的帐篷，像一个屋子，里面还有间隔，那女娃子小杜就睡在最里头。

刚开始我们知道他们是找矿的，第二天就得知他们是专来找金矿的，是为我们找金矿的。也许就是那个该死的"金"字，这黄灿灿的让人想到荣华富贵的"金"字，开始撩拨我们。不对，应该是撩拨九财叔，撩拨他心中早已枯死的那个欲望。本来他都老了，两条腿虽说能挑个百八十斤的，但也常有蹒跚的样子了，眼睛也没什么神了，内心快坍熄了，只等哪一天一场大病，或是喝酒喝死，阎王爷安静地把他收去。

第二天就听到祝队长说："这就是我们的踏勘靶区。"他指着马嘶岭和岭下的马嘶河谷，声音洋溢着一种喜悦和轻松，好像来这里是玩耍的。其实这里荒无人烟，崇山峻岭，巨大的河谷吞噬着天空，马嘶河和雾渡河在这儿汇合，流淌着的河水在秋天通体泛红，好像一头巨蟒吐出的信子。我听见小杜那女娃子说："好美呀，太美了。"还拿着一个很小的相机咔嚓咔嚓地给他们拍着照片，也让人给她拍。小杜这女娃子长得像山里的洋芋果，圆圆的，个头也不高，爱笑，爱唱歌，我就暗自给她取了个"洋芋果"的诨名。那个身子单薄的小谭长得像根峨眉豆，他的刀条脸和身子，不是峨眉豆是什么！我听见他们说着那周围的岩石，祝队长指着河谷说："这就是开门金。"他比画说，"河流骤然变宽了，流速减慢了，上游带来的泥沙、砾石、沙金都沉积于此了，看见了吧，开门金！"他说了几遍开门金，说过去这儿因为没有人烟也没被开采，可能有小量开采，因为这周围是土匪窝子，没人敢来，就算淘出了金子，也会被抢被杀。

我的心那时有一种豁然开朗的感觉——开门金！我忽然对这些产生了兴趣，仿佛也成了他们中的一员，完全忘了我不过是他们的苦力和挑夫。祝队长是头儿，他总是站在中间，那几个人站在两旁，听他手拿着小锤敲打着岩石讲解，那个常在他手上的有数字跳闪的东西我也知道了它叫GPS，卫星定位的。后来"洋芋果"小杜给我说，它是用十二颗天上的卫星定位的，我们现在站在哪儿，经度多少，纬度多少，海拔多高，它一下就显示出来了。她说，我们现在站的这个地方，马嘶岭的海拔是三千四百零九米。我问她这个东西值多少钱，一头牛钱吧？当即就哈哈大笑起来，把我笑毛了。可我之所

3

以敢问她，是那天大家喝了点酒后我在他们的怂恿下唱了几个山歌子。她说我的山歌子唱得好，当即就把我的山歌录下来了。我知道那是录音机，可没见过那么小那么薄的录音机。我还问过她关于剥离面的事。她指着祝队长指过的河谷对岸，高耸入云的一扇巨大石壁，光秃秃的。我只能隐约知道"剥夷"是怎么回事。剥离面上，经她的指点，我似乎看到了一条石英矿脉，因为在夕阳里那儿闪着耀眼的光斑，还有云母。她说在它的顶上，也就是台面上的塔状熔岩，很好看吧，是一种碳酸盐岩。她说他们去看过了，那儿曾有炼过硝盐的痕迹，地图上有个地名叫晒盐坡，估计是那儿。她说我们这地方保存了第四纪冰川地貌，也就是七八十万年前的，那刃脊、冰斗、冰蚀槽谷，还有漂砾。"你看，"她指指河谷中那些巨型的石块说，"那些石头不是原本在此的，是从别处搬运来的，谁有这么大的力量？就是冰川，冰川就是神仙，力大无比。你看那三角面，很清晰的冰川流动时削磨的痕迹，把巨石从远处搬来了。"

她轻描淡写地给我说着这些，我却觉得她的话撼人心魄，在那个晴朗无风的傍晚，无数玄燕和蝙蝠滑翔的河谷上空，我听到了冰川轰隆隆运动的声响，而当时的山冈是寂静的，旷古的寂静，这女娃子的话让我热血沸腾，浮想联翩，仿佛眼际滚过了那个壮观的七八十万年前的场景。我真的佩服他们。这女娃子跟我跟水香一般年纪。可我没读多少书，初中没读满就辍学了。我爹是个"八大脚"，八大脚就是抬死人的杠夫，他除了抬死人，挣几双草鞋钱，没屁的本事。

这天晚上，西南方的山坡上突然射出了一道强光，有如电焊的弧光，一直刺入云天，把周围的山坡、沟坎都照得如同白昼。那边帐篷就有人惊醒了，问是谁在照。大家都起来了。忽然那强光变成了两个光点，一上一下。大家以为是野兽，五六只电筒一齐射去，那光点一动不动，祝队长就叫大家操了家伙跑过去扑打，不见了影形，也没有什么野兽，遂回到帐篷。而这时，那光点又只剩下一个了，在帐篷顶不远的崖上直射我们。

"这莫不是鬼吗？"九财叔说。祝队长他们那一夜都没有睡着。早晨起来去山坡上查看，什么都没有。方圆百里无一个人，无村庄和电线，这么强的光是从哪儿来的呢，又是什么东西所为？这个问题困扰着我们，祝队长宽大家的心说："你们不要怕，长期在野外生存，什么神秘的事儿都有。这个地方，听说过怪事不少。"九财叔坚持说是野鬼，还说是什么独眼鬼，见了我们这些人稀奇。他说，南山里不仅有几丈高的红毛大野人，还有鬼市。"你们不知道鬼市吧？有一年，来南山采药的一群人，晚上在老林里看到了一条小街，好不热闹，什么京广杂货都有，买货卖货的人把衣裳都挤破了。几个采药人也去买了些东西，有买鞋子的，有买衣裳的，便宜得不得了。第二天早晨一看，鞋子变成了草鞋，衣裳变成了棕叶，店家找给他们的钱全变成了冥钱，再去找那条街，哪儿找去？莽莽森林，除了树，还是树，什么都没有。"做饭的老麻也附和道，他们隔壁村也有过怪树的，有棵叫水洞瓜的树，是千年老树，从来只结籽不开花的，只要六月开花，这年必山洪暴发，开花的时候，树心里面就传出叮叮哐哐的锣鼓声，天一放亮就没了。说有个小娃子去上面掏鸟窝，掏出了三双草鞋云云。事情越说越玄乎了，说得大家脸色发白，倒抽冷气。祝队长就严厉制止道："老官，老麻，你们不要在这儿瞎说了。老官，你要是信鬼，今晚你跟我捉一个来，如果捉不到，你就走人。"

一开始，祝队长就不喜欢九财叔，九财叔本来就不是一个讨人喜欢的人，所以祝队长就想赶他走，这是九财叔恨祝队长的始因。另外，那个一听九财叔说话，就从喉咙深处发出一种怪笑的姓王的博士也不喜欢九财叔。姓王的博士总是干干净净，头发方寸不乱，油水很厚的样子，不过他那个头就像个大田螺。他说："别吓唬我们了，我们这些人都是久经沙场的，别看你们经常在山里转悠，但也比不上我们在野外生活的人。"

九财叔没有捉到鬼，踏勘队就响起了一片嘲笑之声。我们跟在他们屁股后面，挑着一两百斤的东西随行。我们挑夫挺苦，一天十块钱，赚得很难。挑着一两百斤的东西，翻山越坎，过河上坡，他们徒步都困难，更何况我们这些挑夫。一头是他们刻槽取样的石头，剥离的石头，一大块一大块的，就往我们箩筐里丢。有时候，扁担上肩，腰却挺不起来，咬着牙，腰椎一节一节地压趴了，人站起来了，腿都在哆嗦，心想，这就是命。担子的另一头有石头，也有一些贵重的东西，那个像夜壶一样的家伙，是个什么水准仪。水准仪不止一台，有一台是日本的家伙。这些仪器常被分成几段拆卸后放进箱子里，再装入箩筐。祝队长虽然讨厌九财叔，可还是信任他的力气，认为让

5

他多挑贵重的东西牢靠些。

两天后，祝队长和小谭去了一趟山外。为了防止野兽和坏人，他们上山来时配了一杆闪闪发亮的双筒猎枪，还给他们每人带来了一把跳刀。祝队长的绑腿里原来就插了一把美国猎刀，一尺多长，听他说，是一个外国同行送给他的。我慢慢才知道，祝队长其实是去替他们领钱去的，还买烟买电池买扑克，给"洋芋果"小杜买来了许多糖果和女人用的东西。小杜把祝队长喊祝老师，小谭把他喊祝教授。听说祝队长是小杜的导师，小杜是他的研究生。小谭不是，只是祝队长手下的一名工作人员。他下山是去给他在乡下读书的妹子寄学费去的。我听小杜问他："寄了吗？"他说寄了。这是与钱有关的事。每当这时，九财叔的耳朵就支棱得很长，好像是与自己有关。他晚上愤愤不平地告诉我说："他妈的他那娃子一个月就能赚两千多块钱。"他说的是瘦小的小谭，我们都知道他是个山里娃子，与我们口音相近。我问："那祝队长不是更多？"九财叔说："听说他有好几个金矿。"我说："他有金矿？"九财叔说："是人家的金矿，他会找金子，人家就拉他入伙，叫技术股，那金矿他还不占一份？这儿若找到了金矿，他又有了一份。听说他光乌龟车就有两部，有一部现在停在县城里，是他自己从省里开来的。"我不知道九财叔是怎么知道的，你别看他平时闷声不响，瞪着一只永远也关闭不上的可怕的眼睛，可他知晓别人的事来，好像他长了好几个耳朵。

祝队长回来说到那怪光的事，说调查了，周围没有电焊的，说山下的人说了，南山山里是有一种奇怪的光，"学大寨"那会儿，山下一个村里有一块田也发出过怪光，也是贼亮贼亮的，像探照灯。他说："是否与我们踏勘的岩层有某种关系，比如是一种石英，反射了太阳的光或者别的什么光？透明石英也就是水晶。离这里不远据说有几个水晶洞，而且可能还含磷。在那个剥离面上，你们看见没有，有许多水晶亮点，在早晨尤其清楚，已经可以断定，这是石英脉型的金矿。那边的剥离面，花岗闪长岩与石英闪长岩的身边，与金矿最密切，所以，这是金矿给我们的强烈信息。"他转过头来对我跟九财叔说："有了金矿，当地政府开始开采，你们这儿的经济就会大发展，农民就会富起来，公路就会修通，这儿，说不定你们说的那个鬼市就真变成了现实哟。"他对九财叔说："你会顿顿有酒喝。"祝队长罕见地给他开了个玩笑。这种未来的憧憬把老麻说得一愣一愣的，老麻对我们说："祝队长是给我们做好事来了。"

晚上，他的菜做得格外有味，野葱拌上了更多的香油和野花椒，加上祝队长与小谭提回来的两瓶酒，我们一人分了一杯。九财叔和老麻看到酒，眼睛就放光，他们眼里充满了对祝队长的感激。上山来的这几天，我，九财叔和老麻，跟他们踏勘队的六个人是分开吃的。我知道他们的饭比我们好，每顿都有肉，做的时候我和九财叔就闻着香味，直咽口水。我想，要是我们天天吃上他们那样的饭，也就等于做上了城里人，跟他们平起平坐了。

下山了，我那想做城里人的想法，让那一担沉沉的石头压得无影无踪。

我们要挑出他们取样的石头，到山下一个地方交给后勤分队，然后再挑回大米、面粉、菜、油盐。下山就是出山，得来去三四天。当你挑着那么沉重的石头走无穷无尽的石头时，你的心里就像压着一块石头，脚上绑着两块石头。石头缠上了你，百多里的路，峡谷，险峰，乱石滚滚的高地，龇牙咧嘴的悬崖，全是石头，石头，石头。我们上山时还行，与九财叔下去，两担石头，两个无声的人，走在茫茫的石头上，走在深深的石缝里。从出生以来，哪儿挑过这么沉重的东西呀，挑的是石头。九财叔一声也不吭，我在苦巴巴地想着家里待产的老婆水香，欲哭无泪。我在想着人与人的差别真是太大了，过去在家不觉得。原以为一月三百块的工钱，是抱金娃儿呢，而人家小杜、小谭、王博士他们一月就能轻松拿好几千。听说我们村长一个月才拿一百五，大家还羡慕得要死。今年天干，庄稼没啥收成，羊也渴死了几只，收农特税的村长上了几次门。我挑了石头就能生娃子，我挑了石头就能给家里交税，还能给水香和娃儿买吃的穿的。就为这，我也要挑啊。

那天晚上，我累得开始屙血。

我给九财叔说我屙血了，九财叔不相信，到草丛里一看，九财叔叹着气，说屙两天就好了，人的力气都是压出来的，不压不知道过日子的滋味。九财叔说："你知道祝队长有两辆乌龟车吗？"我问他是听谁说的，他说总有人给他讲。他躺在葛藤攀附的石头上，望着林子上面的天空，用石头敲着石壁，说："村里的吉普是村长花三千块钱买回来的，那他的两辆乌龟车不是要几

7

万吗？"我们那儿的人把小车都叫乌龟车，因为它们都像个骚乌龟。我没有搭理他，我在想，水香肯定不知道这会儿我在荒郊野外屙着血，对着一担死石头无可奈何。她以为我是到外头寻快活见洋广去了。没有我在身边，水香肯定是眼巴巴地望着念着我，被子里也空凉凉的。她嫁过来，我还没离开过她，她也没离开过我。我揉着自己已经开始磨烂的肩膀，看着箩筐里的那些石头，想着想着，泪就出来了。九财叔吃惊地看着我，那只没有眼皮的眼睛像一颗苦桃一动不动。他突然从他背着的垫絮里"刺啦"撕下一块棉絮，过来垫到我渗出血水的肩上，又抱出我箩筐里的一块石头，"哗啦"丢进了沟壑里。

我一见慌了神，喊："甩不得的，甩不得的。"我顾不了一切，滑进深沟去捡那块石头，"这不能甩，这编了号的！"

我抱着石头爬上来，九财叔还是那么瞪着我："蛋球！"

"这是编了号的！"

九财叔什么都不知道，人家在石头上写了字，也在他们的图纸上记下了的，画了好多图。可九财叔什么都不懂。

我把矿石重新放进箩筐里。"这是矿样！"我对九财叔说。

"这不就是石头吗，蛋尿！"九财叔说。他没有文化，我跟他是说不清楚的，只当跟猪说。

"好，你屙血，屙！屙！"他恶狠狠地说。

他不理我，他挑上石头一个人上前走了，我也只好又把石头挑上肩，扁担在磨破的肩上吱咯，吱咯，吱咯……

我正在埋头一步一挨着，听见前面一阵响声，我猛然一抬头，看到九财叔握着扁担，站在那儿，一动不动。前面的箭竹丛里，蹿出来一群野猪，就在九财叔不远处！

"上树！"九财叔一声喊，我甩下担子就往最近的一棵树上爬。我还没有看见过拖儿带女黑压压的野猪群，我往上爬，踩断了一根枝丫，从树上掉了下来，摔得屁股一阵锐疼。我看见九财叔非常紧张，可他又不能动，只能对峙在那儿。我这摔下来的一声，让野猪们引起了警觉，一个个竖起毛刺刺的耳朵，亮出尖尖的豁吻和寒光闪闪的獠牙对着我们。我接着又往树上爬去。

"叔，你上啊！！"我拼了老命喊。这一喊，野猪们出击了，箭竹丛一阵哗哗的骚乱，滚滚黑浪就向我们卷来。

"你混蛋！"

九财叔拉下我就朝陡坡下跳去，至少有三米高的陡坡，我落到地上，卡在一个石缝里，脑袋好像撞上了什么，一阵迷糊。野猪的吼叫声在岩上面，过了一会儿，我头脑清醒了，听见九财叔说："治安，治安，你在哪儿？"我说："叔，你在哪儿？"九财叔爬过来替我翻了个身，恶声恶气地说："让野猪把你吃得干干净净！"我摔得不轻，懒得跟他理论，他又吼我要我快抽出开山斧来。我在腰里抽出了开山斧，我们谛听着头顶，野猪们急吼吼的，但并没往下面跳。我们贴在石头下，大气不敢出。"得亏没有血腥味。"九财叔说，他是指我们没有摔出血来，野猪没有对我们继续追击。我看九财叔，已摔得鼻青脸肿了，那只没眼皮的眼睛充血，红红的，脸上、手上有深深的划痕。我知道自己也摔得不轻，浑身疼痛。天渐渐黑了，我们不敢上去，就着石崖，点燃了一堆火。这深山里的秋夜，寒气侵人，我们又冷又饿。九财叔说，千万别动，野猪是很有头脑的。坐了一夜，第二天天亮后，见没什么动静了，我们手拿开山斧小心翼翼地爬上岩去，看到我昨天爬的那棵树，已经被野猪撞倒撕烂了，我们的箩筐也被掀翻，矿石、我们的被子践踏得脏乱不堪，沾满了臭熏熏的猪屎。我们收拾好石头，只好慌乱地逃出这个野猪出没的野猪坡。

这一趟，少了两块石头，是九财叔担子里的。他不知祝队长都标了记号，回来签收单上都记下了。估计是在野猪坡被猪拱翻后弄丢的。为此，祝队长又狠狠批评了九财叔一顿，并且宣布扣他两天的工钱。为这两块石头，九财叔这趟白挑了。九财叔言语不多，没有解释，只是瞪着那只没眼皮的眼睛看着祝队长。我给他们解释说我们遇到了野猪群，可能是野猪把我们的石头掀到山下了，我们还差一点没了命。可是办事认真的祝队长说，这不是理由，这些矿样比生命还珍贵。

"你以为石头跟石头都是一样的？"姓王的博士歪着田螺头给祝队长帮腔说。他们不相信我们的话，以为我们是故意丢弃的。

"你这么一丢，我们这么多人至少一天的劳动白费了。""洋芋果"小杜笑着想缓解气氛。

事实上，那天的气氛并没有缓解。那天晚上吃饭的时候，小谭还给了九财叔一杯酒，说是请他"代"了。九财叔把酒喝了，连谢也没谢人家，倒头就睡了。

我怀疑那石头是他故意丢的，在半道上趁我没注意把它丢掉了，以减轻肩上的重量。

深秋的马嘶岭夜晚，寒风比白天严厉千百倍，有时候飘下一点小雪，有时候飘下一阵细雨——雨是由浓雾带来的，滚滚的浓雾时常淹没我们。在夜晚的深处，马嘶岭万马嘶鸣，它们从天庭滚过，践踏得森林嗡嗡直响。这种马嘶的声音，就像有无数鞭子鞭打着它们。而那几天，我听到的却总是黑压压的野猪在奔跑和狂叫的声音，仿佛它们就在我们头顶，不断地来去，不断地聚散，没有停歇，让我噩梦连连。老麻听了我们的故事啧啧称奇，说："我不信，你惹了野猪没被吃掉，这说不过去嘛。熊比虎狠，猪又比熊狠，这谁都知晓，你们就损失了两块石头？哄鬼！"我说："钱就是用命换的嘛。"老麻就劝九财叔说："有命在，二十块钱就不算啥了，留得青山在，不怕没柴烧。说不定哪一天，你们在这山上能捡块狗头金回家呢。"

没有灯，我们坐在火堆旁，火堆是抵御这凶恶寒夜的一道温暖的屏障。用盐粉揉着一盆野葱的老麻来了兴致，说给我们讲一个狗头金的故事。

老麻那天说的是他们雾渡河上游上辈子人的事。他说马嘶河沿途是有金子的。他说的是旧社会。他说有个人捡了一坨金子，刚开始只觉得是块石头。他把话岔到九财叔丢矿石上去，说："你看起来那是块石头，他们看起来里面就有金子，听说含金量还蛮高呢。"他说有这么个人，是到河滩刨地刨的一块石头，黄黄的，也没作金子想，捡回去丢到猪栏屋里了。晚上起来撒尿，看到那块石头闪闪发光，就知道内容了，找人一问，我的娘哎，是块狗头金，这么大——他比画有一个狗脑壳大——于是就到宜昌去，换了足足五百大洋。

讲过这些故事后，老麻对我们说："你们天天跟他们一起出去挖，说不定走狗屎运，真挖出一坨金子，也有可能。运气来了，门板都挡不住。"九财叔苦笑了一声，沉默了。我给老麻解释说："你以为这石头是狗头金？听说最富的矿，一吨石头才能炼出几克来。"我用手指抓了一撮冷灰示意："就这么多。不过，也有的一吨石头里含一斤多金子的，但这少而又少。"九财叔横了我一眼道："你懂！"我拿出枕头下的一本书给他们看，说："这里面全有。"他们就像看生人一样看着我，我便有点得意了："是小杜借给我看的。"

的确是她借给我看的，是一本《金矿地球物理找矿》。我跟她出去有几天，我们是分两个组，我帮小杜他们挑东西。小杜给过我一种糖吃，不知啥糖，吃到口里一股煳锅巴味，我就问这是啥糖，她说叫巧克力。"很难吃的。"我说。"一颗抵你们小卖部一斤水果糖的价。"她对我说。这么贵！怪不得包得这么精精巧巧的，我就把那红色的玻璃糖纸留住了。她之所以给我糖吃，是听了我唱歌。她有个小机器，里面放一张薄薄的闪亮的圆盘，然后就戴上耳机听，估计里头也是歌。

有一天，她要我再唱，我就给她唱了两句"阳呀阳坡的姐，阴呀阴坡的郎"。我说："我再给你唱几首五句子吧。"我想了想就唱了一首五句子："吃了中饭下河游，一对石磙顺水流，你要沉来沉到底，你要流来流到头，半路丢郎短阳寿。""很好听，"她说，"也很有意思。"我就又唱了一首："吃了中饭扒门站，泪水滴得千千万，可惜泪水捡不起，捡得起来用线穿，情哥来哒把他看。"她一个劲儿说好，我胆子就大了，就唱起邪一点的："吃了中饭下河耍，河下公鸭撵母鸭，公鸭撵得喳起个嘴，母鸭撵得叫喳喳，扁毛畜生也贪花。"小杜和大家都笑了。小杜用那小机子把我的歌都录下来了，她还边听边记下那词儿："为什么总是以'吃了中饭'开头？"是啊，这一问问得我也有点傻了，我说我不知道。王博士却说了："这还不简单，饱暖生淫欲，饥寒起盗心嘛。吃饱了饭没事干，就想那公鸭撵母鸭的事，听说这山里的女孩子是很开放的哦。"我说："也不见得吧。"我说可能是与我们这儿只吃两餐有关，我们这儿早上起来是不吃不喝的，洗了懒就出坡干活儿。洗懒就是洗脸，因为早晨起来人容易懒，吃了喝了更懒。干了一气活儿，太阳当顶了，才回家吃中饭。所以，人吃了饭，才有劲儿，才想唱歌做别的。因小杜要听我的歌，还把它录进她的机器里去，我的胆子就大了，见到丢在她旁边的一本书，就拿起来翻。他们测量，刻槽，取石。我没事，就看那本书，全是怎么找金矿的，后来她就借给了我。

　　在我得到那本书以后的几天里，山岭却是极安静和明朗的。白云们在天空如影随形，有时候，一股小风吹过，会带来一种混合的、但印象强烈的野果成熟的气味，野柿子啦，五味子啦，鲜红的茶果啦，咧着大嘴傻笑的"八月炸"啦，还有吊在藤上快撑不住了的沉甸甸的猕猴桃啦。我钻进林子中去摘，我把五味子、"八月炸"给小杜，把酸不拉叽的猕猴桃给两个背测杆的杨工与龙工。把不软不硬的野柿子给王博士。他们吃着，不停地点头说："嗯，好吃，酸，好吃。"我又给他们唱了一首："吃了中饭肚里嘈，要到后山摘仙桃，七尺杆杆打不到，脱了草鞋上树摇，摇得仙桃满地抛。"

　　那天，小杜、王博士和小谭他们出去了，回来时每人都弄到了大大小小的水晶，就是那种透明得像玻璃和冰块的玩意儿。小杜还意外地弄到了一块红水晶。原来他们是去了一个水晶洞。那块通体透明、红如胭脂的水晶让大伙啧啧称奇。可是祝队长却把他们几个人熊了一顿，说他们是胡来，说我们要把一个完整的矿山留给县里。祝队长因为激动两腮都出现了红疹子，摘下眼镜蒙眬着眼瞪他们说是搞破坏，当场就把小杜说哭了，大家也就不敢吭声，连晚上吃饭的时候也鸦雀无声。那块红水晶是否被祝队长没收了，我不知道。

　　一般来说，我们是早出晚归。每天天刚亮，祝队长的哨子就响起了，"起床了，起床了！"大家惺惺忪忪地起来，不辨滋味地把稀饭裹着馍馍吞下肚去，就灌水，就拿上馍馍，拿上腌野葱野蒜，摇摇晃晃地走了，到了傍晚我们就回到营地，几乎每天如此。这群人——祝队长他们，无论男的女的，就像我们村头磨苞谷的水磨子，不停地干活儿，爬坡下坎，下坎爬坡，写写画画，然后收了仪器，抱来石头丢进我们担子里让我们挑回来。

　　好天气并不是经常有的，没过几天，寒风就缠在岭上、河谷间不走了，黏黏的浓雾悄悄地泛上来，与寒风一起，搅得天昏地暗。但是，即使能见度非常低，祝队长还是催促大家出去，他的要求是：赶在大雪封山之前完成此次踏勘。在雾里，我们挑着仪器以及他们中午的饭食，甚至还有睡袋，还有我们的被子，往勘测点走去。等到中午难得的太阳出来的一会儿，赶紧工作。如果晚上回不来，走得太远了，就随便找一个岩洞住下来，住一晚。在那样的晚上，好歹他们会给我们一张塑料布，也不能抗拒石头上的砭骨冰凉，人像赤身裸体丢在冰窖里。他们虽然有睡袋（是鸭绒的），睡袋下又有油布，拉上了拉链就隔开了寒风，可我看见他们还是在睡袋里瑟瑟发抖，像打摆子的瘟鸡。这些城里来的知识人，还真能吃苦呢，虽然抖，第二天一爬起来，又有了精神，又抖擞着活了，而且他们还啥病都不生呢，我却因受了风寒发起高烧来，浑身滚烫发热，还咳嗽。小杜、小谭他们给了我几颗药吃，老麻还给我熬了些姜汤。我时冷时热地躺了一天，天一放亮，祝队长就进了我们棚子说："你们得挑粮食去哦。"

挑粮食就意味着又要挑石头下山，听到这话，我骨头都软了，我看见九财叔的脸也阴沉了下来。可那是跑不脱的，堆在帐篷里的那些石头，迟早得要我们把它们挑下山去。我就说，那就走吧。我往箩筐里装着石头，杨工和龙工记着数，记着，然后将记了的纸装入一个信封，封上口，让我们带着一起送下山去。

我们正准备要走的时候，小谭突然说要跟我们一起出山，他说他请了个假。是不是又要给他上学的妹子寄钱呢？当时不知道，走到半道上，他才说是想下山去打个电话，问他母亲的病怎样了。小谭穿着一双旧旅游鞋，披着油布（又防下雨又可垫着睡），背着旅行包。他说他母亲得了绝症，做了手术，家里欠了许多债。他说他早就不想在祝队长这儿干了，才两千块钱一个月，他早联系好了深圳那边，一去就是八千的月薪。可祝队长留他，说不能缺少他，他是看祝队长的面子才留在他身边的，祝队长对他有知遇之恩。当他说深圳有八千块钱的月薪，着实让我有点吃惊，我们那儿也有人去深圳打工的，不就几百块钱一个月吗？来去的车费一除，也就跟在宜昌打工差不多。我说起这，小谭就说："这就是知识值钱。"他说他们那儿也是穷山沟，他家有五姊妹。他是他们乡第一个大学生。他说他上大学的那天，全村的男女老少都去送他，一直把他送了十几里地，还放起了鞭炮，就像过年似的。他问九财叔几个孩子，九财叔说三个女娃，老婆死了，还有个八十多岁的老母。他问我为何没读高中，我说没钱嘛。他说他母亲之所以得绝症，是因为卖血给他读书，他说他还有个姐姐，成绩很好，为了他，就辍学去打工了。九财叔在后面暗暗地对我说："别听他说得那么可怜，他是防我们呢。"我不解，九财叔就说："很明显嘛，我们两个，他一个。"可是我不信，回来的时候我见他眼睛红红的，看来电话是打通了，他说他母亲不行了，他抽着鼻子，说等这次踏勘完了就回家去，还不知能不能见上母亲一面。

好在来回都没有再碰到野猪，多了个人，胆也大些。我因为感冒，四肢无力，回来时挑着挑着就实在挑不动了。我挑着两袋共八十斤面粉，一袋五十斤的米，加上蔬菜、肉鱼，足有两百斤。小谭说："看你这瘦小的个子还真能挑啊。"我说："哪是能挑，还不是为了一天十块钱！你们的知识值钱啊，我们这儿也有个说法叫力大养一人，志大养千口，而我连力也不大，唉。"我挑不动了，就让他们先走，反正有床被子，挑到哪儿睡到哪儿。九财叔说："不行，你一个人，碰上野猪和其他野牲口了怎么办？"我们出山的那天，在野猪坡的箭竹林里虽没遇见野猪，但看见过一头老熊，可能快冬眠了，躺在竹窝里没理我们。九财叔说："万一不行，小谭你就先走，我跟他慢慢来，你反正知道的，跟祝队长说一声，小官他病没好，路上要耽搁一些。"小谭说："我倒也不怕，一个人走，我身上又没有钱，连手机都没有，就一块手表，还是电子表，十几块钱的。"这话是说给我们听的，意思是跟我们一样，穷鬼，让我们打消打劫他的念头，他已经暗示过无数次了。他说的也是实话，那么多人里，就他没手机，那些人都有手机，是他告诉我们的。他说手机是个寻常物，城里一人两三部也不稀奇，而且淘汰很快，年把就得换个新式样的。小谭说，还是大家一起走吧，安全些。他把我箩筐里的那袋米背上，这样我就轻了许多。但腿还是软的，又加上咳嗽，人一咳，就气喘，气一喘，心就慌，心一慌，身子就飘，一步不稳，歪下了沟坎去。

这一跤，人没摔坏，爬起来，面粉袋子摔破了一个，白花花的面粉撒了一地。我很害怕，说："小谭，你得给我作证啊。"九财叔把我从沟里拉起来，又去收拾面粉。小谭说："这不是你们的错，面粉就算了，树叶石子的，收起来也没法吃。"

好在有小谭作证，本来我又是带病，祝队长没扣我的工钱。可刚到营地，我就倒下了，有种快死的感觉。"八大脚"我爹说，人死就是一口气，一口气上不来，人就死了，就归他抬上山了。如果就一口气的有无来证明一个人的死活，那死就是很轻松的事。为什么有的人临死前疼得清喊辣叫？为什么有的人死时流着不断线的泪水？我认为我那一次体验到了死亡，在那个垭口，三两里地外的营地在向我招手，可是我再也挑不动了。"你真的不能挑了吗？"

小谭问我。我说我挪不动了。他说时间还长啊。意思是你这个样子，不能跟我们干到头啊。我一想，又怕他们赶我走，不要我了，我就咬了牙，不让担子歇下来，一歇下来，担子就成了一座山。我走，那两个筐子就像有两个魔鬼一前一后使劲儿扳着你的扁担。筐脚还时常绊着石头或者树枝、葛藤，脚下又是沟坎又是悬崖，每当筐脚碰一下，手抓住的绳子就会拧圈儿，人就晃悠，就像无常鬼来拽你的命让你进地狱。脚下没有弹性，扁担就没有弹性，就会东磕西绊，这是挑担的人都知道的。看着破了的面粉口袋，祝队长一言不发。小谭真的就为我说话了，我终于等到了一个主持正义的人，他说小官病得不轻。我坐在地上，浑身汗泥，真的病得不轻了。祝队长挥挥手说："好吧，好吧，赶快吃药。"

祝队长没有扣罚我的工钱，这刺激了九财叔，他大着胆子去找祝队长说："能不能不扣我上次的二十块钱？"

"这次与上次无关。"祝队长说。

"可我这次什么也没撒呀！"

他在表功，他在把我做错的事与他作为对比。这让我十分恼怒，再怎么我们是一起来的，还是他的表侄，他这个表叔哪像个长辈？他的意思是不是说，该扣的要一起扣，一视同仁？他就是这个意思，九财叔。九财叔就这样让我看轻贱了他。

然而过了一天，又要我们下山。说是我们捎回的信上说，就这两天就有发电机了，是山上要的，要我们去挑上来。

祝队长催促我们，是因为头一天晚上那该死的怪光又出现了。我们的营地黑咕隆咚，那光白刺刺地出现，照过来，就像被坏人，被土匪团团围住似的，十来个人无路可逃了，末日来临了。

"大家拿上家伙！"

半夜就听见那边的帐篷里祝队长他们吼叫着。我们操起了开山斧——一般我们都是插在后腰的木叉子里的，山里的每个男人都这样，每天出门上山都要带上，可以砍葛藤荆棘树枝开路，可以对付野牲口，还可以对付歹人。我们拿着开山斧出去，老麻拿着一根棒子。就见一道白光从崖顶直射下来，令人睁不开眼睛。一声果断的枪响，那光倏忽消失了。祝队长提着枪，大家的电筒一齐照着，手举刀棍跑过去，中弹的地方什么也没有，是一块石头，上面留着清晰的弹痕。姓王的王博士接过枪去，又朝林子深处开了一枪，大喊道："有种的出来！"

"出来！出来！出来！"大家齐声喊。

没有东西出来。祝队长就说，赶快把发电机挑上来。

九财叔要提条件了。因为他有气，所以他提出了条件。他说要把那管双筒猎枪给我们带着，因为野猪坡野猪很厉害，人命关天。另外能不能少挑一点，下山后再叫两个挑夫来。没有一个条件能让那个古板的祝队长答应。祝队长说，枪不能带，队里只有一杆枪，要保护那些仪器，还有这么多人。他说："你们两个在山里钻惯了，多留个心眼没事的。"九财叔说："那要是有个三长两短呢？"祝队长火了，说："你们的开山斧是吃素的吗？"可是，再要是碰上那群野猪，甭说是开山斧，就是枪也没用，野猪横了，一头猪顶三只虎两头熊。我和垂头丧气的九财叔就商量着怎么样躲过野猪坡，九财叔说，反正这命要丢在马嘶岭了，回不去了。那怪光缠着我们不走，野猪又来撵我们，难道来这儿就是命？九财叔就对着山磕起了头，他拜了几拜，也没说话，站起来，从背后抽出开山斧，朝一棵红桦猛地砍去，哗啦啦，红桦上飞出了两只大鸟，哇哇地叫着消失在林子上空。我看见红桦淌出了乳白色的汁液。那大鸟凄厉的叫声萦绕在山冈上，久久在我们心上盘旋。

我们走了。九财叔好像攒着一把劲儿，匆匆走在前面。我心里好害怕，只得紧紧跟着。走了一气，九财叔在前面歇下来了，把扁担横在两筐上，坐在上面，敞着怀，吼着气。我们已经过了河谷，望不见营地了。九财叔说："见了野猪别跑，这还要我教吗？"我点着头，九财叔又说："光是对他们来的，我算了算，我们熟，他们生，要害害他们，他们这么不讲道理，还是读书人，种田搓泥巴的就不是人吗？"我也替九财叔说话，我说："他们是要不得，我们命都快丢了，他们还扣二十块钱。"九财叔恶狠狠地说："有独眼鬼干脆把他们都吃掉！不讲理！"在枯死的箭竹林里，光秃秃的风发出翻来覆去的沙沙声，好像也在恶咒，好像有无数的野牲口和野鬼来了，被九财叔召唤来了。"来一个敲他们一个！来一个敲他们一个！"我听他说。他一定是很恨了。忽然，我听见"哗"的一声，抬起头一看，九财叔把一箩筐石头全倒出来了。

"九财叔，你这是干什么！"

"嘿嘿，"九财叔干笑了，九财叔踢了箩筐一脚，那颗快蹦出来的眼珠子对着我，"我找狗头金。"

他好可怕，我跑过去，站在他的前面。他真的在石头里扒拉着。

我赶快给他把石头往箩筐里装。他说："你不要怕，你何必这么怕他们？"我说："我不是怕，我怕哪个，我是想平平安安回去，弄完了我们好回去，我去伺候月子。"九财叔说："二十块钱哪，你晓得，二十块钱！"他仰天长叹，我看见他那只不能闭合的眼里流出了混浊的泪水。我的心里也沉重起来，我知道这二十块钱对他来说是个大数字；我知道他家徒四壁，三个女娃挤一床棉被，那棉被渔网似的；我知道他常年种洋芋刨洋芋用一张板锄一张挖锄，第三张锄是没有的；我知道他家房里作牛栏，牛栏破了没瓦盖，另外也怕人把他家的牛偷走了，这可是他家最值钱的家当；我知道有一年他胸口烂了一个大洞，没钱去镇上买药，就让它这么烂，每天流出一碗脓水；我知道去年村长找他讨要拖欠的两块钱的特产税，他确实没有，村长急了，铲了自己一嘴巴，说："我他妈这么贱让人磨，我给你付了。" 二十块钱对祝队长他们来说也许什么也不值，可对于九财叔来说，那可是十年的特产税啊。

菩萨保佑，这一趟出山还顺。我已经不屙血了，肩膀和脚上的血痂也慢慢好了。这次回来时我们挑着小发电机、汽油，小心翼翼地蹚河爬垭，翻山越岭。我们大多走兽道。兽道是野牲口们走的，野牲口爱走熟路，走多了，就有一条道。回到马嘶岭之后，晚上发电机一响，电灯亮了，营地有了从未有过的生机。

整个马嘶岭好像也有了生机，天气彻底地晴朗了，灌木丛和森林红艳艳地拥挤在一起，远处的山脊从红绿相间中跳出来，惨白惨白，像涂了一层石灰似的。一切都显得那么幽深、壮丽、清晰、懒散，而更远的群山如黛，连绵不绝，像一些晾在阳光下的绿绸子，环绕着我们。河谷里的流水也越来越明亮，越来越光滑，细得像一根绳子。

不过这次回来后，有好几次，我就发现九财叔站在祝队长的身后，也不说话，也不动。他也站在我身后过，不动，把我吓一跳。他是不是想说那二十块钱的事？不得而知。祝队长爱坐下来抽一支烟，眯着眼望群山。祝队长似乎知道九财叔站在他身后，有时慢慢转过头来，看九财叔一眼，表情平静，这时候，九财叔就会走开。祝队长有时候也摆弄他的手机，按去按来的，因为这里没有信号，不知他摆弄什么。老麻说，上次那两个人给祝队长又带上来一个手机。他伸出三个手指，表示有三个手机，"啧啧"了几下，说："有五十多个电话找祝队长，可找不到他，都是要他下山去。他说他不理会这些，在春节之前把这次踏勘搞完了再说。"老麻说，我们可能还得待一两个月。我愕然了，说："那我媳妇就要生了。"老麻说："多一个月是一个月的工钱啊。"

老麻显然心安理得，可能为多待一些时日暗暗叫好。这老麻顶多是跟别人整零席的红案师傅，平时也没啥人找他，在这儿吃了喝了还拿工钱，又不挑又不扛，又不早出晚归又不吹风淋雨，他当然喜欢了。

好像要下雪的样子。这天半夜果然下起了雪子儿，然后就是雨，这场雨来势可凶猛，雨夹雪霰，打得我们的塑料布顶像要穿洞了一样。正迷糊间，雨水漫进了我们的帐篷。我是做梦梦见掉进了村里的那口深潭，腆着个大肚子的水香硬是不来救我，她就站在潭上面。我冷啊，醒来一看，我们已经泡在水里了。外面已经闹哄哄一片。

"快转移！快转移！"

许多电筒的光柱在那儿横来扫去。我们出去一看，崖上的雨水就像瀑布一样朝我们泻来，非常急遽。我们按指挥把东西挑往一个不远的小山洞，先到洞口的杨工和龙工说刚才洞里出来了一头野兽，但我们没有看见。他们说像羊，进去后里面果然有一些野牲口的粪便，根据我的经验，好像是灵鬓羊，个头挺大的那种。洞里本来就有水流出来，现在更大了，我们把他们认为贵重的东西搬进去。搬完东西，就生火烤衣裳。可烟雾出不去，熏得大家都受不住，特别是九财叔，那只不能关闭的眼睛里就哗哗地淌泪，他后来干脆就出洞去了。他披着雨布，坐在洞口，那只眼睛亮晶晶地看着远处我们被淹的营地。我们就睡在门口，其实是坐，裹着湿漉漉的被子，坐等天亮。

天亮后又因柴火全湿了，没有吃的，他们给了我们一人一块压缩饼干。九财叔说："这石头一样难啃啊。"老麻说："他们有凤尾鱼。"我已经看见了，是一种铁盒罐头。我们闻见了鱼香。

中午太阳出来了，我们抱被子翻晒，拉垫絮的时候，从絮里抖出一个红红的东西，我一看，是个女人的发卡。这是小杜的，小杜夹在前额上的，是其中的一个。小杜有两个，那两天我看见她只夹了一个，原来这一个到我们絮底下来了！那东西抖落出来后，九财叔就飞快地抢了过去，对我说："你小子别管。"他藏进了内衣口袋，把个破毛衣领拉得大大的，往胸里头塞。他露出宽大的烟牙，嘴巴就不由自主地缩到了耳根，耳朵也突然变得很紧了，那只可怜的右眼珠好像要跳出来，变成一颗落地的秋板栗，会发出"叭"的一声。这使我不再敢惊讶，装着没事的样子，继续晒着被子。不管怎么说，小杜的红发卡都是很漂亮的。小杜长得不漂亮，但不知怎么，夹上那两个红发卡在右前额的头发上后，就显得好洋气，头发还是黄的，染了的，黄发加红发卡，跟咱们山里人夹发卡又不一样，夹在不该夹的地方。

我明白九财叔是在暗中弥补他的那二十块钱。他要把它补回来。吃饭的时候，他死胀，一碗一碗添。人家要四个馍，他要五个六个。"我能吃，怎么的？"他说。若在家里，顶多一碗洋芋就解决了肚子，他是个铁骨膘，瘦，肚子并不大。他吃得直翻白眼，嗳气，打嗝，我都看不下去了。踏勘队的人已经看出了他是在闹情绪，他故意夸张地吃饭，是在与祝队长作对，是在表示他的抗议和愤怒。

就在我们遭水劫没几天，好消息传来了，祝队长他们在那剥离面的西南，发现了一个厚度达三十多米，斜深达千米的富金矿，说还伴生有黄铁矿、铜、锌、铅等多种矿物。这是初步证实的结果。祝队长说，最保守估计，以后一年可以给县里带来几百万的财政收入。那天，营地真的是一片欢呼。姓王的博士在回来之前还用红油漆在那儿的石壁上写下了"我来也"三个大字。祝队长余兴未尽地用望远镜望着河谷对面，望着小王写过字的地方，说："证明我当时的推测没错。"我记住了他们那天所说的"斜卧矿柱"。我没有望远镜从远处看他们的发现，河谷总是雾霭蒙蒙。我在想象这个斜卧矿柱的巨大，它哪一天站起来，像一个有生命的东西站起来，站得比马嘶岭还高，浑身是金黄色，金灿灿的，该是一种什么气魄啊。

"关你鸡巴事！"九财叔对我说。他拍了我一下肩。他在我的傻傻的表情上看出了高兴——分享着踏勘队的喜悦。他忌恨地说："咱们后山的磷矿也说是国家的，给谁包了？金子再多，会多给你二十块？！"

我说："这总归是好事呀。"

老麻说："老官的气还没顺。我说，矿是肯定给人包的，但承包款和税收是每年得给当地政府交的啊，祝队长说的财政收入，是指这个。"

九财叔讽刺他说："你是乡长的口气咧。"

老麻说："有一说一嘛。"

我说："我不管金矿银矿，他们早点结束了，我们就可以早点滚蛋了。"

我想的是这个，我真的想这个，想回家，想水香，想她那么沉甸甸的肚子。我只想水香生娃子时我在她身边，我拿了踏勘队的工钱，我就去县城给水香买一对那样的红发卡，穿了洞的小树叶一样的，也夹在水香右额的头发上，怪好的，怪经看的。黄连垭的人都不知道这种夹法，也没有这么漂亮的发卡。九财叔的三个妮子虽然长得还不错，可就一个发卡，看他给谁夹。我们水香脸型好，眼睛、嘴巴都比小杜好看，皮肤也比小杜好，又不戴眼镜，怎么看都舒服。别看山里人，山里人喝的水好，人就是灵秀。小杜的胸奶也不大，我看比野柿子大不了多少。她早上不吃饭，大家笑她减肥。这么不肉气的妮子为什么还要减肥呢？城里人真搞不懂，蛮好笑的。我突然想到我买了红发卡还要给水香买一条红牛仔裤的，就像小杜身上的那条。可我想了想县城我见过的衣摊，似乎没有红牛仔裤，只怕是要到武汉城去买。红牛仔裤真是很亮，贴身贴肉，裹得屁股大腿怎么看怎么舒服。我真的有愧于水香，什么都没给她买过，她跟上我了，吃没吃什么，穿没穿什么，在家里地里忙这忙那，去了集上，买这不敢，买那没钱。几个小票子捏出水来了，回来时，还捏着，还是没用，还对我说："不要买，街上尽宰人，哪儿都贵！"

踏勘队遭了水劫后，许多图纸淋湿了，丢失了不少数据，祝队长为此闷闷不乐，说时间又耽误了，要加紧补数据。他的情绪影响了踏勘队。踏勘队的人都木着脸干自己的事，一点儿笑声都没有。那一天，他们去补数据，我们就在姓王的博士的指挥下，在营地加固帐篷，主要是把帐篷四周的土堆堆高夯实，以防崖上的雨水再下浸。小王不让我们进他们的帐篷，这没什么。

他守在帐篷的门口，看着我们挖土，挑土，培土。那天天气尚可，雾渐渐开了，他就搬出一个仪器来，许是没事，就摆弄那玩意儿，朝河谷和河谷对面看着。这小子一定是在观察祝队长他们。远处的森林浓如烟霞，依山势的爬高而呈现出陡峭的层次，树干白得耀眼，山壁黄得瘆人，天空云彩斑驳。我们的一双肉眼看到的就是如此。不知怎么，九财叔被那个仪器引诱了，他想看看让王博士入迷的东西究竟是什么。于是趁姓王的去山崖边解溲时，跑过去瞄了那仪器一眼。估计他还没看清楚仪器里面的东西，身后就传来了排山倒海的一声怒吼："干什么！"

又说："这个值几十万！"

九财叔腿一软，当时脸都白了，人吓人，吓掉魂，有这句老话。九财叔就赶忙跑到一边去了。几十万哪，九财叔把它碰倒，碰坏了，他拿什么赔？

九财叔躲到了一边去挖土，锹怎么也插不进去，没力了，整个身子都软了。一种深深的委屈和愤恨从他的那只眼里射出来，像刀子一样，让人心尖发寒。到了晚上，他开始发烧，躺在床上，身子发着抖，还四肢抽筋，发出喊叫，像被鬼掐了喉咙一样。

他说："快去给我收魂。治安，快去喊我的魂回来！"他从头上扯了一把头发下来，让我用一张树叶包好，烧了，放进他装水的碗里，喝了，用一块石头刮着空碗。他把碗交给我，说："你就这么刮着到外面去，喊我的名字，要我回来。"他指示我往黑夜的深处走去，越远越好。我走着，喊着："官九财，回来啊，回来啊，官九财。"我在向深邃无边的黑暗走去，到处都是鬼魂，昏暗的星星，恐怖的森林，陌生的荒野，还有一些绿莹莹的野兽的眼睛……我喊着，浑身寒毛倒竖，鸡皮疙瘩凸起，我看见了在森林里游荡的九财叔向我走来了，有一群高矮不一的野鬼簇拥着他，有两个鬼拿着钩子，两个鬼拿着刀戟，寒光闪闪，好不骇人！黑无常头戴"天下太平"的帽子，手拿绳索；白无常头戴"一见生财"的帽子，撑着破伞；夜叉豹眼，猪腿，手拿催魂鞭；贵神长舌，鹰爪，腰扎障眼巾……我的魂好像也要同他们汇合了，我喊着，又不敢大声，我跟着大神小鬼送九财叔的魂回棚，我刮着碗，刺啦刺啦，刺啦刺啦……后来我丢下了碗，发疯一般朝棚子里狂跑，大叫一声，与老麻撞了个满怀，顿时委地瘫痪了。

唤魂的事让老麻说出去了。祝队长气急败坏，说："好啊，你们在这儿装神弄鬼，这还得了，这是什么地方？这不是你们的村子！"他拿我们没有办法，他那些东西要挑，他只能发发气。奇怪的是，九财叔的烧不吃药就慢慢退了，这作何解释，这是啥原因？

这以后，九财叔又盯上了王博士，只要姓王的背对着他，他就会不顾一切地站到姓王的后头，就那么站着，跟站在祝队长身后一样，等姓王的回过头，他又什么事都没有地赶快走开。有一天，在踏勘休息时，我看见姓王的拿着一个钱夹子大声追着九财叔质问："你看什么吗？你看什么吗？"王博士并不知道他吓掉了九财叔的魂，只当是他爱看个稀奇。祝队长就说："这老官，有病。"王博士晃动着他那个钱夹，意思是没什么钱，钱夹里夹有一张照片，与一个女的合影，两个人戴着那种方帽子，从上面还坠下黄璎珞。听他们说那就是他的老婆。不过我心里清楚，九财叔不是想看稀奇或者好奇才站到他后面的，那是九财叔一种无声的示威。他恨，执拗地、单刀直入地愤恨。一个不能表达、无从表达、不敢表达的人，很快就将一般的成见变成了仇恨。这太正常了，可是，也许祝队长和王博士未有察觉，这非常危险。为什么不让他表达出来呢？可怜的九财叔，沉默的九财叔。他这以后真的就像掉了魂似的，躲在一处抽烟，发呆，丢三落四，爱理不理，眼神恍惚。

我的印象也被搞坏了。我给九财叔唤了魂的，装神弄鬼也有我一份。我发现小杜都懒得理我了，他们瞧不起我们。那天晚上，当我把书还给小杜时，经过他们的床铺，他们问我干什么，有什么事，我说给小杜还书，他们要我丢在那儿，可我又想再借一本，我就说我亲手交给她。我就进去了，我感到他们的目光像针扎在我的背上，让我变成了一个刺猬。那些目光是审视的，冷漠的，也是不屑一顾的。我那天知道不该闯入他们的帐篷，但我那天实在好想再弄点东西看看，特别是关于"斜卧矿柱"的内容，书上肯定是会有的。我进去后，看到"洋芋果"小杜在一个本子上记着什么，已经偎在她的睡袋里了。她见了我，像被火烫了一样往里缩，慌乱地"哦"了一声。我说，我是来给你还书的。我再没敢说什么，便飞快地出来了。前面的火塘边，祝队长他们正在分烟，说着话，看了我，也像看一个怪物。我本来想好了，出他们帐篷时有一句客套话——"你们歇吧"说的，可出来后根本轮不到我说，因为我不存在，我是个很让人小瞧的乡里人。

外面一片漆黑，马嘶岭上荒凉的夜嘶声像老妇人的呜咽，像受难的马在马槽里惨叫着。那天，我真希望神奇的怪光出现，照着我，我就要向它走去，告诉它这里的一切，向它讲我心里的话。我什么也不会怕的，我在心里喊："光，光，你怎么还不来啊！"那像利剑一样的骇人的光，刹那间照彻了这深广黑暗的光，刺中了什么，还真是一种惊异呢。我真希望这儿多出现点怪事，冲冲这里的压抑，冲冲人心里黏稠的东西，让人振奋得发一下抖！我走进我们那塑料布被吹得呼呼乱响的棚子，摸黑钻进被子，听见九财叔磨牙的声音多么响亮，就像在磨一把斧头！

其实，我知道踏勘队的他们是对着九财叔来的。他们对九财叔有些警惕，他们就把我们一起防了。这些都让老麻无意中说出来了。有一天，老麻弄了几个套子，套了一只经常出没在坡上的麂子，弄了一锅热气腾腾的麂子肉汤，结果祝队长不但不领情，还硬要把老麻赶走，说是"两个山字一垛，请出"。老麻好心办了坏事，祝队长从不吃野味的。老麻背着行李卷就只好走了。但是踏勘队其他人替老麻求情，因为做这么多人的饭是件大事，炊事员一走，工作就乱了。于是劝好了祝队长便去追赶老麻，把老麻从路上截了回来。老麻好像知道他们会来截他，在山道上紧走慢走，哼着歌儿。见他们赶来，故意说："缺了我这个烂萝卜，还整不出酒席来？再请个好厨师，比如说老官，可以给你们做饭蒸馍呀。"姓王的博士就说："你就别假客套了，你明知道我们不放心那个老官。"

老麻重返营地拿起锅铲的那个晚上，在棚子里他对我们说："读书人认死理，犯牛倔。"老麻给我吹嘘说："我说不回来了，他们几个人拉脱我的袖子。我说，衣裳拉坏了是有价的，他们就说，拉坏一件赔你两件。嗨！不是我说，你叔走，他们还巴不得呢。"

老麻得意了好几天，把姓王的说的话全透给了我。他还唱歌："远望姐儿穿身白，擦身过去不认得，鹞子翻身掐一把，桃红脸儿变了色，如今的姐儿挨不得。"他唱起歌来，棚边的几棵拍手树就一阵乱响，像喝倒彩。他剁着砧板，边剁边唱，我的心却乱了。我不能把那些话告诉九财叔，告诉了就会乱套，说不定九财叔会做出什么出格的事来。我只好也恨起了田螺头王博

23

士来，九财叔他做了什么呢，不是你吓他，他会站在你后头？每天给你们担着担子，这么辛苦这么可怜，你们还提防着我们；发烧了，叫个魂还不是没药吃，又没碍你们什么事？这老麻就他妈话多，你得意个什么呢？我要是告诉了九财叔，你那颗黄姜鼻子只怕要搬家。

九财叔不是不知道，其实九财叔是个非常有心的人，他肯定感觉到了，他在想着怎么扭转这个局势。

短暂的秋天就像一片浮云欸乃而过，马嘶岭白天的风跟夜里的风一样不分伯仲，凌厉凶猛了，落叶像波浪一样翻滚在山坡上，整个山岭笼罩在死灰色的烟幕中，密匝匝、枯蔫蔫的箭竹丛在北风的打压下发出荒凉如梦魇的声音，与河谷呼啸的风声一起遥遥呼应着，天空、山冈、森林都在哆嗦。而我们的营地好像要被彻底掀翻了，要掀下河谷去，落到乱石累累的地方，摔得粉身碎骨。

踏勘队的两支队伍合了起来，变天后他们主要圈定矿体的边界线，还要什么圈定"矿化富集地和蚀变带"。早晨起来，冒着风出去，走得很远很远。

好像要下雪的样子了，早晨起来，有厚厚的霜，到处一片白。雪没有下时，大雨呼呼地来了，来了还不走，还很绵很赖的，圈定的活儿圈不了啦。

大雨不急不躁，从河谷里腾起的浓雾霎时弥漫了山岭，所有的植物都在雨水中无奈地蔫耷着，高的，矮的，粗的，细的。森林一片昏暗，千万年的山崖和天空死气沉沉。两天之后，河谷的水满了，河道消失了，狂乱的水流在巨石间粗野地激荡着，把河岸推向角落，山与山之间的联系湮没在一片呼啸声中，远远地制造着深沉的恐怖。

在风雨的摇撼中，踏勘队龟缩了三天，大家坐在火堆前不停地抽烟，去外面看雨势和水势，但情况如故。

接下来的就是，没有粮食了，没有菜了，要断顿了。

九财叔不等祝队长他们安排，就说要下山挑粮食去。

他们也不是傻瓜，这一河的滚滚河水，插翅也难飞过。祝队长看着九财叔，像不认识似的，说："你怎么过去？"九财叔就说是到四川那边去买米。"那，谁陪你一起去呢？"九财叔说不要谁陪，他跟我俩去。祝队长说："把钱给你，你去买？"九财叔说："是啊，我们买，我们挑不我们买？"但是祝队长扬起的眉宇间有无数个问号。九财叔根本不知道祝队长不想把钱交给他，九财叔还以为他们会笑眯眯地送我们上路的呢，九财叔肯定在想他筹粮的高招，以为他们会感谢他，改变对他的看法。可是祝队长就是不同意，说不行。他一定是以为我们要偷懒，少挑一趟石头下山。到四川虽然远点，但可以不过河谷，马上弄到粮，路上还可以收一些老乡家的腊肉与鸡。这确是一个好点子，老麻破天荒地与九财叔站在了一起，但就是祝队长不松口。他说，他想办法送我们过河谷。

那就过吧，看他们怎么让我们过。他们还是要我们带点钱下去，帮他们买香烟之类的东西。在祝队长进去拿钱的时候，九财叔突然出现在祝队长面前！九财叔看见了祝队长长期捆在腰间的一个大腰包，那里面的三部手机和四五千块钱全暴露在九财叔的眼皮子底下，那是踏勘队的所有经费。过了几天，九财叔就把他看到的告诉我了。当时祝队长想掩藏已来不及了，他把钱退回腰包，可由于慌乱，怎么也塞不进去。他朝九财叔说："我没叫你，你进来干什么？"喝退了九财叔，祝队长又在帐篷里弄了半天，出来时他拿出来的不是钱，而是一封信。他把信裹了几层，用塑料纸包好了，对九财叔说："交给下面，他们会买齐的，买齐了你们带回。"他又说，"快去快回，别把大伙饿死了。"

他们有雨靴，我们没有。九财叔的力士鞋还破了后跟，他用一根布条把鞋捆好，这样的鞋一上路就会湿透，这么寒冷的天气我们要穿两天的水鞋。好在，他们给了我们一个电筒，一个换过电池的三节电筒。他们几乎倾巢出动了，说是能把我们送过河谷。我和九财叔都知道，这是枉然，我们是当地人，我们还不知道这样的河谷在连阴大雨中是一个什么情况吗？到了河边，那真是望洋兴叹了。溯河而上，他们也绝望了，就开始砍树，他们说要临时搭成一个"桥"。树放下了，树扑倒在河里，眨眼间就无影无踪，被湍急的河水卷走了。接着他们又砍了一棵更长的树，又放倒河中，但是树一头扎进水中，离对岸还有好远。就算搭上了，谁敢往这样的"桥"上挑担过去？谁不要命了？

折腾了一整天，晚上一个个浑身泥水地回了营地，他们中的有些人就开始倒向九财叔了，可祝队长还是不表态。小谭自告奋勇地说："我陪他们一起去四川。"祝队长摇头不同意，就发动大家一起上山去挖野葱，采野菜、野果。吃了两天野菜，大家意见大了，逼着祝队长来跟我们说："去四川吧。"

我们便怀揣着他们给的三百块钱，踏着采药人隐约走过的路，像两头野牲口没入了雨雾茫茫的无边荒岭。

又是一趟生死路。

那一天，我们遇到了许多可怕的事儿。我们走进一个峡谷时，在一个凹进去的石崖边，遇到了一群躲雨的鬣羚，怕有百十只。鬣羚胆小，见了我们，就开始逃跑，只有一条窄窄的崖路，那些鬣羚朝我们跑来，我们贴着石壁给它们让路，九财叔那件破烂的棉衣还是给一只鬣羚角挂住了。我看见九财叔一下子飞了起来，笋筐也飞了起来，好在九财叔那衣服不经拉，"刺啦"撕了个大口子，他重重地摔在了地上，后面的鬣羚从他身上跃过去，竟没伤着皮肉。九财叔叹他命大，骂着要拐下鬣羚的角来，"那倒是一味不错的中药呢"，他说。

我们想走进一个山洞中休息，生点火烤干衣服，黑黢黢的山洞里扑棱棱飞出了一大窝秃头老鹰。进得洞去，一股腥气，也没在意。生了火后，又有老鹰窥伺在洞口想往里钻。我们烤着衣服，火越烧越旺，九财叔突然指着我身后说："那、那是个什么？"我回过头去，妈呐，一副骨头架子朝我们走来！

我们爬起来挑上笋筐就跑，跑出山洞，跑了两里开外，跑得天有些开了，峡谷矮了，才停下来。

"那真是鬼吗？"我问九财叔。

九财叔到底比我有山中经验，说："那不是鬼，是一副被鹰啄净了的骨头架子。"

九财叔说，不是冻饿死的，就是被人害了。他说，鹰子吃腐物。山里头什么事都会发生，没事谁愿意到山里头来呀！我就问到四川还有多远，九财叔说他也不知道。我说："九财叔，那三百块钱，你给我一百五十块我回去吧。"九财叔听了痛骂我："命都快赔了你就值这一百五？！桩桩件件的，你就值一百五？！你这没出息的，这点钱打瞎你的眼睛！"我说："那总比被老鹰啄吃了强些。"九财叔就说："我要走，我给他抢完了走。"我说："你抢哪个？"他说："我总不能就这么走。"他就溜出了那话："光一百元的就有这么拃。"他用指头示意。他说出了祝队长腰包的秘密。他说："你不想把它抢过来？为什么他们那么有钱，而我们啥都没有？"我说："咱是农民，人家是大学搞研究的，不能比。"九财叔却说："咱受的苦比他们多，都是一样的人，不该这样啊。"我直笑九财叔愚笨，认死理。我知道他不懂，他没想过来。我说："人家的钱与我没有关系，我只想回家，水香要生了。"九财叔说："抢，我们抢他个精光。你难道不要钱吗？"我说："我要钱，我咋不要钱？"他说那就抢。我说抢不来的，他们人多。他忽然说他想了个好法子，看那边有没有老鼠药，把他们毒了抢。我说这是犯法的，抓到了咋办？他说："你胆子咋这么小，麻雀胆也比你大呀！这里神不知鬼不觉的，这次不干以后就没机会干了。你还到哪儿碰到这么有钱的？"他还说那个值几十万的家伙，有好几个，不得了。其实那个家伙，王博士说的值几十万的那仪器，就值两三万块钱，是王博士吓唬我们的，唬我们这些乡下人的，如今进了监狱，我才知道。当时因为恨吧，在路上没事，就胡乱商量着怎么抢。我说还是不要抢的好，偷，偷了就走。九财叔说："你能飞走？他们一赶来，咱们就被抓住了。"他说："我想好了，就这么做。"我说还没有老鼠药呢，他就不吭声了。过了一会儿，他回过头举起开山斧对我说："一不做二不休，杀，杀了抢。要得你安逸，就不得他安逸。"九财叔想横了，想窄了。我只是觉得他是开玩笑的，心里恨，才这么说，图个嘴巴快活。

不过那些钱确实让我有些兴奋，九财叔认真地撩拨让我在这荒岭寒雨中有些走神。二十块钱的不满已经演变成了抢劫更多钱财的企图，不，是决心。我感觉到我将要与这个九财叔大弄一笔了。可这是冒险，如果真能做得万无一失也未尝不可以干干。听有打工回来的说，外头这年头都是撑死胆大的饿死胆小的。抢的，偷的，骗的，拐的，杀人的，海了，有几个抓住了？又一想，九财叔，哼，你胆大，你这个熊样子，你也什么都敢？我不信。在他动手的那一刻，我都没法相信他是那种敢出手杀人的人。

九财叔与我走在寒雨淋淋的山岭上，挑着湿漉漉的空箩筐。九财叔的湿球鞋不知轻重地一走一咕，一走一咕，他脚上的肉已经裂口了，从里面流出鲜血；胡子拉碴的，鼻子里喷出的团团热气变成水珠子，挂在他花白的胡碴儿上，那只不能关闭的阴冷的眼睛向远处看着，好像多有不甘似的，有一种念头燃烧在他眼睛深处。我好像重新认识了一个人，这个人不是那个死了老婆、家庭负担蛮重、蔫不拉叽、又脏又烂的九财叔，不是的，是另一个。大前年，九财叔老婆只感腹疼，一阵抽搐，还没等到抬去医院，就在半道上死了。死了女人的家里还有什么好呢？三个妮子整天在那儿哭着，他八十多岁的老母亲还得给他们烧饭和喂猪呢。三个妮子是被他打着去山上放羊的，后来又打着她们去山里采药，去山里割猪草，去地里刨洋芋种苞谷。就这样，三个妮子越长越像人了，老婆坟上的草也越长越高了。九财叔就不爱理人了，瞪着眼看山，坐在地头打盹儿。后来，他家里就放进了牛，牛就在房屋中拉屎，屋里就飘出了畜便的气味，被子越来越薄，成了渔网，一直到两块钱的特产税也交不起了。家里并不因此就没了热闹，三个小妮子突然间脾气暴躁起来，只要九财叔不在家就大打出手，为一点小事都打得鸡飞狗跳，捅妈捣娘的，抓头发，蹬裆，样样有。九财叔从地里回来，常常看到三姊妹的脸上大窝小坑，已无完肉。又没读书，又无娘调教，村里的人都在想，这三个妮子咋办啊，送一两个去学校也好呀，三个女人一台戏，这戏太早了点。可别这么说，她们打归打，长着长着，一个个就水灵灵的了。家里的羊啊，猪啊，不比人家少，菜园里该长白菜的时候长白菜了，该长辣椒的时候长辣椒了，该生火做饭的时候屋上有烟了，该点灯的时候窗口有亮了。村里人就说，如果这三个妮子脾气改一点，慢慢长大，九财叔的好日子就会来了。可惜的是，日子很慢，三个妮子还远没有到谈婚论嫁的年龄。因此，遭罪的还是九财叔，一个人扶犁，一个人还得背篓，一个人赶集担柴，一个人还得照秋收秋。脸也黄了，皮也松了，他才多大的年纪呀，跟他同庚的"八大脚"我爹，见了都不敢喊他九财弟，恨不得喊叔。"八大脚"我爹对我说："九财，三个酒坛子是泥巴捏的，难出头啊。"

我们披着雨布坐在冰冷的石头上，九财叔说："腰酸。"他揉着两边的腰，我怀疑他是肾有问题了，他脸上浮肿，眼珠发黄。我扶着他找了个背风的石坎，想抬点柴生火，这个念头被吸一锅烟取代了。九财叔费劲地点燃烟锅，递过来要我吸。我就接过吸了几口，那种冲人的辣味差一点把我呛翻了。我咳嗽了一会儿，又犯起了迷糊，竟坐着睡着了。再醒来，天已经大亮，我浑身似乎都没了热气，脚已冰凉得失去了知觉，雾、雨、风，冷冷地包裹着我们。好在不一会儿我们闻见了柴烟，就知道有了人家。

我们见到的第一个人是个女人，后来也只见到她，没有其他人。这女人在家煮猪食，头脑不太清醒的样子，她回答我们这儿没有粮食和腊肉卖，她甚至说不出她是四川还是湖北的。我们只好再继续走，可是，没走多远，就听见前面的九财叔一声尖叫，接着响起了枪声，九财叔中了安放在大蕨丛中的垫枪。

那垫枪先从箩筐穿过，再擦过他的小腿肚。只见九财叔一个前仆，箩筐就丢了，倒在地上喊："我中枪了！我中枪了！"

血从九财叔的裤腿里流了出来，他抱着腿左顾右盼，我一时也愣在那里不知如何是好。我听见他呻吟，就去找枪，九财叔大喊道："别动枪，别动那枪！"

他自己的手里抓了一绺破茎松萝，水淋淋的，他掸着水，慢慢捋起裤子，把松萝往流血的地方按。肯定很疼，按得他歪了嘴，眼珠子凸得更厉害，眼里全是混浊不清的念头和绝望。雨还在下，雨挂在他凄凉焦黄的脸上。我扶他拖着腿坐到扑过来的箩筐上，坐在一棵大树的背后，他才说："把那该死的垫枪给我取出来。"

我慢慢走进大蕨丛中，找到了绳子。我解开绳子，再找枪，是一杆只有铁管和木头枪托的很简单的土铳。这就是垫枪，它绑在一根树桩上，专杀游走的野牲口的。我把枪递到九财叔手上，九财叔没细看那枪，他的心里好像还平静，他从头上解开宽宽的帕子，去缠伤口，他小心翼翼地缠着伤口，血还是往外渗。我问他究竟怎么样，他摇摇头。

就在这时，我们的面前出现了一个男人，这个男人要死不活的，问我们是干什么的。口音是四川的。九财叔见了他眼睛就绿了，知道是他的垫枪，九财叔看样子要爆发了，要跟他拼命了。可他的腿又负了伤，还加上没睡，没吃，显然他在克制。他对那个男人说："这里是四川吗？你的枪打着我了。"那人说："你们是干什么的？"我给他说，我们是探矿队的，是从马嘶岭过来的，是来买粮食的。那人"噢"了一声，想走。九财叔喊住他："你卖点粮食给我们，我们用钱买。"他这么克制，是想用他的枪伤来换取那人卖给我们东西。那人想了片刻，就点头让我们跟他走。那人在前面走，走了一截，在前面转过头等我们，并不想帮我们一把。

　　到了他的家里，也就是遇见那个女人的家里，这男人就很热情了，他解开九财叔缠伤的帕子，用熊油给九财叔抹了伤口，又用干净的布给九财叔包扎，并吩咐他老婆给我们一人炒了一大碗香喷喷的洋芋。我们已经看见了他堂屋里堆着的一大堆洋芋，个儿很小，估计是剁了给猪吃的，但卖给我们就能解决问题。

　　我们吃了洋芋，烤干了衣裳，就被安排到他的牛栏屋的楼上，那上面堆着柔软干爽的苞谷衣壳子，还盖着他给我们的一床被子，美美地睡了一觉。就在我们睡觉的当儿，那个人给我们准备了一担洋芋，只准备了一担，因为九财叔有伤，他的箩筐就空着了；担子里还有他们种的一些水菜，如茄子和芫荽。芫荽不多，只有一把。我们醒来后见到那担洋芋，九财叔又问他有肉吗，他说真要的话他可以杀一头羊子给我们。我们说要，他就把一头山羊牵来了，一刀下去，羊就倒了，就剥皮，掏肚。把肚里的下水煮了一锅，让我跟九财叔吃了。九财叔看着那满满一担问他多少钱，要他说个价。他说，你们看着给吧。九财叔想了想，说八十块钱。那人说随便吧，就给了他八十块钱。九财叔又问有没有"三步倒"，那人问我们要"三步倒"干什么？九财叔说山上老鼠太多。那人找了半天，出来说没有了，用完了。那人又给九财叔砍了根拐杖，问他碍不碍事。九财叔拄着拐杖走了几步，还行。交易完后我一直想提醒九财叔，让那人打个收条，但九财叔似乎不给我机会，我以为他会记着这事的，因为祝队长交代过，但这事好像让九财叔忘了个一干二净。

　　回程的路上，我就问这事，九财叔不置可否，含糊其词。问急了，九财叔就说，到时我们作个证就行了。他对我说："我们讲一百二十块。"我说："为什么？"他说："你二十我二十。"他就先把二十块钱给了我，要我拿上。他不打条子是想黑踏勘队的钱！我说这干不得吧。他说天知地知你知我知。他说："老子把那二十块钱终于搞回来了。"九财叔的表情已经是一种很舒畅的表情，甚至把腿伤都忘了，虽然拄着拐杖，但走得比我还雄壮。他说他们难不倒他，他说你做初一我做十五，老子也不是好惹的。他在雨水和泥泞中瘸着腿兴奋地絮絮叨叨，带着凯旋的气势。二十块钱终于愈合了他心中那撕裂的巨壑般的伤口。九财叔骂那个人道："他妈的，这尿人，我还没找他付医药费呢。"他说："他为什么要杀羊给我们，还不是理亏了，送给我补枪伤的？"他要我估这一担的价，我摇摇头，估不好，他说怎么估至少也得一百五吧。

我们在半路上意外地碰到了老麻和小谭，他们等不及了，说大伙儿都饿着。老麻说话很不利索，原来他一边接我们一边沿途采野蘑菇，为试蘑菇有没有毒，把舌头试麻了，毒蘑菇是麻舌头的。

回到营地，听说九财叔绊上了垫枪，都来看他。"洋芋果"小杜还来给他治了伤，擦了药，用白纱布包扎了。但是九财叔的伤红肿了，他们说这叫感染。九财叔吃了他们的药。晚上大家吃羊肉，吃洋芋，非常高兴。虽然没能吃上大米，但那些瘦小的洋芋果也是九财叔差一点用命换来的。看来他们对我们的印象就要好起来了，九财叔这只腿的血流得值。

但是事情总是莫名其妙地凑巧碰在一起。就在这天晚上，发生了一桩意想不到的怪事。

我们回来后就雨如瓢泼，还响起了罕见的冬雷。我们正脱衣睡觉时，就听见王博士喊我们："你们都过来！"我和老麻披衣过去，不知道发生了什么事，他们的帐篷里没有光，熄灭了灯。有人打电筒，也被喝令关了，他们手上都攥着东西，有刀，有枪。等大家都安静下来，祝队长在黑暗中说：

"刚才听见了枪声。你们没听见吗？"

他问我们，我们就竖起耳朵来听。果然，有隐隐约约的枪声。后来枪声越来越大，好像在周围的山头，还能听见人的喊叫声，好像有一伙人！

"都听见了！我们怎么办？"姓王的博士说，声音有点颤。

接着又响起了一阵轰隆隆的冬雷声，还有风雨声，呜呜的，一阵一阵地扑向悬崖。加上河谷里澎湃愤怒、捶胸顿足的水声，还有那本已存在的马嘶声，尖声的、固执的马嘶声，现在全来了，在我们吃掉了一只羊后全来了。

"你们真是买的吗？"祝队长突然这时说出了这么一句。

我忙说："是，是买来的。"

"带上重要的东西，赶快撤退！"祝队长端着枪说。

枪声东一阵，西一阵，是不是有人包围了我们呢？我们在密集的枪声里赶快带上东西，特别是仪器，他们包上重要的资料，往后山一条隐蔽的路而去，那儿通向一块高岩。上去有个一线天，易守难攻，一夫当关，万夫莫开。九财叔因枪伤和发烧，就留在了棚子里。我心里挺纳闷的，我们花钱买了东西，人家来找我们什么事啊，难道是打劫的？那时候我没时间想了，我给他们挑着东西，往上爬着。人没休息，又出怪事。来打劫就打劫吧，反正我们没啥。就在我们往上走时，枪声模糊起来。小谭说："这只怕是个误会。"我听见小杜说，这可能是个自然现象。也许是杨工也许是龙工在黑暗中说："马嘶岭没马，为何能听见马叫？我看都是风声作怪。"王博士说："马嘶岭之所以叫马嘶岭，据当地的地方志说，是因为过去这山上有许多野马。"

争论不休时，祝队长一声吼说："都不许说话！"

我们选定了一线天的一个凹处，那儿背风，避雨。坐下来后，他们又忍不住继续说话了。有说是风声，有说是自然现象，说是一种什么磁铁矿现象，因为这一带过去打过不少仗，土匪火拼，官府剿杀，恰好打仗时遇打雷下雨，把那些枪声喊声全录进去了，以后一打雷下雨，这声音就出现了。他们的争论我们无权插嘴。不过我心中支持这种说法，这等于是替我跟九财叔解脱，不然就会让祝队长怀疑我们，以为我们是偷了别人的东西，让人追赶来了。不相信我们的还有王博士，他对那种说法反唇相讥道："老官中了枪也是磁铁矿现象？"

哦，我明白了，枪声加上九财叔腿上的枪伤，这一串起来，我们就完蛋了！难怪难怪！我们成了嫌疑人，这一趟是黄泥巴掉到裤裆里，不是屎也是屎了。我好一阵绝望，这些人咋就不信我们？这些人还是有文化的人呀，咋就跟横子们一样蛮不讲理呢？事情就问到为什么没让对方写个收条。这事我们有愧，这事都是九财叔的鬼点子。我就只好说我不知道，是九财叔办的。这事我不能多讲，免得两人讲的对不上。我只是说羊子肯定是买的，我们要人家杀的，全部是一百二十块钱。

"我们可没有偷羊啊！"我喊道。

"或者，你们是不是跟山里的人说了这儿的事，说我们有钱，有物？"他们问，"你们暴露了我们。"

我对他们说："我们什么也没说，我们只说我们是探矿队的，在马嘶岭探矿。"

"问题是，你们没有打收条。"他们说。再问收我们钱卖羊卖洋芋的那一家姓什么，我也回答不出，我们真没有问人家姓什么。在我们山里，吃过人家的饭不问人家姓名很正常。你走累了，一声大哥，一声大姐，就可以找人家借宿，吃饭，然后只记得"松树坡""柏子岩""赵家坪"这些地名，并不知这家姓甚名谁。

越问我越说不清，他们就越不信任我们。是偷的，抢的，哄骗来的，要追杀我们，老官已经负伤了，他是逃脱的，人家又追过来了……这些狐疑正在他们那里悄悄蔓延，我已经嗅到了那种气味。

我在恐惧中坐着，我希望出现一些有利于我们的结果。

下半夜还没有动静，他们要我去"侦察侦察"，我就下去了。我急急去棚子，九财叔躺在那里，发着高烧，眼睛瞪得贼圆贼圆，嘴里吐着火红的热气，脸颊像泼了一桶猪血。我给他额上放了个冷毛巾，他醒过来恍恍惚惚地看着我，说："红薯都收不回来了……"

"你说家里的红薯吗？"我问。

"地里的……"

他记挂着他地里的红薯，肯定想着这么大的雨他三个妮子怎么去挖红薯。他问我怎么人都不在了，我说："你不知道？"我问他听见枪声和喊声没有，他摇摇头。他烧昏了，他肯定没听见，他可能梦见了家里还未挖的红薯地。我弄醒了他，我说："坏事了，你中了枪，周围又响起了枪声，没打收条的事他们又问得紧，是不是他们知道了那四十块钱的事？"我心里很害怕，就把二十块钱掏了出来，塞到九财叔手里。九财叔不接，说："到哪儿知道去？你这成不了大事的，你就死咬着一百二！"

雷声似乎在很远的地方响着，枪声偃息了，秋雨无力地打在棚顶上。可是我忽然听见了天上有巨石滚动的声音，一阵阵向我砸来，这让我心惊肉跳！我惶顾四处，终于弄清了声音来自我自己的心跳，轰隆隆，轰隆隆，轰隆隆……

天亮了，雨住了，几只猕猴在树上发出了呼唤太阳的安静喉叫。东边，有一晃而过的朝霞，只有浅浅一线，但很爽眼。接着我又看到了一只漂亮的锦鸡在我们前面不远的坡地上跳舞。它亮出了它锦缎一样的通红的腹部，橙红的颈子，金色的冠毛，在晨雾中美艳至极。它亮开清亮的嗓子唱着："茶哥！茶哥！茶哥！"爽脆得就像一对铜镲。视野渐渐地开阔起来，我等着踏勘队回来。没有事的，他们没有事，我们也没有事，没有什么来打劫他们的人，全是雨天的怪现象。这马嘶岭就是这样奇怪，不过是虚惊一场，他们没有发现那四十块钱的事，发现不了的，一切随着白天和天晴的到来都会过去，他们要忙他们的去了，会把这一切忘了。我这么祈祷着，祝队长他们果然回来了。

整整一天都平安无事，阳光亮得人晕晕乎乎的，风也温暖柔和起来。睡了一天，那些人神清气爽了，呼朋唤友，要打牌了，要唱歌了。哪来的侵扰我们生活的劫匪和捉拿我跟九财叔的农民啊？没有！我真高兴。

平安无事了。他们吃着我们的洋芋，也无话了。

他们继续在周围圈定矿体边界线。

那天傍晚我们回到营地时，却没见炊烟袅袅，厨房冷火无声。这就奇怪了。大家紧张地走进营地，去厨房一看，翻了天，老麻和九财叔双双躺在各自的铺上，两人头破血流，老麻最可怕，嘴张着，却掉了几颗牙齿。

他们两个打架了。九财叔先动的手，他为什么要动手，他肯定有他的道理。是在替老麻择菜时，老麻伤了九财叔那易伤的自尊。老麻像个领导喊九财叔过去择菜，他是想埋汰九财叔几句，因为那些茄子是些收尾的茄子，又有筋又有虫眼。老麻说："老官哪，你碰见了鬼市吧？"九财叔眼就直了。老麻又说："这像是鬼市上买回来的菜。"他显然不满意这些菜。九财叔就没好气地回了一句："我买的羊肉呢，你切的时候是不是变成了人肉？"老麻一听就打寒噤，这营地没人，就他们两个，老麻可能因为害怕而觉得要在气势上压倒对方，便说："老官你有什么资格凶啊，我说你碰见鬼市又不是我说出来的。""那是谁说的？"九财叔当时就浑身乱颤得不能自持，他又问："你说是谁说的？"他要问个所以然。他忽然就站起来揪住了老麻的衣领，唾着老麻的鼻子说："我跟你说，你不要仗势欺人，你跟老子一样，出苦力的，你得乐个什么？这些东西是我拿命换来的，用命换的，你知道吗？！"他可能越想越气，一拐杖扫过去，老麻就倒了。老麻作垂死挣扎，抓到锅铲就铲九财叔的头，九财叔差一点脑袋搬家，一拐杖再横扫过去，打到了老麻的嘴。老麻"哇"地号了起来，他喊："让省里的领导来判你的刑！"

他把踏勘队的说成是省里的领导。最后"省里的领导"祝队长他们决定扣老麻三天工资，让九财叔挑上箩筐回家。

这是打架后的第二天早上。九财叔听了那个决定，眼珠子就要掉出来了，他的嘴唇嗫嚅着，想说话，说不出，后来终于哭号起来："为什么要我走？为什么要我走？！"

所有人都蒙了，看他哭。祝队长说："因为你打掉了人家的门牙，这儿不准打架，不是放牛场。因为是你先动的手，为了维护踏勘的正常秩序，经研究，只好让你下山了。"可九财叔不走，只是哭，哭得鼻涕都流了下来，埋着头，用一双锉子般的手揩着涕泪。他不接工钱，不签字，坐在那儿，好不伤心。

这事就僵了，也没人再说什么。可老麻急，老麻肿着牙床和腮帮，眼巴巴地要等着九财叔走。他没有等到那个激动人心的时刻，他看见九财叔还在这里，赖着不走。他不服啊，不解气啊，就用猛烈的剁刀声表示着他的态度。等人散了，九财叔偶然抬起头来，看一眼厨房，眼里全是刀子！

"叔，你怎么办？"我问他。

他没回答我，嘴巴在动着。后来我听清了，他在说："我给妮子筹几个学费……"

我听见了"学费"这两个字，我听得很清楚。他难道还想让三个妮子去读书？我后来突然想，他真的会的，他多少天来都是这么想的，他一定会这么想的。就冲着那一个红发卡，冲着那些手机和钱，冲着小他一辈的人对他的吼叫，他迟早会下决心把孩子们送到学校去的。

"你是说，让她们去上学？"我问。

他点点头。

看来他们真的想要他走了，我也不想待了，我更加思念我身怀六甲的水香，我拼命地想她。我就对九财叔说："算了吧，要走我们一起走。"可九财叔摇着头，摇着头。

这样僵持着怎么办呢？九财叔竟挑起箩筐跟踏勘队一起外出了！他们并没有要他去，再说他的腿还没有痊愈，走路还有点瘸。小谭就出来说："老官你不能做，你的腿挑不起。这样行不行？除了不少你工钱，还补助一百块钱，你走吧。"这不少了。我想九财叔会同意的，可九财叔不表态，以沉默作答。这更坚定了他们要赶九财叔走的决心。我当时不知道，踏勘队一致认为九财叔是个危险人物，在这样的荒山野岭，必须要提高警惕。种种印象加迹象表明，九财叔对踏勘队有威胁，并非是个善良之辈，这一次斗殴就是一个证明，是一次暴露。

多难受啊，九财叔和大家。大家干着活儿，九财叔挑着空筐跟着他们。我把我挑的东西分给他挑，他感激地看着我。这一天非常难熬，非常漫长。

而老麻在营地整整一天都在盼着九财叔灰溜溜地回来，乖乖地卷起他的破铺盖滚蛋。老麻甚至用老虎钳子将九财叔的碗夹掉了一只角，并在那个缺碗里撒了一泡尿。老麻看着黄灿灿的尿液，咧着没齿的嘴黑洞洞地笑。到了夕阳西下时，九财叔也没一个人孤零零地出现在老麻面前，而是跟大家一起回的。老麻于是将那些烂了的、长了芽的小洋芋果都煮进了锅里。结果可想而知，那天晚上大家吃了这些毒洋芋后，一个个都拉起了肚子。

在拉肚子的热闹中大家把九财叔忘了，我和九财叔什么都没拉，肚子好好的，我们抗得住。老麻对他导演的这出戏可高兴了，"看你们都吃了什么！"他说。"我也没办法，就这些洋芋了。"老麻把责任推给了九财叔和我，煽动踏勘队对我们的仇恨。九财叔在晚饭吃洋芋的时候吃出了一股尿臊味，可是他没有说什么。即便是大家不停地拉肚子，也没把怨气撒到我们头上，至少没有公开撒到我们头上。老麻就开始索赔了。那天晚上，老麻在营地高声说着："一百一颗！"

他要九财叔赔他的牙齿。若是一对一，老麻是不敢在九财叔面前这么嚣张的，九财叔那只右眼里透出的寒气，让人见了会不由自主打三个激灵，但老麻仗着祝队长们对他的暗地支持，有恃无恐。算算，我们来马嘶岭有二十一天了，也就二百一十块钱，九财叔扣掉二十，只有一百九十块钱，要按这个价赔老麻的两颗牙齿，九财叔还得倒贴十块钱。当九财叔听到他还得拿出十块钱来，他的脸一下子就垮了，他是多么无望。他张着嘴看着祝队长和在灯光尽头豁牙暗笑的老麻，除了乞求之外，看不出他要大肆行凶的念头。他的嘴巴两边稀黄的胡子和皱褶成了一个大大的括号，宽大单薄的下巴就托着那个"括号",十分无奈。那只鼓起的眼睛现在只是一个混浊的晶体,充满了惶然,另一只有些坍陷的眼睛眯缝着,满是意想不到的驯良。

九财叔走出来,他一定是很难办,他算了算,他走,工钱加上踏勘队补助一百,还有个两三百块;不走,赔了老麻的,能剩多少?但现在老麻又不让他走,要索赔——他走又不能走,留又不能留。

晚上的风很大,依然是北风,河谷的冬汛好像在作最后的挣扎,在宽阔无边的河床上扑腾着,整个山岭到处是它们的腥味。九财叔在吃着什么,我闻到了一股刺五加果的味道。九财叔摘了不少的刺五加,那种豌豆样大的黑果子。这两天因为他无法安眠,就吃这个。

"把他们杀了!"

这天晚上,九财叔做出了最后的决定。他狠狠地嚼着刺五加,开始看他的斧头。

"你,咋说?"他问我。

"我,我……"

"事情成了,我们就安逸了。"他说。

"你跟我搞。"他鼓着劲儿说。

"搞了,我们就过安逸日子了。"他这么说。

"叔,你声音小点行吗?"我说。

"不要怕的,跟我搞。"

我也觉得九财叔进退两难的时候他是会什么也不顾的。他的这个决心让那些钱和财物如此逼近我们,好像就在手边,唾手可得了。我在被子里,闭着眼睛,那些钱啊仪器啊就在我的头顶飘荡,还有红牛仔裤、发卡和小小的薄薄的录音机,还有好多手机。它们飘呀飘呀,它们穿行在蓝色的天空里,像一些鸟飞着,穿梭着……我看见水香穿着红牛仔裤,别着红发卡,站在马嘶岭河谷的对面向我喊着:

"回来啊治安,治安快回来!"

我的梦被惊醒了!我听见了真实的男人的喊声:"有东西!有东西!"

睁眼一看,营地亮如白昼,瞬间,又倏地进入了黑暗。怪光又出现了!这光总是在晴朗的晚上出现!有人敲起了脸盆搪瓷碗,并且放起了枪。马嘶岭在一片恐慌中的混乱。

"注意隐蔽，不要面对它！"有人喊。

光没有了。

"这东西把我们折磨得太苦了！"祝队长啐着，"怪事，他妈的！"

大家一字排开在门口，要死守我们的营地。老麻抱出了柴火，说："点火吧？"

"点！"火就点起来了。因为没了汽油，已经有几天都没发电了。火点了起来，半干半湿的柴烧得啪啪乱响。

"是不是有什么东西把远处县城或镇上的灯光反射过来了？"有人说。

"别想那多，把火加大些，烧！去砍树，砍棒子给我们！"祝队长敞着羽绒衣，哑着喉咙在那儿指挥。我就跟九财叔去坡上的灌木丛砍树了。大家打着电筒，有的举起箭竹做的火把。找准了树，一顿砍伐，一根根胳膊粗的树棒就到了大家手里，树枝就被他们抱去投进了火里。

在砍树时，九财叔很兴奋，我听他说："来了，来了好！都来都来！"我们砍了一会儿，回到棚子里，祝队长他们的帐篷里全是削砍木棒的声音，是在把木棒砍光滑。老麻一个人也在厨房里砍，还发出"嘿嘿"的虚张声势的声音。九财叔一头的汗，对我说："机会来了，一定要搞！"

"咋搞啊？"我说。

"一斧头一个，你管那么多！"他说。

我说："不能啊，叔，这是犯法的。"

"鸡巴法，"他说，"跟我搞。"

"现在就动手吗，叔？"我真的好怕。

他说："迟早的事，要趁他们分散，下狠手，让他们连哼都不能哼。"他咬牙切齿地说。

我松了一口气。他说的是白天趁他们在野外分散工作时下手。

他躺下来又说了一句："搞一次，用一辈。"

九财叔呀，你害了我！我又想，跟着这种胆大的人，说不定真能一卜子翻身呢。谁不想翻身啊，有这个机会，说不定是老天促成的。咱们黄连垭的人没这个机会，我跟九财叔有这个机会，为什么不干呢？

"要是山下的人知道了来找他们呢？"我担心地问。

"我们早就走了，山下的人又不知道我们是哪里的。我估了估，马上要落大雪，大雪封山，进不来了，雪一埋，一直到来年的五月，野牲口都会把他们啃干净了。寻不到，还以为他们跌进河里淹死了……"

早晨，在水沟边洗脸时，眼睛充血的九财叔转过头来问我："今年七月你家的羊渴死了几只？"我说三只。他"哦"了一声。"我两头种羊全渴死了。"九财叔说。他摸着包头的帕子，帕子上有斑斑血迹，那是头被老麻打破了流出的血。

我正准备走，他突然叫我："你磨磨。"

他要我磨斧！昨晚所说的一切又在我头脑里响了起来。他还是要杀呀？我看看他，就蹲下身在水边磨起斧来。我在问我，我要杀人吗？今天的天气没有什么不同，气氛也没有什么两样。开山斧本来就很快，我无力地磨着，瞅瞅旁边的九财叔，他无事一样，好像很平静，没有什么恶念。

一切都跟往常一样，我庆幸一样。这天，继续圈定矿界。

早晨的雾气很大，我们出去四面都没有路，到处烟雾腾腾，像着了山火一般，我们摸索着走路。九财叔跟上来了，他箩筐里的东西不知是谁装的。"带上了吗？"他小声地问我，是指我的开山斧。开山斧本来就在身上，每天都插在腰间的。我感到他这天真要动手了。我借故扯鞋跟，落在了后头。我忐忑地走着，雾越来越浓，有人在路上说着话，我什么也没听见。

到了工作地，雾还是很浓。我到处找九财叔，我希望见不到他，可还是看到了他。他袖着手，干坐着，抽着烟，烟锅在雾中忽闪忽闪。我们浑身都被雾打湿了，雾里有很稠密的鸟叫。这天只要雾散，肯定是个很晴很晴的天气。我在想着我怎么办，我浑身不自在，心上巨石滚动的声音又响起了，轰隆隆，轰隆隆……好不容易熬到快中午的时候，突然有人喊我，要我到祝队长那儿去一下。当时我就快昏厥过去了，我在想完了，他们发现我们的计划了！我冒着冷汗，不由自主地摸着腰上的斧子，好在还有雾，喊我的龙工没有看到。到了祝队长那儿，祝队长若无其事地说："明天，你们挑石头下去，水退了。"我没说话。祝队长又说："老麻也去，他说他要补牙齿，他去补完牙齿，再挑东西回来。"我放心了，就说："行。"我又问："那……我表叔也下去吗？"祝队长说："下去，怎么不下去，你们三人一起下去。"当时他们作了决定，把九财叔交给山下后勤分队处理，这比较安全些，他们带了信下去。可我不知道，我当时只是说："他们在路上打起来了咋办？"祝队长说："你们前后走嘛，不要一起走。"我说："三个人怎么走还是一条路，老麻也不情愿的。"祝队长就说："你劝劝他们嘛。"我说："劝不住的。"

九财叔正伸着颈子在坡上等着我。见我来了，他哼了一声，说："没用的，留与不留都没用了。"我跟他说："他们要我们明日下山。"他却说："没用了。"我说老麻也要跟我们一起下山。他说你别跟我说这个，没用了。我就骗他说，他们要你挑。他从鼻子里哼了一声，削断了一根树枝，他用手拭拭开山斧的刃口，说："没用了。"他站起来，把斧头砍进一棵树，一棵糙皮松里，我看到新出的太阳正好照在了那把斧头上。

雾渐渐开了。九财叔的手指头有血珠子滚了出来。他放进嘴里去吮吸，我就开始吃早上带出来的煮洋芋，吃得冷揪揪的。九财叔也吃，木木地嚼着，从嘴角往外掉着洋芋渣儿。

雾全开了。这每天金贵的好时间他们就抓紧忙活起来。我正在搬仪器，就听见有人在树林里大声说："你干吗老跟着我？"是树林中的一个坎子下，而当时并没有人，我没看到人。但循声看去，坎子上却出现了九财叔。说话的好像是王博士，我没见到他的人。我正在找是不是王博士，总算看见了那个田螺头，黑油油的头发在白晃晃的巴茅里，像一只头朝下的鸭子的尾巴浮在水中。就在这时，只见一道寒光一闪，那黑油油的头发就不见了！我听见了什么东西倒地的声音，有点像鹞鹰拍击着翅膀的声响，估计是压下了一些树枝和草丛。

九财叔动手了！

九财叔已经冲到了我面前，握着开山斧，脸色惨白地说："搞！"

我的第一个反应是：王博士已经不在了！九财叔拽住了我，他是在"告诉"我发生的事，指令我赶快行动。他拽着我向另一个地方跑，说："快！"

我的大脑无法反应过来，就已经被他拖下水了。事情来得太突然，已经出了人命，一条人命跟十条人命是一回事，必须赶快灭口。这容不得我多想，也容不得九财叔多想。就听见有人喊："小王，小王！"话音未落，斧头就落到了祝队长头上。只见祝队长头上有白花花的东西飞溅出来，眼镜弹到一棵树干上，手晃晃，就倒地上了。不知为什么，九财叔并没有再给他一斧头，而是挥舞起斧子在树丛中左右开弓乱砍一气，见什么砍什么。

"九财叔！"我喊。

九财叔转过头来，注视着我，他醒了神，丢下斧头就蹲下地去，拉祝队长腰上的那个腰包。没有声息了的祝队长这时候突然在草丛中动弹起来，一只手捂着头，一只手捂着包，不让拉。我看到祝队长睁开了血淋淋的眼睛，九财叔在地上摸起开山斧，祝队长用颤抖急迫的声音对九财叔说："你、你放了我，我给你一、一辆小汽车。"

九财叔大声问："在哪儿？"

祝队长气短，半天才说出："在……县城。"

因为祝队长捂包的手死死不松开，九财叔就与他争夺着，回头对我吼道："快来呀！"

我的开山斧已抽出来了，可我迟迟下不了手，我看看祝队长说："叔，他给你乌龟车啊！"

我的话让祝队长听到了，他睁开一双血淋淋的眼睛向我求救："你、你、你……"

"还不快动手！"

九财叔的一声断喝，让我手起斧落，我闭上眼睛就是一下，我听到祝队长在我的斧下一声惨号，就像年猪在刀下的惨号一样！我再一睁眼，祝队长的口里就冲出一块黑红色的血块来，并从嘴里发出"噗"的一声，脸突然变成紫茄色，头坚定地歪向了一边。

九财叔拉开了那个腰包，果然掉出来手机，他又抓钱，完全是钱，全都是一模一样的大钱。他要我解祝队长腰包的带子，我去解，解不开，他就用斧头一刀割了，割开了，他把钱再塞进那个腰包。此刻祝队长已经三魂缈缈，七魄缥缥。九财叔抓上那个黑色的腰包，还抽出了祝队长绑腿里的那把美国猎刀，要我提上遗弃在草丛中的仪器，那个像夜壶一样的数字水准仪。我们又去搜王博士的口袋，搜出了手机，还有钱包。没有多少钱，有一张他经常看的照片，他与他老婆的照片，戴方形帽子的照片。

"咋办，叔？"我浑身哆哆嗦嗦地问。

九财叔把箩筐倒空，然后装那些搜来的东西，我也学着他把资料和石头倒出来，只装仪器。我们挑着担子往营地跑去时，就撞上了那四个人。离营地不远，在一个岗坡上，估计全在那儿。杨工和龙工这两个烟鬼都含着烟在小声嘀咕并记录着什么，都蹲着的。九财叔向我一招手，丢下箩筐就隐过去了，照那两个人一人一斧，像敲岩羊的头，两个人手上的东西一撒手，就仰面倒地了，烟在草丛里还冒着烟。

这时可能让小谭听到了什么，他突然站起来，像一只受惊的兔子，伸起脖子朝我们这边看了看。他看到了什么？他看到了两个杀红了眼的人，两个农民，手上提着山里人特有的开山斧，他还看见了两个倒地的人。他拔腿就跑！"洋芋果"小杜还弓着背对着仪器看什么，她背对着我们，她耳朵里塞着耳机，她什么也没听到。小谭撒开脚丫子跑时也没喊什么。他跑错了方向，一堵石崖拦住了他的路，他想爬崖，却又转过身来往另一个方向跑，九财叔已经离他不远了，他就一头迎了上来，从绑腿里抽出一把跳刀："我跟你们拼了！"我听见他这么从喉咙里大吼道，声音是一种哭声，一种类似于哭泣的愤怒的声音，从牙齿缝里射出来的声音。我一转头，忽然看到了一双好柔亮的眼睛，是小杜的眼睛！她带着诧异的眼睛！她一定看到了撂在坡上的倒在那儿的杨工和龙工。她一定惊诧，那些低矮的巴山冷杉的枝条把她看到的一切都割得零零碎碎。

"你死了！"

九财叔向我喊，高声骂我。他的声音也变了形。我转过身去看时，他已经与小谭扭打在一起了，我看见血花飞翔，就像有无数只红色的蜻蜓从风中溅了起来，一定有人中了刀！

九财叔完了，我就完了！我拼命向他们跑去，树枝一路抽打着我的脸，好像全是在与我作对，整座山，全在反抗！我被抽打着，脸上火辣辣的，眼睛都花了，我不顾一切地冲了过去。我看见了一只龇牙咧嘴的猴子，薄薄的刀条脸上全是汹涌的血水，现在已经扭曲得像根秋扁豆了。

"你们这些土匪！"

他来夺我的斧，我不能让他夺我的斧，我的斧举得很高，只是没有砸下去。可九财叔不知出于什么原因，一把将小谭推到我怀里。他手上的跳刀就刺进了我的胸口，我一阵尖锐的疼痛，本能地一让。听见了一声尖细的叫喊。是发生在那边的，九财叔的斧敲中了小杜。我看见小杜摇晃着抓住了一棵树，头发散开了，一眨眼，那头又埋在了九财叔的手上，好像是在咬他。

我这儿的事依然在发生，面前的小谭再一次用头向我撞来，我一个趔趄，后退一步，站稳了。他全身都在淌血，像一匹发了疯的野牲口。我看看胸前，棉衣破了个小口，没有血出来。我听见九财叔在狂骂我，他用手挡着小杜，向我挥着开山斧，好像在示意要我用家伙。我又闭上眼睛，朝小谭的头上砍去。斧背砸瘪脑壳的声音真的很难听，短促，沉闷，哑声哑气，就像砸一个未成熟的葫芦。我干完了一件事，我握着开山斧站在山坡上，我看到小谭扑倒在地上，抱着一块大石头，好像要亲吻。这个山里娃子就这么完了。接着又响起了小杜的几声连续的尖叫，油嫩嫩的声音。后来就没有了，我知道小杜也完了。我最后看见九财叔直起了他的腰杆，在扬眉吐气，手上拿着一个红彤彤的东西，是一只发卡！

我抹了一把脸上憋出的汗，心尖又疼。我瘫坐在地上，看到旁边的小谭正怒目直视着我。他没有闭眼。我想把他的眼珠子挡住，我没有力量了，我只好自己闭上眼，泪水突然从我紧闭的眼里往外咕噜噜冒出来。我怀疑冒出的是血，是从心里流出的血，又从眼里流出了。我不想证实。那一摊摊的血在我的眼前恣肆飞旋，我一阵恶心，胃里似有千百条蠕虫搅动，胃液顿时冲天而出。

我吐得一塌糊涂。我无力地抬起头，看到九财叔正在拉小杜红裤子前的拉链。

"别这样，叔！"

我冲过去就拽住了九财叔的手："叔，别这样！"我死死地拽着，我一掌就把九财叔推出了老远。九财叔在地上爬着，支棱起脑壳不解地望了我一眼，他手上拿着许多东西，估计洗劫得差不多了。他恶毒地骂了我一句，就说："快！快！"他挑上了箩筐就跑。

我跟在他后头，我看到了前面不远的树丛间出现了一群红腹锦鸡，好多好多！这些林中的舞女，发出一阵振聋发聩的聒叫："茶哥！茶哥！茶哥！"

这时，天已经大晴，西坠的夕阳突然间挂在万山空阔的天边，苍山滚滚，晚霞滔滔，好像在洗浴那一轮夕阳！我回过头，马嘶岭上，那几个或蜷或卧的人，都在夕晖里透明无比，像一块块形状各异的红水晶，静静地搁在那儿，神奇瑰丽得让人不敢相信！

我被这壮观的景象惊呆了，我站在那儿，手拿着开山斧，脚下像生了根一样。我发现我的另一只手在裤兜里紧紧攥着，好像捏着一个东西，拿出来一看，是一张玻璃糖纸。那时候我听见河谷的风吹过来一阵喧哗之声，好像一个窥视的人一样，那声音在山岭上曲曲折折地游动，又折回了河谷，在群山间回荡，就像一阵惊叫！我发现我的泪水像泉涌一样不可遏止，澎湃而下。

我在后头慢慢走到营地，九财叔正在往箩筐里装东西，他要我快装。老麻不在了，我四下寻找，在一个坡前看到了倒下的老麻。

"装啊！装啊！"九财叔喝令我。

"装，你要什么？装！"他说。他问我。他要给我分钱，还丢给我一把好跳刀。

我说："我不要钱，我不要刀，我只要那个录音机。那里面有我，有我唱的歌！"

他不听我的，硬是把一些乌七八糟的东西塞进我箩筐里。他教训我："你这个小杂种，你想跟老子过不去？"

我只好挑上他给我装得满满的一担。他还说："睡袋也是好的，他娘的，他们睡这么好的褥子。"

我们挑着东西，开始往河谷溯水而上。我发现九财叔从离开马嘶岭起就已经神经错乱了，他在前头急急挑着，不停地说："装啊，装啊，装啊……"

九财叔时不时回过头来骂一句："蛋屎！蛋屎！"不知道骂谁。他目空一切了，那只杀人不眨眼的右眼环顾四周，真像一个独眼鬼。我陡然觉得那奇怪的白光就是从他的右眼里发出的！

我们在河谷转悠的第三天，天空乌云滚滚，九财叔突然甩下担子，纵身跳进河中。他飞快地划着水，在水中又拍又打，他真的疯了。好在他没被河水卷走，我喊着他，把他从河里拉上岸来，他浑身抖得不行。那天傍晚，我们又遇见了几头野猪，九财叔毫不惧怕，抽出开山斧就杀入野猪群，奇怪的是，那些凶猛的山中之王，那天被他砍得哇哇大叫，四散奔逃。九财叔砍跑了野猪，又在地上拔食野草。

确实没有吃的了，我只好跟着疯了的九财叔啃吃野草，吃蛐蛐菜、鹅儿肠、云雾草。我们在山里转悠了九天，衣衫褴褛，饥寒交迫。第九天的夜里，山里飘起了大雪，这一场大雪一下子就没了膝。九财叔不让我歇息，不让我们进山洞，那个大雪纷飞的晚上，我们不停地在森林里转圈，早晨到了梨树坪河边。白雪皑皑的黄连垭已经在望了！已经快走出森林了，快到家了！我给他说快到家了，我说："九财叔，那是黄连垭。"我指给他看。九财叔恍恍惚惚地看着远处的山冈，看看我，又看看自己挑着的担子，停了下来。我们坐下，他好像清醒了。他问我："我们是到哪儿去的？"我说是回家呀。他说我们从哪儿来的？我说是马嘶岭啊。他左看右看，说："我们杀了他们是吧？"我说是的。他说："这是他们的东西？"我说是的，我就拿出他给我的钱来说："这是你分给我的。"他问多少，我数数说三千多。

"三千多？"他说。

我说："还有这些东西。"我翻出藏在睡袋里的三个手机说："还有这个。"

他想起了什么，就去翻自己的箩筐，也翻出了手机和钱。还有那两个红发卡，还有一些仪器。他指着我的东西："都是我们两人平半分的？"

我说："是啊，平分的。"

"我杀了人，你也杀了人，我们都杀了人。你杀了几个？"

我忙说："我没杀人，我没有！"

他说："这些钱够你用了。水香生了吗？"

"我不知道。"我说，"他们不会沿我们的脚印找来吗？"

"你看看哪有脚印？"他说。

我去看来路，雪真的掩盖了我们走来的脚印。森林里一片白，阳光在云中模模糊糊，好像天要晴了。

"你发财了。你没杀人却发财了。"

"我们一起干的！"我说。

"你是个无用的卵货。你这家伙。"九财叔说，"我肚子饿了，你能弄点吃的来吗？"

到哪儿弄吃的去？前面梨树坪我记得是有个代销店的，在福利院门口。我说："前面能买到吃的了，快到家了。"

他说："我们商量下这些仪器先藏哪儿。"

我说："随便吧，叔，先找个山洞藏着吧。"

他直直地看我，好半天，笑了，说："今年过一个好年了。"

我说："我心不踏实。"

九财叔就站起来，重新挑上了担子。走了几步，他忽然指着河里，对我说："看，水里是什么？"我放下担子就去河边。一阵狂风袭来，我的头上就落下了重东西——九财叔在背后冷不丁给了我一斧头，用的是斧背，就觉得脊椎一阵压榨，我的颅骨顿时瘪进去了，脚一失重，"扑通"一声，跌进冰冷的河里，就什么也不知道了。

我没想到九财叔会对我动手，他是想独吞那些财产——他清醒过后后悔了，那么些现钱，也不排除他想彻底地杀人灭口。我根本没防备。所有的经过就是这样——我被人救了起来。

九财叔被梨树坪的几十个村民围着搜山抓住了。那也保不了命，他和我一样得毙。我等待死期来临，等着当"八大脚"的爹来收他儿子的尸骨。

"八大脚"我爹怕是没想到，他会从这么远的县城抬回他的儿子。又一想，小谭得绝症的母亲假如还活着，她又未必想到会这么远从南山抬回她的儿子——这全乡第一个大学生，魂都丢在了南山的马嘶岭。

高墙外的那轮太阳照着铁窗，我无意间从兜里掏出了那张糖纸——这是唯一没被警察搜走的东西。我把糖纸放在眼前，对着那轮可爱的温暖的太阳，天空全变成了红色。我又想起那个让我惊讶的傍晚，我们离开马嘶岭的那个傍晚，那些红水晶一样的透明无声的死者。我的意识突然觉得，结局只能是这样的，他们最后只能在那儿——在那个时刻，安安稳稳地躺在那里，永远地躺在那里。

这是为什么呢？这种想法让我至死也弄不明白。

（原载于《人民文学》2004年第3期）

农妇·山泉·有点田

一

以下的故事有些我知道，有些我并不知道。不知道的事情都是我哥哥梦中告诉我的——一直以来，我都以为我与我哥哥有某种灵犀，仿佛是一个人似的，谁叫我们是孪生兄弟呢。事情的来龙去脉大致是这样的：

三年前，母亲死了。母亲在田里干活儿，一块石头砸下来，死了。当时还请了山下很好的老中医来看过，喝了大粪和童子尿，母亲还睁开了一下眼看了我们哥俩，后来就死了。母亲死后，爹疯了一阵子，把田里的庄稼全拔了。我跟哥哥商量着就准备出去打工。我们山谷有不少人在河南挖煤，我们也准备加入那个队伍。给爹说了，爹那时候吃了些药，病情控制住了，点点头算是表示同意和给我们送行。我们从羊家村出发，沿着落羊溪河岸，跟在一群光屁股的纤夫后头，一直走到十堰，再坐火车到了河南挖煤的地方。

走的时候，鲍家姊妹一人给我们绣了一条汗巾，说是擦汗的，上面绣了些喜鹊梅花的图案，当然也像是樱桃。每到春天来临的时候，哥哥就拿出那汗巾说樱桃开了。因为鲍家门口有一棵山樱桃树。樱桃开花早，花事很盛。每当樱桃开花时，一定是春雷滚滚的三月，细雨润物的三月，哥哥就使劲地抽着鼻子说："樱桃的花好香。"他一定会丢下手中的农活儿去看鲍家的大女儿鲍早霞。

哥哥拿着汗巾说了三年，三年没回去。这怎么也说不过去，然而事实如此。甚至三年没有和自己的意中人通书信来往。但是有一次，爹鬼鬼祟祟地来看我们，后面还跟着一个派出所所长的老婆。那个女人是我们出了五服的三表姑，我们叫秀三姑。爹见了我们，劈头一句话："还活着啊！"——这是什么话！爹说是随秀三姑来河南办什么事的，要我们给几个钱。爹的疯病好了，这是我们高兴的。还带来了鲍家早霞、晚霞的口信，说是希望与我们哥俩尽快把"会头过了"（办喜事）。哥哥很高兴，说总得把房子修修，两张新床总得打吧，就给了爹五百块钱。爹拿着钱就与秀三姑一起走了。

回去的时候，情况并不是这样，爹跑了。爹扔下奶奶一个人孤苦伶仃地跑了。哥哥走进自家房子里的时候，房子歪歪欲倒，就像全家人都去城里打工了一样——凡是全家去城里打工的人家，房子都是这么一副七歪八倒的破相，门前荒草丛生，草中小兽扒出的浮土成堆。还不止这些，哥进村的时候人们一副难看的眼光看着他，说："大双还是小双？"当证实是大双之后，又说："活着呀？你究竟是人是鬼？"热气腾腾走得大汗直冒的哥哥惊诧得不行：我不是个活人吗？他就说："我不是个活人吗？"那些人说："唔。真还活着哪。"他们握他的手，手上是热的，还有一股子狐臭味，这是大双小双。他们说："唉。"哥哥万分不解。可一想也是，山谷里有几个死了，到煤矿活着回来也不易。就给他们说："我跟小双下矿井，是分开班次的——他下我不下，我下他不下，万一有事，总有一个可以回来。"可他们说："说是你们两个都死屄了咧。"

咒人死的人不得好死。哥哥心情极坏地走进屋子里，从黑暗中伸出一双死尸般的手，还有个死尸一样的声音说："大双，是大双吗？大双真回来了？"这就是奶奶。奶奶已经没有了人形，花白的头发一团一团的，没有牙齿支撑的嘴巴和腮部，已经变成了泄气的皮球。奶奶说："给我口水喝。"奶奶说，她有三天没吃没喝了，没人给她吃喝。她摔了一跤，爬不起来了。奶奶说，她经常挨饿，经常病，起不了床，就这么饿着，连家里的狗也饿死了。可人是顽强的，奶奶虽然三天没吃没喝，却吐词清晰，看人准确。如果不是哥哥回家，她不会三十天没吃没喝吗？就算三十天没吃没喝，奶奶还会活着。这就是咱山里的人，跟石头一样坚强的人。

爹不见了，修理过的房子呢？新打的床呢？没有。哥哥就说："奶奶，我是给爹五百块钱了的啊！"奶奶说："鬼的钱，连一头猪都被你该死的爹背走了，这个奎友贱鬼呀！"

"我跟您去找您的贱鬼儿子奎友回来！"哥哥说。

他就去村里问，看爹奎友是到哪儿去了。走出门去，狗都咬他，都是些新狗，不识人。有一家人家正在放鞭，听说是生了娃儿，请客坐流水席，就要我哥大双去喝一杯。大双盛情难却，上了二十块钱的人情。正准备进屋，派出所长出来了，姓艾，大家私下叫他艾滋哥，脸上长着许多疱疹，鼻子发紫，牙齿发黑，常年吞云吐雾，连舌头都是黑的。这个长我们一辈的派出所所长见到我哥哥，眼睛睁得大大的，嘴咧得开开的，说：

"鬼呗？"

我哥哥吃得很难受，艾所长又拿很难听的话取笑他。大意是说，说死的没死，没说死的死了。

我哥哥当时还是蒙在鼓里，直到他去了自家的田里，才明白了事情的真相。他走到自家地头，有两亩多上好的阳坡地，一挂流泉从石上逶迤下来，田土被泡得松松的，苞谷苗比别人家早出半个月。田里果然出了苗，迎风摇曳，绿得让人直想流泪，想都没想究竟是谁种的，爹或者奶奶。可有人从山石背后钻出来了，竟是邻家的梁毛子。

"大双小双呀？"

那梁毛子竟一屁股跌坐在地上，眼睛直了，好半天吐出一口气来，摇摇晃晃站起来，拿上锄头，说了声："我中了圈套了！"就飞也似的跑下坡去，眨眼就跑得没影了。

我哥哥甚为吃惊，恰好上来个打柴的人，就问刚才梁毛子为何躲着他，说什么中了圈套。那人想了想说："可能是他见你回来了，这田又要回归你名下。"我哥说："这田给了梁毛子？"那人说："哪不是，都说你们死在河南了咧，你爹疯了也不见了，田就给了毛子种了，这可是一亩顶十亩的好地啊，哪能闲着。"

我哥望着碧绿的苞谷苗，这地成了他人的地。我哥哥前思后想，不是个滋味，地旁有妈的坟，坟塌了，青草黄草杂乱，我哥哥就跪在妈的坟前好一

49

阵痛哭。哭过之后又用泉水洗了一把脸，决定去野羊尖鲍家。

二

应该是第二天。

应该是第二天吧。这天夜里，雷声轰鸣，好像世界要翻覆过来一样。我哥哥是送走了梁毛子，雷才开始打的。梁毛子是个可怜虫，爹死得早，娘又再嫁了。娘想管他，后爹打他，从小在外乱窜，与我们年龄相仿。后来是被他的舅舅找回来的，村里二轮承包已经分完了地，村长就说等谁死了划地给他，就要他吃百家饭，到了吃饭的时间，只消拿个碗去别人家就行了，点着吃，有腊肉吃腊肉，有活鸡吃活鸡，你若不干，就找村长来，大家恨死他，巴不得他得急症死了，或吃鸡让鸡骨头卡了喉咙。奇怪的是，那几年村里没死一个人。可如今回来，我俩哥俩成了死人，田给了梁毛子。梁毛子怕我们哥俩，那时因他偷吃我家一只鸭子，揍过他，被揍服了。梁毛子就来给我哥哥说："地我退了，损失我找村长算去，还给我哥拎来了一块麂肉。"后来雷就打起来了。

这个晚上的雷声是我哥哥听到的最不安的雷声。我们落羊山谷，是个雷暴多发区，只要打雷，那一定是惊心动魄，电光闪闪，火球滚滚，树啊，人啊，畜啊，谁沾上谁亡。雷本来是最好的，漫长的冬天过去后，雷会把阴暗潮毒的秽物彻底打跑，让阳光春光回到这遥远的山谷，让河水解冻，土地酥松，墒情暴发，万物昂扬。听着这山谷的雷声，还夹杂着雨的欢歌，躺在暖和的被窝里，重回故乡的感觉应是无比安逸的，就像一首歌所唱，像回到了母亲的怀抱。可我哥哥听到那尖锐严厉残忍的雷声，就像是自己的心肝放在磨刀石上来回揉搓撕刮一样。风在狂烈地吹着，下起了冰雹。雷还不走，在村子上空无耻流连，像个无赖，寻找着下手的目标。

我哥哥认为这雷是冲着他来的——有一忽他这么想，可我哥哥没有找到他被雷打的理由。我哥哥跟我一样，都是个善良的人，三年暗无天日的煤矿生活，在坚持不下去的时候，我们就会念着"农妇／山泉／有点田"互相鼓励，这一切，都是为了这个目标，赚点钱，回家娶个媳妇，养儿、种地、过日子去。

第二天，是雷暴过后的寻常日子，天晴了，田野和山谷清亮过人，云彩像洗晒过的棉花，远处的山峰历历在目。而且植物的气味会更重，开花的花蕾只要晾干了水珠，就会绽放出来，碧绿的叶子会更清纯，像少女的羞涩。猪在烂泥里叫得欢，牛铃的声音亮晶晶的，村庄像天堂一样干净美丽。哥哥向野羊尖走去时，在路边看到一棵被雷劈断的巴山冷杉，被烧得黑乎乎的。他的心情本已经被早晨弄好了的，看到那树，又惴惴不安起来，并且心跳突然紊乱。这时，就看到了鲍早霞，我未来的嫂嫂。

我未来的嫂嫂为什么成这样子了呢？我未来的嫂嫂烫了发，还染了，染得黄不拉叽，嘴巴上亮晃晃的，好像拔过胡子一样，一看就是个妇人。最要命的是，她是从山下来的，敞着怀，两个松松垮垮的乳房在毛衣里乱窜。我哥哥怎么想呢？我哥哥想过一千次，看到的早霞应该是像初升的早霞一样出现在樱桃树下，眼波如泉水，微露尖细的米牙，可能会对着山下唱两句晃晃悠悠的山歌，一定要带着让人心痒的神秘和调皮，当然了，还会有一丝他所理会的放荡。

哥哥说："早霞！"

那早霞正埋头爬坡，听到一声熟悉的唤她名字的声音，就站住了，抬起头，看到逆光里的我哥哥，大双。

"你……你！……"

早霞盯着哥哥，上前来，抽了他三耳光，说："是真的？"

早霞的手打麻了，一下子抱住我哥，悲也似的大哭起来，还找他的嘴，要亲吻他，安慰他。

我哥哥被她的动作搞得连连后退，差一步就要退到悬崖边摔下去了。我哥哥推开她，远远地打量她，带着愤怒和遗憾打量她，说：

"你从哪儿来的啊？"

"我问你从哪儿来的？"

"家里。"

"我也是家里。"

"下面？"

"下面，你还活着呀大双，我已经死了，我嫁了个老公，叫艾滋！"

这是一个晴天霹雳，另一个晴天霹雳就是早霞的话。

51

　　他们互相搀扶着上了野羊尖，野羊尖的樱桃蔫了，野羊尖的鲍家老屋，弥漫着一股腐臭，他的未来的弟媳——晚霞双腿溃烂，眼睛已经瞎了。

　　"……我每天早晨都要上山来，取下在树上接的露水，为晚霞洗眼睛和双腿的。"

　　早霞从那要死不活的樱桃树上，拿下一个大盘子，那里面存积着晚上收集的露水，来给晚霞洗眼睛。可是晚霞在号叫着，捂着她的腹部。她萎缩的双腿流着奇怪的黄水。

　　我哥哥越来越感觉不到真实生活的刺激，他像在噩梦中迷路穿行一样，听着一个年轻女子的怪号。另一个花枝招展如女妖的女子手拿着从山上承接的露水，为这号叫的女子擦洗着眼眸和身子——而这女子已经病入膏肓。

　　"哥哥，大双哥哥……"这个女子喊他，声音带着痛感。

　　"你会好起来的。"

　　这时，她们的父亲，一个瘸腿的老男人蹲在门槛上悲声大哭起来，手捧着干瘪的脸腮。他这一哭，把我哥哥弄得更加惶惶不安，心里尤其难受。

　　"啊呀！……哇呀……"

　　狗也汪叫起来。

　　"没有用了，怎么都治了，没有用了，家产都败完了……"早霞伤心地说。

　　后来，因为那个老男人的哭声止不住，早霞也被勾引了，哭声从喉咙里冲了出来，同时捶打我哥哥的肩膀：

　　"你呀，你呀！砍脑壳的，都怪你们俩兄弟呀！……"

　　事情是：在我们去河南打工的第二年春天，樱桃花开之后，早霞就想去找我们。于是姐妹俩就去了河南。可找不到具体的地方，只好坐火车回到宜昌，在宜昌碰到一个神农架的熟人，那熟人就神说鬼吹要姐妹俩去福建上班，说是一个月吃了喝了一千块钱，还不加班。早霞不为所动，晚霞动了心，就与几个兴山、秭归的女孩子一起跟那人去了福建，在一个小鞋厂里上班。没想到半年以后就开始头晕、呕吐、肌肉发颤、萎缩、视力下降。没撑到年底就回来了，回来眼就看不见了，不能正常走路了。后来找对方赔了三万多块钱。这钱治病也花完了……

　　早霞讲完这些，无望的、无神的眼睛看着门外，解冻的泉水在屋后流向前面的悬崖，发出欢跳的碰撞声。春风像一个孩童，在森林里左一下右一下地奔跑着，躲藏着。那声音像一个遥远的梦境。

我哥哥说："是老艾带你去要的钱？"

早霞说："是。"

我哥哥说："是你们两个去的福建？"

早霞说："是。"

我哥哥说："那时还是你干爹？"

早霞说："是。"

我哥哥说："那时就出血了？"

早霞说："大双，你说什么呀！"

我哥哥说："他要你出血，我也要他出点血！"我哥哥咬牙切齿地怒吼说。

"我有血吗？"晚霞问。后来她又坚持地问了几声。

门外的春风依然和煦，还带着阳光的明亮。狗这时向山冈狂吠，他们看到山冈上出现了一些从冬眠中醒过来的野兽的影子，也许是熊，也许是别的。反正，春天来了，这是事实。

"……当时，都说你们兄弟死了，瓦斯爆炸。四呆就来找我提亲……"

"哪个四呆？"

"老艾的侄子，咱们的同学，毕四呆，毕家山药材场的。每天死缠，还唱歌，彩礼都挑来了。老爹就要我求老艾，拜他成了干爹。老艾就应允了，四呆就走了……"

"现在他在哪儿？"

"好像在巴东长江码头挑磷矿粉……"

三

我哥哥感到他成了无家可归的人。就在这天，在这野羊尖上，望着茫茫的、乱石滚滚的落羊山谷，四周的山峰直插云天，野羊咩咩地哀叫着，狂乱的春风在河谷里奔窜，四处驱赶着那些好好的腐叶和陈年的果球。成群的苍蝇和蝴蝶在寻找着花朵，忧伤的山歌从一个牧羊老汉的嘴里混浊地发出来。

他在一个路边酒店喝了两杯苞谷酒。那可是咱山谷地道的苞谷酒。他想先去找父亲，我们的爹奎友。想问问那土地的事，毕竟爹是户主嘛。

爹就藏在山里面的毕家山药材场，与那个老艾的老婆秀三姑过。

我哥哥从一个死火山的底部往上爬，看到了许多搅乱心思的鹰，它们的爪子上都抓着猎物，不是蛇就是兔子，或是小羊。这时候，他看见一只鹰和一条蛇在空中搏斗。那蛇虽然在老鹰的爪子下，可身管粗大，死缠着那鹰，鹰突然摇摇晃晃起来，忽高忽低，最后一头栽了下来，栽倒在死火山口里。"它被毒蛇咬了！"我哥哥这么想时，就想人是要反抗，要毒一点，要咬那些混蛋一口。他想，如果我什么都没有了，连老婆都被别人占了⋯⋯

我哥哥带着混乱的大脑和疲惫的身心走到毕家山药材场。这是一个十分偏僻的山坳，在巫山雁门口的旁边，平常只有采药人和猎人才会踏足此地，可它也生长着奇花异草——它们全是上等中药，如党参、灵芝、三七、雪胆、红景天等。山上依然有残雪，因为这里海拔很高，空气凉丝丝的。他后悔不该让早霞回去，如果让她陪他来见爹，兴许心情会好一点，他没有想到为什么艾所长过去的老婆会跟爹在一起。直到走到村口，碰见许多恶狗，他才突然想到这个问题。可一个带路的老头却不走了，说："你自己往里走吧，千万别说是我指的路。"我哥哥问："为什么？"那老头说："如果我把陌生人带来找他们，特别是那秀三姑她是要把我撕烂的，她沾染了一些坏习气，还以为自己是所长老婆呢。"

我哥哥走进村子，在一个山坡上的一间木屋里找到了我爹。我爹见到我哥，面部肌肉开始抽搐起来，好像疯病要犯了。这时秀三姑进来了，用身子挡住我爹，恶狠狠地对着我哥哥说：

"你想干什么？"

我哥哥说："我的地没了，我们的地没了。"

那秀三姑说，"我的家还没了呢"。

我那爹这时也站出来说："你想让老艾来抓我们啵？"

据说我爹操起小薅锄，就来薅我哥的头。他已经是愤怒和烦躁到极点了，终于疯病犯了。我哥躲闪不及，肩膀终于被他重重地薅了一下，当即差一点倒在地上，那后果就严重了，会让我爹把我哥碾成齑粉，薅成烂泥。我哥哥跑出门去，门口的钉子把我爹的衣裳挂住了，他在那儿挣扎。秀三姑这时不拉我爹，反倒教训起我哥哥来：

"你要娶的那个小骚逼啊！你不去找他们，来找我们？你不能把那鲍早霞一顿死打？"

我哥哥说：

"我凭什么打她？你还不是跟我爹跑了？"

我爹挣脱不了钉子，暴跳如雷说：

"大双，有种的把老艾杀了！"

我哥哥说：

"应该把你杀了，你诓走我和小双的五百块钱，你为什么不告诉我们真相？你还把奶奶丢了，把家里的承包地丢了——我们明明活着，你为什么不告诉村里？你现在在这里逍遥自在，真不要脸！"

看热闹的人多了起来，全是那些种药材的临时工，有从陕西来的，有从重庆来的，有从四川来的。我哥哥看那些人巴不得他们父子打起来，没一点劝架的意思，就捂着受伤流血的肩膀赶快溜了。

那天晚上，我哥哥躺在山上的一个岩洞里，呜呜地哭了一场。天气很冷，他决定还是到野羊尖鲍家去，去候早霞。他怀揣着五千块钱，是准备回来与早霞办喜事的，这钱带在身上，像一钵开水，让他很不自在，生怕碰到了打劫的，就算不怕死，豁出去了，自己身上没有家伙，对付不了别人，钱抢走了不说，说不定还会赔一条命去。

他不想死，我哥哥，还没有到非死不可的地步。这一步是很难达到的。在煤矿里三年，每一天都是在地狱里煎熬，现在青天白日，更没有理由去死。我哥哥捡了根粗大的棍子，摸夜路上了野羊尖。还好，还没碰上坏人和野兽，跟鲍家父亲挤了一夜。第二天，早霞又来了。

再回过头来说这一夜。这一夜也是煎熬。

晚霞的号叫声那是相当瘆人的，如果只是与她在一起，你一定会被吓个半死。在这荒山野岭，一个年轻女子的惨痛声音忽高忽低，忽大忽小，忽亮忽哑，你怎么也睡不着的。如果要说有鬼的话，这女子就是鬼，活鬼。可另一头的她爹却睡得相当瓷实，呼噜像深沉的林吼，非常有节律。我哥哥爬起来，帮晚霞揉肚腹，给她糖水喝。他看着这个瞎子，这个未来的弟媳，心乱如麻。他找到她爹的烟叶点燃了一锅，吸得呛咳不已，又拨燃火塘里的火，坐在火边望着柴棍在火里燃烧，发出好听的声音。他想，就是为了弟弟，也要把她送到医院去医治，不然弟弟回来会怪罪我的。这五千块钱也没啥用了，如果投给晚霞，治得稍好一点，让早霞感动一下，回心转意，日子还是不错的，我不在乎她跟谁结过婚。在神龛上面的相框里，有早霞和晚霞的照片。那个扎着辫子的、围着围巾的、被照相馆的强光照得小了一圈的早霞，就是他心中的仙女，认定了的老婆。他还无法接受这个现实，早霞成了他人妇的现实。他还抱着一线傻乎乎的希望，一切都会回到过去。

"应该给她治。"我哥哥对早霞说。我哥哥突然从怀里拿出那一个用煤矿的信封装的五千块钱，放到桌子上，同时扣着衣扣说：

"这些钱总能治治的。"

他拿这些钱出来的时候，早霞看见了他的每个手指甲周围还有无法洗去的煤迹，指壳肥厚怪异。他的鼻子两边也乌黑。早霞不同意，早霞说："那是花冤枉钱，谢谢的好意。这钱我们鲍家不会要你的。"她还说："我没欠你们的，没收过你们羊家的半分彩礼。"这很对，可我哥哥铁了心。越是这样推辞越让我哥哥坚定了决心。钱就这么定了，下一步就是行动。他背上晚霞，就这么背上了晚霞，往山谷里走去。

四

也许是绝望吧，我想，我哥哥那时一定是绝望，三年等来的绝望。不过他这样想，三年前早霞、晚霞都像照片中一样水灵，像两棵鲜嫩的白菜，一碰就碎。可现在呢，一个嫁了个长辈，一个残败了——神农山区的妮子们可一个个都是水灵灵的，水好，皮肤就好，然而走出去，什么也没换回，却换来了一身残败，外头就是残败你身子的啊！我哥哥背着晚霞，背着一个腐臭的身子，一步步的，哥哥背着她往县城走去。

景色是依人的心情而出现的，或者说什么样的心境就有什么样的景色。

落羊山谷的雾上来之后，就是雨下过了。这儿的植物绿汪汪的，茶坂上，满是那种给人营养的奇特芬芳，仿佛死在这里也可以。牛踏着方步向山冈上走去，咖啡红的身子平稳如船。赶牛人和他的牛，被初升的太阳拖着长长一线，一直拉下山谷去。云彩像一群在草原上散步的白色大象。我哥哥的心情，随着一股烧砖窑的白烟，优美地上升。这一切，因为他的旁边，还走着早霞。

群山像蓝色的波浪凝固在远方。

我哥哥心甘情愿地背着。因为伏在我哥哥的背上，加上这广阔的山谷有春风滋养，芬芳扑鼻，空气里有着撑胸扩肺的活力素，晚霞安静多了，人也有了一种山野的轻松。

"大双哥哥，我们真是到县城去吗？"晚霞问。

"我们正是，"哥哥答，"正是往县城走的。"

"我们正是往和尚岩和黑松峡走吗？"

"我们正是往和尚岩和黑松峡那儿走的。"我哥哥说。

"这样就会近些。"哥哥说。

"姐姐，是这样吗？"

"正是这样。"早霞答道。

太阳像一盆沸腾的铁水升上了天空，一只鹰像一片黑煞煞的树叶被气流卷上天空，土地在翻腾着身子，万物在心底里放声歌唱。

太阳一定是很红的，光也很红，不然晚霞不会说出如下的话来：

"……大双哥哥，如果我死了，就让小双送一件红毛衣让我上路啊！大双哥哥，小双一定不知道我病成这个样子了，好丑。千万别告诉他啊！我死了也别告诉他，就搭信给他说，我想穿一件红毛衣去看他……"

我哥哥大双流着泪，回答着她的话。早霞在一旁也不停地抹着眼睛，并用手帕堵住嘴，怕哭出声来。

"可是我要回去。"早霞说。她拿开那堵嘴的手帕。

"你不能离开晚霞。"我哥说。

"她总是要死的。"早霞说。

那时他们坐在石头上，晚霞在一边躺着。

怎么劝，早霞也要回去，因为没给老艾说。

"他一定会抓住我们一顿好打，说我们私奔了的。"早霞说。

"莫非他就总是害人吗？"

"反正他也不会成全别人，除了他自己。"

"那你为什么还要跟他呢？"

"不跟他跟你，你也会打我，会一辈子不原谅我。"

"你怎么知道？"

"天底下的男人不就是为那一下子戳出女人的鲜血来吗？"

"我不，还是跟我吧早霞，我会原谅你的，我回来就是要跟你结婚的，我盼了三年，当牛做马赚了三年钱，就是为了和你成个家，过一辈子的。现在我什么都没有了，你就这么狠心丢下我，让我成个光棍吗？"

"你会原谅我跟一个四十多岁的男人睡了？——假如你什么也不知道，假如我没有答应跟老艾结婚，把那一夜他强迫我的事马虎眼打过去了……"

"我会！我保证会！"

"胡扯。让我回去吧，大双，我现在是别人的人了，有我的家，不能跟你一起去县城。"

"是跟晚霞一起。"

"她就是具死尸，饶了我吧，大双，我对不起你！……"早霞朝我哥哥跪了下来。

"我不会放你走的，"我哥哥说，"为了晚霞。"

他们继续往山谷里走。

脚步是机械向前迈动的。他们走得很快。应该是他，我哥哥。如果这么走，要三至四天才能走到县城。我哥哥不知道下一步怎么办，他认为只有走，只有不停地走，才能把早霞拉到身边，只有背着晚霞，早霞才会跟他走。

如果说这叫绑架的话，这也可以说叫绑架。把她绑在一个垂死病人的身上，让他们三人同归于尽——这样就渐渐清晰了：绑架，或者同归于尽。

我哥哥过去是一个十分软弱的人，在家里都让着我八分，在哪儿都是忍气吞声的。可是三年的煤矿生活，当今天他站在早霞的面前，他掩饰了他一切的过去，一切的可怜，而是表现出他坚硬、霸扈、不容抗辩的陌生一面。

这是煤给他的，地下三百米深矿洞的煎熬给他的，可以称这为"苍凉"。

太阳渐渐地往西山滑去，山谷的阴影正在扩大。他们正在向一个山洞爬去，早霞突然哭喊起来：

"我算回不去了！"

我哥哥没有搭理她。他无法搭理，不好搭理。这时早霞又哭喊道：

"我算完了！完蛋了！"

"他又能把你怎样？莫非你就没一点自由吗？莫非给你妹妹治病他也不答应？"

他们进到一个山洞，电闪雷鸣，天要变了。接着，天像锅底一样黑起来，雨就从林子深处向这边卷过来，风雨如磐。

好在洞里还有一些采药人来不及烧完的柴，我哥哥把柴拢成一堆，点燃了火。

没有吃的，早霞去洞口接了些雨水自己喝了，再给晚霞喝。

"这样，还不到县城，晚霞就给冻死了，"早霞说，"她会死得更快。"

"那你回去吧。"我哥哥对她说。

"还回哪儿去？这样的天，这么大的雨回哪儿去？你让我摔死，喂野牲口啵？"

有时候人是认命的。让一个女人认命，其实很简单，只要你横蛮一点，只要你不顾一切。女人毕竟只是女人。这样他就有些心疼早霞和晚霞。这么冷的天，我把她们弄出来做啥哩？我这不是害了她们吗？我为什么要这样？

没有小柴，只有烧不燃的大柴湿柴，洞子里弥漫着令人窒息的、催人泪下的柴烟。我哥哥想给她们去弄点吃的，或找一些干柴，看来这都不可能了。洞外是昏天黑地的雨，雷暴变得愈来愈激烈，金钩闪电在到处撕裂着天空，天空碎了。晚霞因为惊吓，又冷又饿，发出了被超强凌辱掐扼的嘶叫声："哎呀！哎呀！哎——呀！"——这洞里有鬼！

两个好人不知道把病人怎么办，况且他们早已精疲力竭，头昏眼花。在惊雷声中，传来了隐隐的野兽的吼叫，号叫。

两个好人——我哥和早霞恐悚地你看我，我看你。早霞还保持了她的矜持，总像个陌生人一样地与我哥哥保持着一种令人压抑的距离。可洞外林子里的野兽声十分顽固地在周围游来荡去，可能是在大声抗议这暴雨把它们的洞巢给毁了。

必须有火星，我哥哥就跪下来拼命地吹火，嘴都吹酸了，早霞也知道眼前的危险，也接着去吹。终于，火又恍恍惚惚地燃了起来。火能退兽。可没两下，又熄了，又变成了一缕青烟和更深的黑暗。

在黑暗中，晚霞爆发出了空前的哭号声，声音穿出洞口，刺进森林里。早霞不顾一切地扑过去，去扪她的嘴——不能哭叫啊，哭叫引来了野牲口我们就完蛋了啊！

我哥哥知道她是去扪晚霞的嘴，接着就听见晚霞那憋气难受的呜呜声，又听见晚霞在地上四肢踢蹬，我哥哥揿燃打火机去看，早霞死死地捂着晚霞的嘴，眼里是竭尽全力的惶恐。那晚霞已被她姐姐捂压得没气了，脸已经成了紫色，像贴了一层茄子皮。我哥哥去拉早霞，说："使不得！住手！放开她！"可早霞就是不放，像按着一个坏人似的。就这样两个人你扯我拉。一个惊天炸雷在洞外打响了，一团火腾的冲进洞来，早霞这才放开晚霞，扑到我哥哥怀里，过了一会儿，才听见晚霞的嘴里吐出来一口气。

雷声偃息了。我哥哥因为太疲倦，就靠在洞壁上睡着了。

醒来的时候，发现没有了早霞。可是她的一件衣裳盖在晚霞身上。我哥哥走出洞去，分明看到有一串湿漉漉的脚印，正往山下的密林而去。

五

我哥哥欲哭无泪。他站在石头上，望着雷雨后格外清新的山谷，视野极其开阔，可以看得到镇子上的桥，搁在落羊溪上。蜿蜒的河水像一条银鳞闪闪的长蛇，游入目力所不及的地方，变成一片云雾。

晚霞在洞里呻吟着。他不可能把一个活人甩在荒野，让野兽啃吃，或是让她饥渴而死。况且这个人现在急切需要诊治，而且是他坚持要背出来，要去县城医院的。

现在晚霞成了他所有的负担。

"如果这么狠心，扔下了自己的亲妹妹……幸好没让这样的女人成为我老婆，否则的话，我生了病她不也一样把我扔掉了？老天爷长了眼睛！……"他庆幸着自言自语地说。

他背起了晚霞，重又背起了晚霞。他说：

"阴差阳错呀，阴差阳错，让她跟别的男的去，让老艾……恶人自有恶人磨……"

他一路走一路嘀咕。

去往县城的路是如此的漫长和险峻。路上碰到了一对去县城照婚纱照去的山谷男女，每个人都穿着套装，容光焕发。

"这是我妹妹，我陪她去看病去的。"我哥哥这样介绍说。

那两个幸福的人将食物分出来给他们吃，那个男的并且脱掉了套装换我哥哥背。男的是个瘦高个儿，脖子很长，头发曲卷，女的却水灵丰满，身材适中，极有看相。有时，她的动作极像早霞，这使我哥哥的目光总会忍不住在她身上多停留片刻。他们是石砚村的。男的给我哥哥说，到县城里照了相背回来可不简单，婚纱照大概有这么大，还是玻璃。他比画着。我哥哥问到价钱，男的说，要两百块钱左右，贵是贵点，但一生就只一次。我哥哥说，你老婆这么漂亮，应该照几张好相。女的说："他还说我配不上他哟。"男的就说，凑合着过吧，漂亮也当不得饭吃。

"往黑松峡走，可有豹子？"女的说。

"我们四个一起，不会怕的。"我哥哥说。

路十分险陡。两个男人费了好大的劲儿，才把晚霞抬过一个"鱼脊背"。那个未来的新娘自己走。

晚霞昏昏沉沉地在两个男人背上换来换去，头脑已不是很清醒，只是一路哼哼着。两男两女的身影，在这沉密的森林中转来转去，上上下下。

这一天晚上，豹子的叫声异常清晰。

我哥哥守着晚霞，把衣裳全给她盖上了。那一对新人依偎着睡在一起。在火光中，那女孩的脸越看越像早霞。多么甜蜜安宁的一对！人这一辈子没有事最好，就像他们，什么事都没发生，就叫幸福。他听着那对幸福男女的鼾声，望着垂死挣扎的晚霞，心想着，早霞会不会良心发现，追来与他一同行走呢？莫非她就真狠心不要这个妹妹了？

松林中的月亮正在像一只气球往上浮升，山冈上传来了麂子的忧伤的呼唤。麂子的叫声总像一些唤母亲回家的声音，十分稚化，喉咙窄嫩嫩的。娃娃鸡也在哭叫，也像柔弱的娃子。好像这个世界有许多孤儿在黑夜里迷失了一样。没有什么凶狠的东西在这个春夜行走，除了一两声粗壮野蛮的豹吼。很可能是因为它们在争夺母豹吧。

他想着早霞，我哥哥。他浑身疼痛地想着早霞，如果她也依偎在我怀里，交颈而眠，寒冷是不算什么的。可现在很冷。奶奶还没有吃的，卧床不起。我这是不是忒自私？我这么做，莫非真是想救人一命，胜造七级浮屠？我不过就是想做给早霞和她们的爹看，怀着卑鄙可怜的希望，想让她回心转意……

半夜时分，晚霞冻醒了，也清醒了许多。她问我哥哥：

"我们还是去县城？我还有救吗？"

"你会有救的。"我哥哥说。

"你一定会好的。"那两个被吵醒的男女也说。

"可我的姐姐去了哪儿呢？"晚霞这么问，睁着坍塌的眼睛问。

"我就是你姐妹。"那个女人说，用手摸了摸晚霞只剩下骨头的脸。我哥哥看见那个善良的妮子——未来的新娘哭了起来。

月亮像一面金黄色的旗帜挂在了天空，在碧海似的天上飘着。未来的新娘安抚着晚霞，拍着她的背让她睡去，两个男人睡不着，就抽着烟说着话。我哥哥问他家里种了几亩地，那男的说："有六亩地，我们那儿山高些，三月底才下的苞谷种，用薄膜。鄂玉2号能耐旱，忒好。另外的三亩种了党参——那地正在东南向，天生是种党参的，现在又不交农业税了，种啥都自己得。""可党参也要肥要水啊。"我哥哥说。那男的就说，他们村领导是做事的人，专门引了山上的泉水，每块田都可满灌，水是不愁的。"现在'房党'（房县党参）也用大棚栽培了，我家两个大棚。"那男的说。女的插过来话道："明年就要搞到四个。"男的说："明年就要添口了，不发展不行了。"女的说："咱还没嫁过去呢，你就晓得添口？大言不惭！"男的嘿嘿笑说："迟早不是咱的人，婚纱照都要照了，你还敢嫁别的男人？"后来，两个男人又讨论了党参怎么烘干能得原色（白黄）佳品，不知不觉，天就亮了。

他们继续行走。

依然是两个男人轮流背着。就像老话说的，天有不测风云，人有旦夕福祸。在过另一个"鲫鱼背"时，已经把晚霞都背过去了，可那个未来的新娘子却一步没踩稳，掉下了悬崖。

人是死了。好在翻过了"鲫鱼背"就是一个小村庄，有几户人家。喊来村民，大家到崖底把那个女的背了上来，男的哭得几次闭了气。我哥哥和那个男的各出了二十五元钱，雇了匹骡子，配了两个箩筐，一边装死了的那个准新娘，一边装没死的晚霞。

穿过三十里黑松峡，再走四十里雷刺爪子湾，才到了县城。到了县城，先把晚霞放在县医院门口，那男的就说："大哥，我直接去火葬场了，这照婚纱摄影的钱想必是能火化一个人的。"这可怜的未来的新郎在县城的街头找了两块大灰砖放进另一边筐里，问清了火葬场的方向，就赶着骡子走了。牵骡子的人在前头，他跟在骡子的屁股后头。望着那个善良的男人，我哥哥一句话也没说。那男的后来又回过头说了一声：

"大哥，她娘家人以后若问起来，你可作个证啊！"

我哥哥终于说：

"我老婆也等于是死了，她跟艾滋结婚了——就是她姐姐！"

他驮着晚霞。我哥哥站在县城的大街上，他感到他背着的不是别人，而是思绪纷乱、一团乱麻的自己。

六

晚霞是到医院的第五天死的。

一路的颠簸，惊吓和风寒，晚霞又患上了肺炎，这样的人哪经受得起如此蹂躏！在输液的时候，不声不响地就死了。我哥哥看着滴液不动了，就去摸晚霞的手，手冰凉，再看人，已经没气了。我哥哥想可能是他害死了她。可安安静静死在医院里，也比疼死在那野羊尖的屋子里好，至少，这种死会受到关注。那么多医生、护士和护工会说：这个人死了，这一床死了。还有化妆的人，还有火葬工，都会关注这个人。不声不响的死去是最没有味道的。

那个化妆的老头把她画得很好，很健康，涂了胭脂。那个老头都说，按现在城里人以瘦为美的标准，这妮子是个大美人。

我哥哥去县公安局，终于找到了野羊尖派出所的电话。到第三天，他在太平间的门口，等来了艾所长和早霞。

艾所长夸奖他："你可是个活雷锋。"

我哥哥指着冷冻柜子里的人说："她可是我弟弟的女朋友，我的弟媳妇！"

一句话义正词严，不多不少，恰到好处，弄得艾所长一脸无奈。我哥哥代表他的弟弟也就是我，到商场给晚霞买了一件红毛衣，了却了晚霞生前的一桩愿望。晚霞穿着红毛衣进了火化炉。过了两个小时，我哥和早霞等到了冒着热气的晚霞的骨灰。早霞用一个铝皮勺往骨灰盒里盛着骨灰说："人真是没一点意思，到头来就这把骨渣子。"我哥哥说："你很有意思啊，所长的夫人。"早霞说："最后还不就是一把骨渣子吗？大双，看远些，找个好的去。"我哥哥说："我就要你这把骨渣子。"早霞叽叽一笑，装好了骨灰，盖上盖子，站起来说：

"好了，终于不叫唤了，我妹妹也不会再麻烦你了。我代她感谢你。"

"我们哥俩一个也没得到你们姊妹俩。"

早霞掐了我哥哥一下，又把他的手捏了一下。

他们把晚霞的骨灰盒放到我哥哥住的医院招待所，老艾到县局去了，早霞就说埋到那山上去算了。她指了指窗外的山坡。我哥哥说："为什么？"早霞说，老艾不同意带这个东西一路回去，这怎么都晦气。我哥哥就说："我把她背来的，我把她弄回去算了，弄到野羊尖，让你爹看看再埋下。"

"这怎么行啊，大双！"早霞叫起来，"大双你是个好人！过去我咋没发现！"

他们做男女之事的时候，晚霞的骨灰盒就在枕头旁，似乎还散发着悠悠的热气。之后商量了把晚霞抱回去的事，老艾就来了。

我哥哥因为有了强烈的也短暂的身心愉悦，就涎皮起来，就把他的愤恨表露出来，就喊他：

"晚霞我抱回去了，就不吓煞你了。"

"我已经做到仁至义尽。晚霞的钱是谁要回来的你知道吗？"

每当我哥哥想说话，早霞就去拦，叫着大双，她怕大双一时被兴奋冲昏了头脑，说出刚才的事来，或者流露出来，老艾很精明。

"我们没有死，你说我们死了……"

"又不是我传出来的，你真是……"

"你就死了，"这时早霞蹿出来说，"大双你不就死了吗？跟你弟弟小双一起死了！不死三年咋没个音讯？"

早霞怎么啦？她疯狂地给老艾帮腔，刚才招待所发生的事没有吗？她指着大双，脸涨得通红，好像眼睛太用力说话都胀出泪来了。

"……你就是死了，你以为你没死啊！"

七

我哥哥抱着晚霞的骨灰盒，被早霞的一顿猛喝给逼退走了。他只得离开他们。他不理解早霞为什么这样要咒他死。我哥哥恨不得找个地方大哭一场。他流着泪在大街上走着，在县城陌生的街头走着。他看着手上的骨灰盒，心里对晚霞说："她疯了，你姐姐她咒我死呢……"

"可我什么也没有了，"他给晚霞说，"弟妹，就你这么陪我了。"

我哥哥想，再这么原路走也会死掉的，他不能死。他想起招待所，想起早霞的那句话："在我身上搞实习啊。"这句话给他不想死的所有理由。他决定坐班车先去巴东，再从巴东走回落羊山谷，这样虽说要坐两天车，花去不少的车费，但会绕过黑松峡和雷刺爪子湾噩梦一样的行程，县里电视也在播，说黑松峡豹子伤人的事。

买了一张车票，在车上竟然碰到了那个好心的石砚村的男娃子，也捧着一个骨灰盒，可身边却有一张大大的婚纱照，还是彩色的。我哥哥心里一惊，以为不是在人间，糊涂了一瞬，那男的才说出原委：是用他们随身带的一张旧照片在电脑上合成的。

"就两张脸是我们的，身子和衣裳都是别人的。"那人说。

我哥哥看着那张电脑合成的婚纱照，泪水又一次滚滚而出。这是一对多么善良的男女啊，可是险恶的山路生生拆散了他们还没开始的幸福。我也被生生拆散了，也是还没开始。可是早霞有些淫荡的话"你在我身上……"这句话时常在他快绝望的时候冒出来，给了他一丝天高地阔般的幸福感。

到了巴东，我哥哥突然想起四呆，他就去码头上找四呆。他恨四呆哩。他捧着骨灰盒找到了四呆。四呆满身的磷矿粉，跟在煤窑里的我哥哥没什么两样，只不过一个是黑的，一个是白的。四呆拍着身上白色的磷矿粉，指着我哥哥手上的那盒子问：

"你这是干什么？哪个的？"

我哥说是晚霞的。

"晚霞的送我这里来干什么？"

我哥说："我是大双。"

四呆说："你甭说鬼话，你已经死了，我不跟死人说话。"

我哥说："胡说，我不是好好活着吗？晚上我请你吃白酥肉。"

巴东的码头上，一入夜，便有许多卖卤菜喝酒的人，卤菜又以凉拌的白酥肉最入口，有辣椒、蒜子、生姜、酱油和醋。辣子酱、酱油尽管放，随自己口味。等坐在了人家的桌子上，等拌得有红有白的白酥肉端上桌子来了，四呆还在说："我不跟死人说话，也不跟死人吃白酥肉。"

"我敬你三杯，我先喝了。"我哥哥说。他喝掉了三杯苞谷酒，又倒了一杯放到晚霞的骨灰盒面前："我再敬晚霞一杯。"

"晚霞不是早霞，我晓得你是为早霞来找我的。"

我哥呼地一下站起来，一盘白酥肉就朝四呆砸去，然后一把掀翻了桌子，连晚霞的骨灰盒也砸开了，骨灰散落了一地。

"你把我害得好惨。"我哥哥说。

四呆的脸上贴着些酱油和蒜子，额角正在往外渗着血。我哥哥砸过之后气消了，就去地上拾掇晚霞的骨灰。四呆也蹲下去，帮我哥哥拾掇骨灰。

后来他们坐在长江边上，抽着烟，说着话。

我哥哥说："你他妈的东不找西不找，高不找矮不找，为啥偏偏找上我的女友呢？"

四呆说："美女人人爱嘛。"

"可那是名花有主了。"我哥哥说。

"大不了是个遗孀，"四呆说，"就是传你和小双都死了嘛，你们又不
给音讯，连你爹也不知道你们死活。"

我哥哥说："就是死了，也要家里去收死亡费二十万哪。"

四呆说："现在的矿主哪个不黑心？好多失踪的不稀奇。"

我哥哥说："咱村里又没电话。"

四呆说："你妈的要是真爱早霞连封信也不写？"

我哥哥说："可去年春上我爹去我那儿还搭了封信回来的，早霞也搭了
口信去。只因我爹不是个东西，诓了我。"

四呆说："你还是不爱早霞，爱她不一天一封信吗？"

我哥哥说："早霞再怎么瞧不上我，也应该更瞧不上你，你四呆不屙泡
尿照照，长得歪歪扭扭，翘七塌八的，也癞蛤蟆想吃天鹅肉！"

四呆说："我怎么了，哪桩不比你强？我当初是副场长了，毕家山药材
场脱贫致富第二带头人，新农村建设的积极分子，只是现在有家不得归，三
个大棚的党参也便宜兑给别人了，呜嘿嘿……"四呆说到这里哭了起来。

我哥哥就劝他。四呆说："女人是祸水，女人是祸水，我信了这古话了。
可是再怎么样，她也瞧不上老艾滋叔啦，还不是看人家是所长……"

我哥哥本来想把前两天在招待所的秘密说出来的，幸福有时极想说出来
给他人分享。可我哥哥还是没说。

四呆问："你打算怎么办呢？你准备捧着你弟妹的骨灰盒往哪儿走？落
羊山谷莫非还有哪个姑娘等着你？"

"早霞是我的！早霞肯定是我的，谁都别想！"他说，我哥哥说，他信
心十足地说。他从来都没有像今天这么有信心。当信心上来的时候，所有的
晦暗都一扫而去。

八

我哥哥到了野羊尖，找鲍家父亲要了一把铁锹，把晚霞埋在了那棵樱桃
树下。然后，他回到了羊家村，剩余的事情就是睡觉。奶奶还活着，得亏了

左邻右舍的照顾，特别是梁毛子。他给我哥哥说，他还为羊家的老奶奶做过一顿毛野鸡蛋吃。奶奶证实了这件事。梁毛子说，他看见刺丛里野鸡咕咕地叫着，去扑鸡，没有扑着，却捡回了一窝毛野鸡蛋，有十几枚，全是绿壳蛋。"春天了，它在孵儿哩。"

春天了，夜晚的山里到处传来野牲口们求偶的呼唤，有带蹄子的，有带爪子的；有圆毛的，有扁毛的；有大的，有小的……

春天了，晴爽的丽日，薅草的队伍上了坡，山里的人兴互助薅草，可以轮流在人家家里吃饭喝酒，人多闹得欢，薅得快。我哥哥往田坡上走去时，听到了那片田里早唱开了薅草歌：

清早起来雾沉沉／敲锣打鼓出了门／歌郎歌妹把路引／来到山上扎大营／

一请东山弟兄们／来到东坡扎大营／要把杂草锄干净／看到苞谷长成林……

听着那叮哩咣啷的锣鼓声，我哥哥远远地站着。薅草的人一字排开，向前挥锄，锄头的刃口在阳光下闪烁着，像照相机的闪光灯。

我哥哥走到自家的田头，梁毛子赶快给他递来了香烟，说：

"我给村长说不要你的地，村长说我说了不算。说你们兄弟三年没回来，还有你爹。三年前你妈死了，你爹疯了，你跟小双走了，地就撂荒了。那年还兴农业税，你们有几百块钱没交哩，找人不着，村里还养着你奶奶……村长说咱这儿人多地少，好地更少，不能荒着……村长说县里备了案，改地难办哩……"

这些他都听过，这些他找过村长，都听过，就是不能还田。还说了，让我哥哥等着，只有等村里有人死了再给田——跟当初村长给梁毛子说的一样。咱这山上的老人粗茶淡饭，清心寡欲，又不知山外的事，每天与阳光、森林和云雾打交道，知情在理、中规中矩地活着，阎王爷没有任何理由收走他们，所以咱山里的人个个长寿，等他们死等于是盼地球爆炸，他们一个个都活成精啦。

确实是乱石滚滚、石多土少的山谷。村长也不是故意为难咱。在犬牙交错的石坡上，只有一尺宽的土窝，土窝里也点种了一两株苞谷或者洋芋（都是有主的地儿）。山上缺的是土，就算我大双狠下一条心自己开荒，也没有荒可开，总不能在石头上种庄稼吧？可我哥又一想，就算把那几亩地要回来，我一个人种么？我种了庄稼又是为何呢？——我哥哥看着在田间劳动的成双成对的男女，不禁摇头。有了地也没啥意义了，因为早霞没有了。

我哥哥睡到第三天，早晨起来，给奶奶的桌子上压了两百块钱，就悄悄出了村子，他去了镇上。

小镇坐落在落羊溪边，只有三四十户人家，而且差不多都是农家。一条过去贩盐的川鄂古道铺在镇子中心，可也痕迹模糊，残缺不全，只是两边的有些古旧门楼的房子，可以看见当年曾有的热闹。而如今，也差不多被风雨和虫子蛀空了，廊檐上堆着乱七八糟的杂物、木柴、干薯藤、棺材和风车。牛粪正在街心的草丛里散发着臭味，流水正高高低低地向下游流去。溪河边，有些古老的大树，正在和春天争夺着形象，枝繁叶茂，造型老辣，大开大合。

就在这样的一株皂角树下，就是老艾、派出所所长的家。我哥哥记得有一年赶集，与妈一起在秀三姑家喝过一杯茶。秀三姑当年是这家的主人，如今是早霞。我哥哥从尚未涨水的河溪蹚过去，沿着老树根爬上坡，就有一个老青砖粉墙的后院。狗朝他疯狂地咬着。他等待着，没听到人呵斥狗。他用石头砸狗，狗怕了，呜呜地舔着伤腿进入一条篱笆小路。

他接着就在屋子里看到了早霞。他无法与早霞联络，怕屋子里有老艾，就学夜鸟叫。没有发现其他人，或许老艾已经睡了？早霞躺在沙发椅上，一动不动，蜷成一团，并且时不时听见她嘴里发出哼哼声。

"霞！……早霞！……"他压低声音叫。

早霞终于有了反应，撑起肘子，抬起头来，朝后窗看。

"哪个？"

我哥哥是做好了跑的准备的，后山的路他熟。他白天在一家农民家门口偷了一把柴刀，别在腰里，就有了底气。那把刀约有一尺长，又厚又沉手。

后门正待打开。门闩拉开了半截，早霞知道了是谁，声音很小但很严厉窘迫地说：

"你还不走！"

可我哥哥那时什么也顾不得，硬是生生顶开了门，然后，在昏暗里，一把抱住了早霞。

"你这该死的轻点。还不是为你，还不是为你。你走吧，大双，我求求你。你不要瞎想了，不可能了！"早霞向我哥求情说。

"为什么？为什么不可能？为什么？我是来告诉你我已将晚霞带回家了，入土为安了⋯⋯"我哥哥语无伦次。

"谢谢你，大双，你走吧，不能再添乱了。事情不可再回头了⋯⋯"早霞狠狠地把他往外推。

"不！"我哥说，"不，不能，不行。"

"你真得走，大双，不然我们两个就死定了！"早霞铁定了心要把我哥撵走，这确实很危险的，我哥哥那时一定是丧失了理智。

就在两人拉拉扯扯、推推搡搡时，忽然早霞一声尖锐的惊叫："啊！"我哥哥一看，早霞竖起她的手指——正汩汩地冒出鲜血。

"你⋯⋯"

早霞咬着嘴唇，没有说话。我哥哥猛然明白了，是藏在腰上的柴刀，划破了早霞的手指。

"快，我给你包扎！"我哥哥从腰下摘出柴刀，放到地上，把早霞的手指捏住按着。这时早霞看到我哥从兜里拿出一个手巾来给她包扎，是一个喜鹊梅花图案的汗巾！就一把夺过去，看看汗巾，又看看我哥，眼里好不热切深情！"还在呀！"早霞将那汗巾重塞进我哥的兜里，从茶几的抽屉里寻出了纱布。我哥哥给她包着，他们坐到沙发里。包好了手指，早霞又掀开衣服，让我哥哥给她背上擦药水。早霞已经不避他了，我哥就是这样一下子激动起来，抱住她，把头埋在她怀里，又揉又吃又叫喊：

"霞，我要你，我不能忍着不要你，你是我的，我的！"

事情狂风暴雨般地发生了，又狂风暴雨般地过去了。他们发现沙发已经摇摇欲坠——这是在两个人平息之后，冷静之后，退潮之后。

"你把我弄疼了，狗日的大双⋯⋯"

"我要把你弄死！"

"你跟老艾的心一样恨呀！"她这时咬了我哥的耳朵一口，神秘地指指房内，"你这是虎口夺食……"

刚才我哥不顾一切地做了，什么都没有想。早霞这么一指，倒让我哥抽了口冷气，捡起地上的柴刀，就蹑手蹑脚地进了房里去——他以为是老艾喝醉了在沉睡。可房里没有人，没有谁，床是空的。床前的五斗屉上，放着早霞和老艾的照片，就像一对父女。

"你在吓我哩。"我哥舒了一口气捏着早霞的鼻子说。

早霞靠在大双怀里，说："大双，你是真心爱我？"

我哥说："那还有假？"

早霞说："你究竟是爱我的人，还是爱我的身子？"

我哥说："人、身子一起爱，你所有的一切我都爱，都是我生命的一部分！"

"你可害了我，"早霞就落泪了，一会儿，说，"大双，我什么都给你了，快走吧，别让那个该死的撞上了。"

"那就一起离开这里，到城里去，远走高飞，我可以拼命干活儿养活你……"

"太辛苦了，你那几个钱，是用命拼来的，我消受不了。"

我哥说："你是不是以为我板凳上睡觉这辈子翻不了身？"

"不，不，老艾已经感觉到了，他说了……"

"他说什么？"

"私奔的……"

"你说了什么？"

"我说了我喜欢你，不喜欢他。"

"你怎么当着他的面这么说呢？……你真的这么说了？"

"说了。我是气他的，我也就解放了……"

正说到这里，门外突然响起了拍门声，并伴有老艾含糊不清的被酒精泡着的声音：

"开门，给老子开门！……你死了没听见？……"

早霞的脸唰地白了："快跑！"她起身拉开后门，用无穷的力把我哥猛一推，我哥就出了后门。狗叫得凶。

九

我哥哥顺利地溜进深重的黑暗里后，那两个字就渐渐亮了起来："私奔、私奔、私奔……"这两个字像号角在催促着他，蛊惑着他。我哥哥幸福而落拓地坐在山上的山洞里，回味着不断累积的快感，还有早霞的话，早霞对他贴肉贴骨的恩爱缱绻。他坐在寒冷的山洞里，想着此刻本来应与早霞在那温暖的被窝里，而这种时刻被老艾占去了。在山洞里一个人过夜也是有的，这是在很早前，他与爹和我进山去采药，走失了。但后来被爹找到了，然后就是生起大堆的柴火，然后爹再给我们烤带出的干粮，然后就是由爹守着洞口，我们两兄弟可以美美地睡上一觉……而我哥哥此时抱着双臂想，现在，我为了本应是我的女人，却成为孤独的野人，随时会被野兽吃掉和冻死的野人，好日子被无情地撕碎了。在那深深的煤窑里，每个挖煤工在暗无天日里念叨的不就是"农妇、山泉、有点田"这未来的希望吗？不就是想赚几个血汗钱回去过这种朴素平静的日子吗？只要不死，只要哪一天不透水，不瓦斯爆炸，这希望在每个人心中，都是顽强存在的啊！

我哥哥躲在冰窟似的山洞里，听着枭鸟的叫声，听着娃娃鸡的叫声，听着那森凉严厉的流泉声，听到隐隐的雷声，不知道明天是否还能偷鸡摸狗般地与早霞相会。

在滚滚的雷声中，我哥哥决定还是到野羊尖鲍家去。于是，他冒着被雷击和野兽袭击的危险，摸夜路去了野羊尖，终于敲开了鲍家的门。

我哥哥暂时找到了一处安身的地方。他与早霞的爹一起吃饭喝酒，给他劈柴、拾掇菜园，帮他采药、熬药，伺候他，也就有了名义与早霞见面。早霞上山来的时候，看到她爹有了个伴儿，还有了个照应的人，甚是喜欢，也与我哥缠绵亲热，但就是坚持不在山上过夜，这让老艾抓不到任何把柄。老艾是不会管早霞的爹的，这让早霞也找到了上野羊尖的由头——总不能丢下腿脚不便的爹一个人在山上吧。

有一天，早霞上来，还没进屋，就在樱桃树下拼命地呕吐起来。我哥哥有些警觉，问她怎么了，早霞什么都不说，只说是不舒服，早晨上来，吸了冷风云云。

过了两天，早霞再上山来，又是吐。她爹和我哥哥都急了。早霞依然什么都不说，说是胃有点不舒服云云。我哥哥发现有问题，就把早霞找到屋后追问这事。早霞被逼到墙角里了，只好说："怀了你的孽种！"我哥哥一听，如雷贯耳，脑壳蒙了半天，回不过神来。我哥哥喜得跳了起来，说："你怀了我的娃？你真怀的是我的娃子？"早霞说："那是哪个的呢？老艾我一年没给他怀。大双你可害了我！"早霞说，是在医院招待所里的那次怀的。这事只有晚霞知道，可惜晚霞死了。我哥哥手足无措，看早霞怎么看怎么深情，要给她做好吃的，要听她肚子，早霞就骂他苕货。我哥哥喜得团团转，也急得团团转，问咋办，问老艾知不知道，老艾若知道了咋办。早霞说，只好把它打掉。我哥一听不干，说："我好不容易种了个娃子，有了传宗接代的，说什么也不能打掉的。"早霞说："不能打掉放你肚子里去怀。躲得过初一，也不能躲过十五。"我哥哥死活不肯，说那就跟他走算了。早霞说："说得轻巧，吃根灯草。人是能说走就走的东西？我爹呢？让他一个人在这里，有他的活路？就算走了，走哪儿去？逃外国去？逃到天涯海角，老艾也能把咱们抓回来，老艾是干什么的啊！"我哥说，那就跟他离婚。早霞笑话我哥还像个小娃子那么幼稚可笑。有什么理由离婚？他不离你没办法。

没商量个结果，早霞就回镇子了。

这之前，早霞算准了与大双在县城的那次会出事，还是做了许多准备，给老艾打障眼，大张旗鼓地去庙里拜送子观音，还找一个老中医，弄来了一大包男吃女也吃的治不孕不育的药，并且一改往日的逆来顺受，在夜里主动与老艾温存。老艾晕晕乎乎，也没朝其他方面想，可是，终于在这一天，老艾从外面回来，看到了早霞在后门外的河边，吐得死去活来。

"咋的啦？"他问。

早霞知道这一天总会要来的，就故意轻描淡写地说："没咋的，可能是有了。"

"真的？"老艾喜。可老艾生性多疑，在屋里走了两圈丢掉第二根烟头就心里打起鼓来。

"真是我的？"老艾摸着早霞的肚子，像摸着一个犯罪分子的头。

"不是你的是哪个的？我的血都是让你戳穿的。"早霞说。

"唔。"他说。他内心这么说："迟不怀早不怀，那大双一回来她就怀了，还一个晚上没回。"他是指那一夜背晚霞在山洞的事。他又想："迟不吃早不吃，这时候非得要我吃药……"

老中医的药真的这么神效？观音真的有求必应，想要啥啥就来了？

鬼扯！鬼鸡巴扯！——老艾是彻底的无神论者。

老艾越想越不对劲，可也沉得住气，装着关心早霞的样子，还给她杀了一只鸡，说是补补身子。两人在那儿吃着鸡，各想各的心事。半斤酒喝完了，老艾就睡下了。

睡到半夜，老艾突然把早霞从被窝里拎出来，问她说：

"告诉我，是怎么怀上的？"

早霞说："你还没有醒酒。"

老艾说："我今天不想要这个娃子了。"

早霞冻得簌簌发抖，吓得飕飕发颤，打着牙磕说："你难道有孤老心？"

老艾说："老子就有孤老心，要娃子做什么！"说着飞起一脚就踹早霞的肚子。早霞捂着肚子号叫着，在地上连滚带爬，最后躲在水缸边。那老艾就踹她的背。踹累了，又爬上床睡去了。

十

早霞浑身疼痛难忍，在家睡了三天三夜起不了床。

我哥哥在山上可着急了。见不到早霞，他就像掉了魂似的。

这天晚上，还没有等到早霞上来，等不及了，就溜下山往镇子里去。

镇子上一片死气沉沉的浮烟。狗叫得很急。我哥哥感到这一天很不对劲，心烦意乱，在路上连摔了几个跟头，就像是有人在黑暗中故意绊倒他一样。起来一看，不是石头就是树根。

走到老艾和早霞后院的河边，已听到流水的响声，开始涨水了。

这一天晚上，又是如此——老艾又买了羊腿，给早霞红烧羊腿吃，说是保胎气的。半斤酒下了肚又呼呼睡去了。到了半夜，老艾又假装梦游把早霞提溜出来，早霞防不胜防……

就在这时候，突然后窗一阵哗啦咣啷的碎响，一块石头砸开了窗子，从外头跳进一个人来，身子湿漉漉的，带着一身山野的莽气，挥起拳头朝发疯的老艾打去，这正是我哥哥。我哥哥低吼着说："不许你打早霞！"老艾脸上挨了一拳，胸口挨了一拳，抗打性不错，手是将早霞放开了，却顽强站着，与我哥哥对打起来。可老艾毕竟醉了酒，脚跟子软，又加上年纪，已经跟早霞消耗了不少能量，一拳被我哥哥打到地上，四脚朝天，却还上气不接下气地说："好啊，好啊，大双，你自投罗网了，你这不是找死！"

早霞那时在地上天旋地转，睁开血淋淋的眼睛看到是大双，就笑了，就张开了双手。我哥去抱她——不，是想去扶她，把她扶起来。在暗角落里的老艾这时不知怎么抓到了一块劈柴，趁大双扶早霞背过身去时，跳将起来就将劈柴打下去，我哥哥这一下脊梁听得一声响，人就往前一窜，扑倒在地，压在了早霞身上。老艾占了上风，反正已经疯了，又劈了过去。我哥哥年轻，灵活，侧过身子用手臂一挡，手臂也给砍得折断了似的疼痛。他这下终于有了缓冲，迅速爬起来，上前去一把抓住老艾的手腕，把那劈柴夺了过来，正要以牙还牙朝老艾头上砍去，早霞这时却飞一般上来，抱住了我哥。

"不能，大双！"

我哥那一劈柴下去，一定会出人命的，因为两个男人都打红了眼，在这春意盎然的夜晚。

老艾在笑着，浮肿的脸上全是惨淡的笑意，鹰一样的笑意。忽然，他爬起来就往房里跑。早霞反应很快，大喊一声：

"不好！"

我哥一听这话，心中一紧，就飞起一脚，将老艾蹬翻在地，老艾的身子在地上滑了几尺，头就磕在房门上了，这一下，他可是磕昏了，就像喝了三斤苞谷酒似的，头始终抬不起来。我哥架着早霞，说了声"走"，就强行将她拉出了后门。早霞虽口里咕囔着"不行，不行"，但还是与我哥一起消失在了暗夜里。

老艾一个小时后清醒，向县局报警，说他的老婆被羊家村的羊大双给绑架了。事情就是这样。

第二天上午，十几名警察加上请了十几个农民，开始搜山。

十一

我哥哥和早霞知道问题的严重性，但我哥哥不知道他已经成了"被通缉的要犯"，而早霞也不知道她意外地成了"被绑架者"。

"绑架者"和"被绑架者"互相搀扶着，爬上了一个山冈，这是狐茅岭。他们是从铜水垭进入狐茅岭一带的，在铜水垭，向山下看，眼尖的我哥就看到了警察，正在路上行走着，还有一条大狼狗。狐茅岭上，起起伏伏的全是去年的茅草，新生的茅叶也在茅根下钻出了绿色。去年的茅穗经过一个冬天的打击，依然摇曳着白花花的穗子，从远处看，依然气势磅礴，看不见一线委顿和褴褛。奇形怪状的石头埋伏在茅丛中，像一尊尊蹲伏的野兽。

我哥哥和早霞都伤得很厉害。他们倒在了一片茅草中，从石头的上方往周围看去，全是白色的影子和荒凉的簌簌声。早霞已经走不动了，我哥坚持要她走，拦车，远走高飞。

"我们这可是上哪儿去呀，大双？"早霞伤痕累累，神情恍惚，失魂落魄，她不能走，也不想走。

"我们必须离开，必须远走，必须避一避。"我哥说。

"我爹呢？他没跟上我们？"早霞说。

"顾不上你爹了，等我们到外面，安顿好了，我会来接他的。"

"……一切可都完了，一切都完了……"早霞喃喃地说。

"没有，不准你胡说，等咱们出去，生下咱们的娃子，一家三口……对，还有你爹，一家四口，会很幸福的，你可不要那么想啊！"我哥说，想把她唤醒。也许是没睡觉，也许是被老艾折磨暴打，也许是没吃没喝，早霞的头脑有些糊了。

"……不，不，不要娃子，不要他，是个孽种，要不得的！不要！不要！"

早霞无力地闭着眼捶打着自己的肚子。

我哥赶忙制止她，他给她用树叶兜来了水，喂给她喝。没有吃的，什么都没有。这是第二天的下午。

他们走着，猛然，我哥看见了山坳子下升起一缕淡淡的炊烟，或是烧荒沤肥的柴烟。可我哥哥突然想起那就是石砚村，在村子上头有一扇巨岩。岩顶有个石窝，那就叫石砚。想起石砚村，就感到有救了，因为他想起了那个同行的男的，那个不走运的朋友。

我哥哥在山上安顿好早霞，扒开草丛向石砚村走去。很顺利就问到了那个人的家，果然有党参大棚，果然在大棚里找到了他。

那人看见是我哥，很惊诧，说："公安局到处抓你，没抓到你呀！"

我哥说："我打架了，抢出了他老婆，不，是我老婆。"

那人说："我知道是你老婆，就是那个晚霞的姐姐嘛。可你不该这么冲动，后果严重呀！"

我哥说："你的老婆被人夺走，你也这么说话吗？"

那人说："我老婆被阎王夺走了。你现在想怎么办？可不能住在我家里牵累我们。"

我哥说："我是想找你买二十个火烧粑粑。"

那人说："买什么，我给你烧便是了。"

那人就要我哥躲在暖融融的大棚里，自己回家去了。过了一会儿，用布袋子提着一大袋东西，我哥就闻到了香味，还有香喷喷的酸白菜味。那人说：

"我还是劝你投案自首，免得以后受苦，"又说，"老艾口碑不好，你这是替咱山谷的人出了一口气。"

我哥恋他的暖融融的大棚，不想走，说：

"能不能把我老婆弄来，今晚在大棚里歇一夜？"

那人发火了，说："还不快些走！往雁门口走！已经成了人家的老婆，就不是你老婆了。"那人指着路说。

我哥走是走了，却回头大声地告诉他：

"人家的老婆，怀的可是我的娃子！"

我哥哥钻进密林回到山上，早霞见到酸白菜，像狼见到了羊，硬是一次就将塑料袋子里的酸白菜给吃下去了。她可是真怀了孕。

我哥哥看着早霞狼吞虎咽，直想流泪。但为了早日远离这山谷，我哥要早霞再走一会儿，可早霞因为吃了太多的酸菜，又呕吐起来，样子十分难受。早霞给我哥说，实在走不了了，让我哥一个人走。我哥当然不，只好抱着早霞，把她放在膝盖上，在一个山洞深处生了一点火，与她一起进入了梦乡。

一些奇怪的梦和蝙蝠回洞的吱吱声把我哥吵醒了，早霞还在昏睡，在梦中瑟瑟发抖。白昼从湿冷的浓雾里钻出来，树上滴着冰凉的露水。我哥摇醒了早霞，要她吃粑粑，对她说："这雾很好，我们趁雾多走几步，这儿危险。"可早霞依然浑身无力，连站起来的勇气都没了。我哥望着雾中的树林，他决定背上早霞，背着她走。

我哥背上早霞，早霞可不是晚霞，加上有身孕，又不能太压迫她的肚子，只有双手把她的屁股抄得高一些。可我哥因为与老艾搏斗，伤情也很重，特别是手臂疼痛，不能用力。

早晨的露水里有许多吸血的蚂蟥，怎么扎紧裤腿，蚂蟥也能钻进去，仿佛是孙悟空一样。早霞的双腿吊在我哥的手前面，可也依然被草尖上的蚂蟥时时逮住了。我哥有时一捋她的裤腿，就可以看见几个吸得圆滚滚的蚂蟥，于是就腾出一只手来与蚂蟥拔河，把它们从腿上扯下来，并且踩死。

就像背了个死人，我哥又负着重又要与蚂蟥较量，喘着此生最沉重的气，心里说：早霞啊，难道你就死了吗？就不能说一声让我歇歇吗？难道你就不能这么说一句，说大双啊，可苦了你，让我自己走；说大双啊，你一定要坚持，走到巫山河，弄一条船，咱就一切 OK 了。

雾还是浓浓的，好像天有些阴谋。估计太阳不会出来。翻过一个山坡，到了山顶，就听见雾里传来了人声和狗吠声。我哥凝神屏气听着，听那声音"往这边""应该是往那边"地喊着，吆着狗，就知道不是当地上山采药人或是套兽人。

"有追我们的人！"我哥说，就拍打早霞，早霞这时突然清醒了。我哥把她放下地来，像卸下了一座山，就挽着她，往更陡峭的山上爬去。

人和狗越来越近，狗该不会嗅着气味上来吧？这时，早霞从身边捡起一块石头，就朝山下丢去。石头不小，一阵哗哗的响声，石头在灌丛里滚动，碰撞。早霞又捡起一块石头向更远处丢去，就听见喊："那边！那边！"狗也上了当，循着灌丛里石头不绝的撞击声，呼地向山下扑去。人和狗终于与他们背道而驰了。

我哥见早霞巧妙地引开了警察，拉着她往上一指，就向上面爬去。

"大双，我们是往天上去吗？"

这话不吉利，我哥就喝住她道："不许胡说！"

"我们不能老在山里打转哪！"

雾开了，云很重。

两个人都不行了，又是不停地爬山。山越爬越高，路越走越深。而且只能走一截，背一截。

群山齿齿，沟壑迭迭。

为了躲避警察的围捕，他们走的是没路的路。方向应该是对的。我哥哥抱定一个目标，一个向巫山地界的方向，向西，向西，向太阳下山的那边走去。

可是，他感觉不对，这一天的下午，他走着走着，感觉面前的一座山头是他们走过的，脚下倒伏的草不是别人走出的，而是他们自己。一股浓郁的、令人头昏脑涨的植物的气味紧紧弥漫在空气中。

"这不是迷魂塘吗？！"我哥哥惊叫说。

"迷魂塘？"

是的，迷魂塘就在这一带。我哥哥心里一直祈祷着千万别入了迷魂塘，要避开迷魂塘，却在浓雾中迷失了方向，误入了迷魂塘。

他看到了一具白骨。这就是迷魂塘，白骨旁还有许多绳子和一个腐朽的背篓，这是个采药人，进了迷魂塘，走不出去，死在了这里。

迷魂塘有四十八座一模一样的山头，长着几乎一模一样的树。大量的使人头昏的植物在这四十八座山里生长着，据说有着最珍贵最神奇的药材，如千年党参、百年黄芪、一亩地大的金钗、成百上千斤的五灵脂。因为人迹罕至，常让人迷路，一般采药人不敢进入，有些胆大者进入采药，十有八九出不去……

我哥看到早霞一见着那堆人骨，一阵哆嗦，还哕了起来。我哥忙把她拉走了。我哥也哆嗦，心里。一个不祥的预感像石头一样压过来。不过我哥是镇定的，因为不止他一个人，还有一个，一个他心爱的女人，还有女人为他不顾一切怀的娃子。他心里说：我们一个都不能死！他说：

“总有人走出去过，要相信自己！”

他给早霞说，他天生就有很强的方位感，有一年跟爹一起进山采药迷路了，还是他带路出山的。可是他心里清楚，爹一生也没敢进迷魂塘。有一年，我们父子三人追一只岩羊子，羊已受伤，跑进迷魂塘，爹硬是喝住了我们和狗，打了回转。

我哥诅咒着该死的雾，那也是枉然。他和早霞不停地走着，不敢歇息。除了蚂蟥，还有不知名的恐怖的鸟叫兽叫。

一轮明月升了起来，像一个慈祥的母亲忧心忡忡地看着他们。过了一会儿，一阵乌云把月亮遮没了，早霞扑通一声倒在地上。我哥在黑暗中去摸她，发现她却哼一声也没哼。“就这么死了？！”我哥内心惊悚，俯下身去摸她，摸到了她。不会被野兽袭击吧？我哥警惕谛听着周围的动静，没有，什么也没有。早霞呼吸均匀。她一定是累了困了，她走着走着，倒地睡着了。

我哥哥见她睡着了，自己也犯起了困，睡意像山一样压来。他真想好好睡上一觉。可是不行，山里头冷，地上毒虫爬行，这么睡，就会睡成一具白骨！不，是两具白骨！而且还可能在睡梦中被抓住。我哥哥狠狠掐自己，抽自己嘴巴，掐舌头，并且用石头把牙床磨酸，酸得像吃了一缸醋。他费了好大的劲儿把睡死的早霞背起来，让她继续趴在自己背上睡。他拄着树枝，也抽打草丛开道，硬硬地朝自己认定的方向，闭上眼睛朝前摸去。

这一夜他竟然没有掉下悬崖摔死，也没有遇到凶恶的大兽。一般来说，兽是怕人的。人横了，什么也不怕。

混混沌沌地走着，天边露出了昼光。

“早霞，你醒过来没有？天亮了！早霞，天亮了，我们快走出这鬼地方了！”

天亮了，早霞还在昏昏睡着，眼前的景物不曾相识，这表明他走的是对的。天空像一张死人的脸，散布在群山的头顶。他找到一处凹壁，放下早霞，摇晃她，让她醒来，又从壁上接水洗脸，让人清醒，再接来水抹到早霞脸上。

我哥见早霞要死不活的样子，其实自己也接近了死亡边缘。他感到自己挪不动腿了，站起来都很难，并且拉起了肚子。

当他大喊早霞"醒醒"的时候，早霞在醒过来的那会儿，突然呼吸急促起来，嘴里发出了在噩梦中被虐的呼救声："啊……啊……我要回去……回去！"

鸟从崖畔惊飞，哗哗拍打着黑色的翅膀。草丛里有小兽惊动，我哥就拍她的脸，说：

"你别叫，小心让他们听到了！"

这是气压极低的一天，空气能拧出水来，到处是灰蒙蒙的雾气。蓝色的花从阴暗的地方钻出来，开了一大片，一大片。这些花朵总喜欢在天阴的时候开放，并带来更难闻的毒气。崖上的映山红在雾里挣扎着，翻动着红沉沉的身子。杜鹃鸟的叫声，正凄清地划过天空，一声接一声。山风大了，山高了。可更高的山还在上头。这里依然是那没有尽头的落羊山谷，四十八座迷魂塘山头不过是山谷千万年的一堆小坟冢，村庄挤在山谷的裂缝里，好似不轻易见人的几只蟑螂。

我哥被骤起的一阵山风惊醒，当他凝视前方想看看究竟是哪里时，突然记不起这已经是在山中几日了。他的意识在突然想问题时模糊起来，好似大脑被人下了麻药。他想，这是第几日呢？他想到最后，牢牢抓住了一个思维：我是在迷魂塘，我要和早霞，还有早霞肚里的娃儿一起走出去，逃出警察的围捕……

远雷在天边慢悠悠地滚动起来，正在向山谷进发。像固执的石块，迈动着阴险的脚步往这边走来。闪电像燃烧的天火，在云层里翻滚。

可我是想听到狗叫的啊！我想听到人吆狗的声音！人！我需要人！只要是人，只要是狗的叫声，现在我都会向他走去。我哥哥趔趔趄趄背着他心爱的女人，这时候绝望地想。

天地全是闪闪的红光，山雨欲来，树木发出不安的响动，山谷的吼声低沉、暴怒。就算是警察的狼狗吠叫，我也不会跑了，我也会向它走去。我只想见到人，不管他拿着大棒还是手铐……是开山炸石的声响吧？我哥这么想，总之那是人烟。我哥忽然对雷声闪电害怕起来，身子一阵一阵紧缩，热气被人抽干了。他在蓝色红色的花海中蹚着，就像在风浪中蹈行，他的眼前漂浮起两具白骨，白森森的骨头在闪电中像新鲜木头榫接的玩偶，迈动着鬼魂的步子——它们仿佛是这迷魂塘的主人。我哥哥看见那个高的就是自己。他骇然停下脚步，死劲眨着眼睛。幻觉消失了。他要寻找，在滚滚的雷霆声中，寻找人弄出的声音。

接着，他真的听到了狗叫。是狗叫，不是幻听！

一个炸雷从崖上滑下，带来了一大堆腐叶和碎石，并且让山崖冒出了烟雾。他的脚头一震。

"早霞呀！你可醒醒！"

他放下早霞，看到早霞早就醒了，眼睛睁得大大的，露出那眼中美丽的湖蓝色，圆圆的脸上没有表情，两颗美丽的小龅牙惊讶地露出来，充满了幼稚的困惑。

"狗叫了，早霞。"

雷声隆隆，尖锐紧迫。

我哥发现他站在一个高坡上，这已经是迷魂塘的边缘了！无意之间，他发现他已经穿出了迷魂塘，而且他看到了在低低的云层下面，在大雨将至的远方，与巫山交界的雁门口，正像一道大门，敞开了一道窄窄的亮光，在黑色的云层和黑色的山体间分外显眼！他的手一指：

"雁门口！"

几乎是在同时，一个天崩地裂的惊雷从我哥的头顶劈下，一道金色的闪电像索命钩钩住了他。早霞在我哥哥的手指下望着那天边的山门正待叫好时，就见一道刺目的亮光向她袭来，一个绝响，把她狠狠地推倒——她全身都麻了，双目锐痛。她头落地，然后拼命爬起来。大地在微微抖动，她看见了我哥哥，还站在那里，像一棵烧得黢黑的巴山冷杉，一动不动，身子还冒着淡淡的青烟。

一阵凄厉的狗叫，带来了天空的蓝色——天这时蓝得像床上的缎面。早霞看到了老艾灿烂的狞笑。早霞突然解开了自己的头发——老艾看到，他的女人披头散发，向山谷里冲去，嘴里发出尽情的狂笑声，边跑边手舞足蹈，高声呼唤：

"大双！大双啊，大双……"

那声音像急遽飘浮的云层，向远处的群山聚集，越传越远，越传越远……

（原载于《小说月报·原创版》2007年第3期）

黑艄楼

船头的啸水正撕扯我的头发，水从我的身上流过，浸入腹腔，把肚里的一切都漂荡起来。我的皮肤一点儿也不是多油质的，像一块隔夜的馊馒头，缺少阳气，只会吸水，直到把自己泡得稀烂为止。

"矮子，拿斧头来！"上面说。

我看看舱顶，一只巨大的木疖离我很近，那剖开的中心如年轮，卡在船板缝里。两边是舭龙骨，又称减摇板。我的尖舱没有窗子，两个放锚缆的小孔看不见外面，因为很低。晚上，这二孔便是我的鼻腔，换气。

"矮子，木榔头呢？"上面说。

船头的啸水轻轻重重，像一个紧跑慢行的人，我贴近它——或者说它缠着我——我听见了长江的呼吸。我的头顶还有一个舱盖，四四方方：这是唯一可以活动的东西，揭开它便能看到一方天空，仿佛是特地为我定制的，通过只有四级的旧木梯，我可以出去，也可以进来。从甲板上朝这小小的舱口看，你不会相信，这是我做梦的地方。

"矮子，拧紧点，插进去，插，插。"上面说。

柱子上的马灯会碰着我的头。什么都会碰着我的头。我一米八的竹竿一样的身材，而从舱底到舱顶才一米七。

一支烟便可布置下茫茫大雾，因为烟雾散不出去。僵硬的床铺也如一个馊馒头，慢慢地吸饱水分，再把这湿气往我每一个骨节深处传送。有一天，老鼠偷跑了我四双袜子，后来我在船后黑艄楼放藕煤的角落里发现了它们，上面正依偎着一窝溜滑可爱的红幼鼠。盖上舱盖连一个屁也不可能出去，老鼠怎么找到了一条通往艄楼的甬道呢？

黑艄楼离我很远。

"矮子，扎紧点"上面说。

黑艄楼是他们的艄楼。黑艄楼蹲在甲板之上，有居室、厨房，有放碗的碗柜，有水缸，堆煤处，有米瓮——一大一小，大的是他们的，小的是我的，有吃饭的桌子，有挂衣服和臭鞋的木钉。还有钓竿、团鱼枪以及用糨糊粘得紧紧的过时年历画。一支深黄色的艄尾在舵的摆动下摆动，像一杆古老的毛瑟枪搜索着草丛。那艄尾被一些死茧的手和汗垢擦亮，攥细，色泽迷人而悲哀。

黑艄楼是他们的艄楼，在我来之前，在我来之后。他们有三个：驾长，他的老婆和他的儿子。在我来之后，他总想率先干一点什么而让我和他的儿子跟着干，以表现出一船之主的姿态，即使他干一件完全无意义的废事也煞有介事地认真。他有一种领导和指使人的渴望，那渴望时时烧灼着他，催促着他。他的皮肤酱红而健康，那酱红里有酒酚之潮，无法突破皮肤外流，胡乱地淤积在深处，形成一股六月乱水。那酒酚凝为一团使用不尽的力气，纠缠着，冲撞着，透过偶尔睁大的眼睛，无知、朦胧而恍惚地看世界。那双充血的眼睛使我总觉得陌生。

"矮子，拉紧！紧！紧！"上面说。

我疑心那声音是为我提高和扯紧的，他不会叫我，但是我必须去跟着他干，干一切他干的事。在这里我，无法主动永远当他的下手；在这里，我没有才智，没有幽默，没有痛苦和悲伤，一切都跟着他干；在这里，我跟他的儿子矮子是并肩的。矮子也是水手，在他的父母的船上拿船业社的工资，而我是知青招工。矮子凭着他船工的血统，还可以在驾长明指和暗示下主动干一些事，如垫靠球、撑篙、接缆甩缆、挖锚。矮子矮，腿短，但行动迅速，悟性与感应力强，常常船头船尾，船上船下干得漂亮。而我总是垂着双手，腿脚笨拙，站在一边不知如何是好。那些事是极简单的，而往往让矮子捷足先登了，在驾长的眼里，我只有一次次留下遗憾。

我想我应该出去了。我知道他们父子又在甲板上修理那盘永远修理不好的嵌丝（钢缆）。或者在柴油盆里刷洗嵌丝的铁锈，抹黄油。或者在修理一块船板，拔出钉子又钉进钉子，合拢了再把它锯开。或者扎一把拖把，锤打被撞瘪了的吊桶。

　　船正在航行，两岸青山如黛。拖轮在前面远远地用一根尾缆吊拖着我们，我们也用一根尾缆连着一长溜黑艄楼。我们是一个完整无缺的拖队，被无端地由一根缆绳牵着走。我们在各自的船上，各自的天地里互不来往，四面水限制了我们。每一只船都是一个流动的孤岛。而驾长和他的儿子是不是在这寂寞的航程中，用无数不能称之为劳动的活动来消减这种寂寞呢？我不寂寞，我几乎是在一种紧绷着的提心吊胆的心情中适应着这船上的一切，也就是适应这船上的三个人，这三个人的性格、生活方式。我希望找出一个规律来。我总是在驾长心怀叵测的走动和突然的敲敲钉钉声中，以及对儿子的喝令中得到一种指令。在我闲着的时候，我必须不忘这种突发和经常的"指令"，就像一个下等驯兽团的一条脏猴，时时刻刻都等待着拉出去进行那种不分场次、随到随看的滑稽表演。脏猴是强迫的，而我是在暗示中的自觉行动。而且，我也觉出来了它有一种不可违抗的迫胁力。

　　我从矮子的手里歉意地接过一把榔头，我去钉他们钉了很久的一颗钉子。我显得很卖力，到后来我相信十二级狂风也不能把它拔出，再沉的货物也奈何不了它，我还得要钉，要在那种"指令"中学驾长一样煞有介事，认认真真，一丝不苟地钉，直到钉盖钻进船板深处，我还要再钉几下。

　　矮子在干另一件事。

　　矮子总是有事干。他的父亲——驾长下到我的尖舱去拿出一根失去了韧性和弹力的老牌嵌丝，矮子搬来铁砧和錾斧早站在一边跃跃欲试了。他们刚才已经接好了一根断缆，不知现在又要做一个什么缆套。驾长在甲板上把那根锈涩的嵌丝扑打了几下，开始錾击，我蹲下来，用双手握住那根多毛刺的嵌丝。他的每一声都錾击在我心上。

　　我去端出油盆。

　　我找到了两把钢丝刷。

　　我把刷面在手上试了试。

　　我用一把启子死死卡在老牌的七股嵌丝之中，让驾长把另一头的七股编到这七股中来。

“别松手啦！”驾长说。

我不松手。我的无处出卖的力气用到他满意之处正是时候。这比闲着等待突发的“指令”而总是惴惴不安好。驾长，我永远这样卡紧启子当你的下手好吗？我这样就是舒畅的，而这样的舒畅太短暂了。驾长，唉。

“矮子，拿支烟来。”驾长说。

我马上揩了满手的黄油掏出烟来递给他，他懒懒地转过头来。我又递一根烟给矮子，我先给他们依次点燃，我也点燃。都衔着冒烟的烟开始收拾东西了。这时，我伸起腰来，听见前面的拖轮拉出一声不长的汽笛，不知是下游有船还是见了接岸标。那汽笛是我朝江天释放的一口大气。

“涨水了。”驾长说。

“靠头了，我去钓鱼。”矮子说。

“钓鱼吗？”我说。

“石首的笔架鱼肚可是有名的啦。”

“过了。”矮子说。

“石首过了？！”我说。

“好快。过了。”矮子终于惋惜地说。

“有竿子就能钓，没有竿子就钓不成。有多的竿子吗，小郑？”我问。

“没有。”矮子说。

矮子坐在不高的将军柱上，一双脚吊晃在空中。矮子的驾长父亲满意地看着他，想象着鱼的味道，矮子一派憨憨的神气。矮子的母亲在黑艄楼里缝一件衣服。

矮子确切地说还不配是矮子，矮子算不上矮子。矮子一般是极有比例的按正常人缩小，而他只能被称为侏儒。矮子读了五年书，三个一年级两个二年级，后来就到父母的船上了。矮子很帅，穿着特做的粗条纹的衬衫，上街戴墨镜。矮子上街很多人看，然而矮子很大度，不朝任何人看，矮子上街该干什么便干什么：买菜，逛商场，算命，吃冰淇淋。总之，矮子很潇洒。

矮子很讨人喜欢，每当船队泊岸头，个个艄楼的人都蹽过舷干到这边来。矮子二十岁了。那些高兴的人遇上最高兴的时候就挎他的裤子，他的父母亲不制止，就躲到一边去朝这边笑。矮子提起他又粗又短的裤子就喊他们："牛鸡巴日的，牛鸡巴日的。"然后就一边去坐在缆桩上很响地擤鼻孔和看夕阳。

每当这种时候，我只能在一旁袖手旁观地笑，我和矮子有一段距离。我和他们所有的人都有一种距离，这种距离是注定无法弥合的。如果我去挎他的裤子和拉他的手脚，那就是侮辱。我也不能跟着他们包括他父母喊他"矮子"，我只能称他"小郑"。我没有这个权利。看来争取也无济于事，它要付出代价。而付出的代价和得到同他亲昵的权利，是因为他们祖祖辈辈都干着共同的行当，都是船古佬、水老鼠；他们从生下来就被别人了如指掌，没有半点秘密，他们在共同的生活中达到了现存的佳境，心照不宣。而我是谁，我来自何处？他们只知道你是从下放知青招工来的，你招工招到这样一个单位跟他们入伙也觉得你不过如此。好听的话叫新船员，共同的印象是生人。你没有他们祖先拉纤时遗传下来的罗圈腿，没有他们的黑皮肤，你如此之高的身材是一个错误，干净的脸是一个错误，不佝偻的腰时时撞着船上的木头是一个错误。你即使能喝酒，也得处处小心不能像他们那样进入佳境发酒疯。他们发酒疯是正常的，你发酒疯却不够资格。你明白你在一条木船上而不是在客船上，你睡在猪窝般的尖舱里而不是三等四等舱室，你穿着同他们一样印满了相同油污的衣服而不是看江鸥翻飞凭栏远眺。你一切都得学着他们的样子，你跟在他们屁股后头而不是他们有求于你。你难道没在矮子——那个侏儒含着戒备的眼睛深处发现什么吗？你难道不觉得那种戒备是由来已久的吗？你知道它代表了什么吗？通过侏儒这双多少还坦直的眼睛，向你无声警告了什么。而且，你还更可悲地看出来，侏儒父母的眼光比他更老练，更恶毒，也更自豪和偏执：当你在侏儒后面干一件事而显得动作迟缓，不知所从时，他们那不屑一顾，给予你这条高头大汉的怜悯，不是使你真实地自我菲薄，以为这河马样的身坯真他妈废物，比侏儒都矮了一截吗？后来你可怜了自己一番后，就想到应该尽量维持他们那种良好的自我感觉，不要同侏儒站到一起，以你的身材老在他们面前晃动，勾起他们的不快。在工作的时候要下架、努力，闲聊的时候不要显露你的大闻博识，不要提起跟那帮有才学的哥儿们一块下乡时怎样怎样，也不要老提你出生在一个中学教师家庭，使他们相信你的确是傻蛋一个，河马般的身坯的确毫无用处，不过多长了几寸骨头和皮，吃了些不该吃的干饭。对于他们船上的生活来说，多余的骨头完全是一种负担，显得既不实惠也不真诚。他们有天然的理由瞧不起你，应该十万分地相信你不会比他们的侏儒儿子强了多少。一头黄鱼多长呢？三米。一只动物园的长颈鹿多高呢？十二米。但是在这条船上，它们能抵上侏儒水手吗？

侏儒是他们唯一的儿子，他们完全有理由无限信赖他，无限热爱他。父母之心，天下皆然。

我看见矮子和他的母亲把被子和棉絮都搬到甲板上来，用一根绳子从桅杆拉到艄楼。矮子在帮他母亲洗床单、被套什么的，一双短脚在脚盆里踩出大窝大窝的洗衣粉泡沫。这是一个难得的好天气。矮子在泡沫的簇拥下像一个神。

他们把脚盆清完了倒掉脏水，女的朝我喊："小陈呀，洗吗，你洗吗？"

我说："洗吗？"我摇摇头。

矮子说："脚盆漏水。"是跟他母亲说的。

我马上附和道："要打桐油。"

矮子说："现在不是打桐油的季节。今天说不定镢两条肥鲴子的。"

矮子准备把脚盆拿回艄楼中去，去钓鱼。我就说："我懒得洗。晒吗？晒鬼。"

我看见他们都很满意我的这种懒惰和窝囊。那时候，我把头发蓄得很荒，完全没有样子。那时候，我很少打肥皂。那时候，我的枕巾经常当抹脚布。因为我看见驾长的衣服总是差两颗扣子，而他的老婆视而不见。他跑长水的时候就趿着一双不是拖鞋的布鞋，鞋帮踩平后像一块黑膏药。

在让他们适应我的同时，我也去适应他们。我的小米瓮摆在他们的艄楼里，还有我每次开航前买的足够一个航次吃的菜、酱油、盐、胡椒粉。我的两个碗放在他们碗柜的老下格，一个饭碗，一个菜碗。我的碗老是挪动，碗沿印满了他们的手迹。蒸饭是同在一个锅里蒸的，打自己的米。炒菜呢，要等他们的菜炒完腾出火来我再去。吃饭时，他们在艄楼的一张桌子上，我便拿着饭碗与菜碗到艄楼后或船头去吃。我的小米瓮占了他们艄楼的地方，同我一样形神委琐。每次驾长的老婆喊"蒸饭啦，小陈打米"时，我揭开它，揭开我的小米瓮，我看见小米瓮欲言又止，企求我的保护，它同我一样待不下去，在孤单中打量着这个黑色的艄楼，它在问我吃了这些米究竟何用，上一餐与下一餐究竟有什么不同。我的小米瓮喂养着我，我的小米瓮是一个孤独者，独自在别人的艄楼陪伴着我的碗、酱油瓶和胡椒粉；它想象着我的耐心，为什么一次次把它掏空又一次次把它填满，每一个航次在启航的时刻都没忘记它；它想象着它的主人为什么没有自己的艄楼，而为什么让它在别人的扫帚、拖把和板凳腿的经常教训下生活。

吃饭是一桩让我伤心的事，使我想到我像一个旧社会的小媳妇或长工。吃饭的时候，他们三口在艄楼里，充满着一种殷实和谐的家庭气氛，矮子总是坐在上席，由他的母亲把碗、筷子和酒杯递到他手里——矮子也能像条好汉那样喝酒。他们的桌上还有一桩漂亮的家常菜：泡菜，泡豇豆、辣椒、冬瓜皮、白菜梗、菜瓜。那不是一桩好菜，酸，据说吃多了得癌症。但那鲜亮的色泽以及咬得脆嘣响的声音勾起我无限往事。我知道他们消耗泡菜的本事特别大，越是有肉鱼，有好酒的时候。我看见那个女人每天就坐在艄楼里择着红的辣椒、绿的豇豆和白的菜梗。而我的每一餐就那样胡乱对付了，味如嚼蜡。我端起空了的饭碗和剩余的菜碗随便从哪一根缆桩上站起来，打着很不像样的饱嗝去洗碗，放筷子，然后用一根烟的滋味来尽快消除吃饭的滋味。我听说矮子每天临睡前都要吃三根泡豇豆和两个肥厚的泡辣椒，这使我嫉妒得要死。

然而排泄更是一桩让我头疼的事。每天我都盼着天快黑，快进入深夜，艄楼里的闲聊和一桌撮牌该收场了，我也就该到空荡荡的甲板上来做事了。船上没有厕所，女人用的是便盆，男人就在露天。我佩服他们的坦荡和自由，在光天化日之下，一边同男女说着什么一边背过身去，瞄准长江就干。而我对着伟大的长江却尿不出来。后来，我找到一个装桐油的陶钵，这个陶钵成了我的便壶。大便时，他们也可以在光天化日之下倒立着屁股消受。不管船上的人，不管上下游擦肩而过的船舶，也不管岸上的行人。仅仅听那倾泻到水中的声音也觉得他们是完全开放的，宽松、畅通无阻。我无法拥有这种本领，我要等到夜深人静。

我谛听着那黑艄楼里的响动，直到谁"噗"地吹熄了灯。前面的拖轮吭吭发着昏沉的呓语，桅灯朦胧，后边一尊尊模糊的黑艄楼闭上眼皮跟踵潜行。

我打开舱盖爬出来，像一条见不得天日的蚯蚓，像一只心怀歹意的野猫，无声无息地弓身于甲板上。直到我相信黑艄楼的舱门的确是关上了，他们也带着一天的满足安然入梦，我便开始寻找位置。我必须在将军柱和黑艄楼的中间选择立足之地。将军柱前面是不准排泄的，驾长说要冒犯什么。他也搞不清楚这其间的门道，反正是祖宗定下的规矩，代代船工都必须遵守。那么也不能离艄楼很近，如果我弄出的声响惊动他们，我也会前功尽弃。我找准最佳位置褪了裤子蹲下来，发现草纸已经在手心捏出了汗。

现在我必须全神贯注，气沉丹田，进入一种万物皆空的自在状态，然后尽快了结这桩每天必不可少又无实际人生意义的多余之事。我蹲在舷杆上，半脚踏空，以防溜下去的废物污了船帮。舷下的水哗哗流，有无数磷光明灭，寒气冲人。我拽紧缆桩，害怕舷边有水鬼将我拉入江底。有一天晚上，我就看见一具浮尸紧贴着我们的左舷依恋地迟迟不愿漂去。等我克服了对水鬼的恐惧后，我便机警地朝黑艄楼看，我老疑心那艄楼和瞭望玻璃里有一双眼睛朝我窥视，知道了我此刻的全部秘密。黑艄楼像一尊古堡在水中摇晃着向我走近，如一个装疯的醉汉，准备出其不意地给我一击。黑艄楼胸有城府，鄙睨地无声嘲笑着我这个干脏事的下贱家伙。

我害怕那舱门突然打开，走出来驾长或者矮子。我看看周围，没有一点隐蔽物，头上的天也黑得不那么爽快。我发现我的目标是太大了，即使蹲下来也还是一大堆。我干吗要长这么大个苕个子呢，就没留个后路想到我有一天会招工到这船上来？我如果像矮子多好，站着或蹲下都那么一点点，不占位置，不碍别人的眼，干什么都方便。

我瞎蹲了一场，把草纸丢到江中，等到躺到床上又觉得腹中胀得疼。

我常常彻夜不睡，算计着怎样把白天装到肚里的三餐快快倒出去。我多么希望能在那条船上响亮地放屁，大大咧咧地大便，像他们一样。我在航行中掰着指头数到目的港的日子，上岸的第一桩事就是寻找厕所。当我一身清爽地从厕所出来，看艳阳高照，觉得人生美事也不过在于拉一泡屎罢了。

果然在涨水，在矮子母亲的一声惊呼之后，我看见矮子靠在艄楼的舱门口眼睛无事。他的靠也像蹲，蹲也像站着，使你分不清他那双腿的曲直。他的两只手无处搁，就暂放在双膝上依然如肉勺舀着空空暮色。我闻到一股草腥味，果然是川水发了，长长的白沫挟带着挣扎着的枯枝败叶和腐烂的芦柴等植物。我点燃一盏风灯后转过身来看见驾长虎视眈眈地盯着我。他的眼睛在暮色中销溶着暮色，像两块僵硬的石头凸出死湾。我想一定是我刚才多看了矮子一眼。

"油加了？"

"加满了。"

"摁几下，捻大些。"

我捻大些。

"摁几下晓得吗？"

我说："没有缝隙。"

他仍然极不信任地看着我，最后竟夺过去我手中待挂的灯，摆弄了几下。

"擦罩子放在嘴上呵几口气。"

我说："呵几口气。"

我当然知道呵几口气，我每天早晨起来就挖鼻孔中的黑烟，马灯我认识它。

结果他去把灯挂在船头锚梢上。我站在那里，等于这件事又干砸了锅。

我知道我们此刻在走一条不熟悉的航道。

那川水的草腥味令我直作呕。

矮子穿一件臃肿的棉袄，我知道现在已是下半夜了。我看后头的一溜黑舴楼，都有不熄的灯，在船头有人撩水。矮子站在我的身旁，我和他各拿了一支钩篙，我们都无声地站着，钩篙上歇一轮月亮。不知什么时候，矮子到那边去拉屎，稀稀拉拉的，很响。我知道他是吃了船上装的这批淀粉，也许是未经处理的工业淀粉，也许质量太差。他们说，这叫靠山吃山、靠水吃水。矮子许是拉软了，钻进了黑舴楼。

黑魆魆的岸影冲着我而来，现在我一个人了，我的烟头烧退着这困顿无边的暗夜。

不要困岸，就是这样吧？我站在命运错误安排给我的位置上，我想人生应该得到无数次惩罚。我的钩篙和我直指青空，我像一个远古的武士，我的船板破烂不堪，我感到了我自己呼吸的热力。一个活人，一个值夜班的水手。

不要困岸，就是这样吧。那拖轮拖着我们，像一支夜袭的部队，紧张而寂寞无声。我的钩篙时时去抵抗碛坝，岸沙陡立的崩坍激起一片水花。我是玩龙灯中的一个，我的船舷不扫到岸，其他船也不会扫到岸，我们在自己的船上配合别人。天空高高的，并不是我第一个来到一条船上。我听到河流在唱着荒凉的母亲之歌，兽皮帆绷着峡谷的强风，一个祖先的独木舟像一支银针消失进太阳之潮。我是一个有头脑的人，而现在是一个值夜班的水手。

"困岸了，鸡巴日的！打野了？！"

我猛然醒来，听见后面另一条船上的人在黑暗中喊。

一袋袋淀粉如一具具白色的死尸被一场古老战争的浩劫带往何方？我沉默着没有还嘴。但是我突然发现黑艄楼的人都没有睡；驾长在艄把旁架着腿，他的老婆把一团淀粉在手中揉过去揉过来，矮子坐在他母亲膝下。黑艄楼的灯光是暗红的，很低，有一团纠缠不清的缆绳在他们舱壁上挂着。

"矮子值上半夜，你值下半夜。"我去艄楼喝水的时候，驾长说。

我在这话中听到了警告性的"指令"，而我并没有打野，船很正常。矮子的一只肉勺在他母亲膝下，沉重的大头一栽一栽的。我听见驾长打了一个很响的嗝，示意要我出去。

船行得真慢，远山如城堞。那岸上一声清晰的鸡啼使我清醒了许多。我想到又该上工了，赶着牛，背着犁，卷起高高的裤腿。女知青们戴着大大的草帽，在朦胧的晨光中大地的呵欠打过了，水塘清洌洌地游动着蚂蟥，谁的脚踩到一根草绳惊叫起来，女知青隔夜的气息是那么好闻。晚上，肯定有男女往黄麻地跑滚得一身草渣，有人在抄柯蓝的散文诗和苏联的《喀秋莎》，有人偷了一口袋队里没熟透的瓜因而手榴弹一样扔得满墙都是白色的瓜瓤和瓜子。

天亮了，我看到一切都很正常，淀粉依然是淀粉，艄楼顶上铺上了一层露水，有女人在往河中倒便盆。我拿起拖把，从船头至船尾一点点地抹了一遍。我把缸里吊满一缸水，再用明矾把它澄清，然后揭开我的小米瓮，淘洗好几把米，加上适量的水，把碗放在锅台上等待驾长的老婆把它放进蒸锅。然后再提出一捆蔫黄的白菜来择我的早餐。

天亮了，船还在航行，永不疲惫。

我向驾长请假回去一趟。

现在，算算，我昔日的同学——知青战友都比我混得强了，我现在深深地懂得了这一点，当我走到昔日的街上，看到匆匆的自行车流、百货商场和坐在柜台中懒懒不动的服务员，看到一些算命的瞎子和推着旧童车卖雪糕的老太婆。那些能说会道的通过"贫下中农推荐"上大学了，早就远走高飞离开了这个小城，去创造他们前程似锦的生活。另一些人通过招工招到国营工厂，把他们印有叫得响的厂号的工作服拿回来给家人穿。只有我最劣，我是最后一个离开知青点的，只有这个船业社的指标了，不过当时还相当满意，心想这一辈子终于又能吃到粮票，再不必去队部称谷子，挑去打米房打，打了筛，筛了簸。我满怀希望地朝我的新岗位走去。

我在街上无聊地溜达，看女人。船上没有女人，现在我来到陆地见到花枝招展的女性，又为凡心所动，我记起，我已经二十二岁。我想我已经参加工作了，不管工作咋样，毕竟拿着工资，工资我要为女人而花。

我去见昔日知青点上的一个女友，那是我唯一接触的女性。我当时看她还漂亮，就用刻钢板的字抄了一本歌曲给她，后来她到县花鼓剧团当了演员。但是后来，我发现她只有上妆后才有些看头，在阳光底下她不知怎么就生了很多毫无生气的蝴蝶斑。她由于过分修饰表情而失去了情味，跟她在街头碰见，谈上几句也觉得够了。我们好像通过几封信，我把她的那些大大咧咧的信曾塞进枕套里，晚上走神时就拿出来读，想在那大众化的语言中读出什么暗示来，结果发现完全是徒劳。

"船业社吗？"她恍然大悟地说，表示世上一切都逃不出她的掌心。

"现在改成'水运公司'了，是大集体所有制，很可能转国营。"我赶紧说。

"这我晓得，这我晓得。"

"我们公司的书记是国家干部，过去从银行转过来的。"

"船业社……对水运公司。"

"嗯，水运公司。"

"据说派出所在册的流盗扒在你们单位就有二十多个。蔬菜队最多，三十八个，搬运站……对，对，装卸公司，也有二十多个，装卸公司跟你们是一个系统吧？"

"交通局。"

"交通局是集体单位。你拿多少工资？"

我说："二十七块，青工，青工嘛。"

我说："你们现在演什么戏？"

我说："你比过去苗条多了"。

她说："《洪湖赤卫队》。"

她说："你姐姐还在日杂公司吧？卖灯罩？"

我说："当然是卖灯罩。"

我一个人下了她们剧团那曲折的木楼梯，见一只断了线的电话机在过道里落满灰尘。我想，她的胸脯也"苗条"了，全身也"苗条"了，像一根失去了弹力的皮筋，这样的女人还有多少意义呢？

我提前回到了船上。

我闷在尖舱里睡了两天，继续休我的假。我晚上撒过尿之后，散了热气，糊里糊涂地咬开瓶盖喝了很多酒，酒醒之后就很后悔。我想，她瞧不起我是因为我是船工，而船上的人瞧不起我是因为我不是船工。那么，我究竟是谁？我是干什么的？我跑到这墓穴一样的尖舱里睡是谁指使我来的？为什么没有人赶我走？你为什么到这里来并且必须经过一块颤悠悠的跳板？这八辈子没想到的一个木船的尖舱为什么容忍了你这幽灵活鬼？无所事事的游尸舞荡的疲草包，从岸到岸，从水到水，即使叩首三遭而拜，惊撞石脉之音又能唤醒自己？艄楼里，这样一个家族限制了你想笑便笑且歌且舞的漂流壮举。舷水拍打着发出古老的沉响，而黑艄楼永不覆没，让我到陆地再去找个事干干。这空阔的水侵蚀我，给我以什么启示？已经到了最后的耻辱和最后的光荣的分界时辰？我分明无法自欺欺人，像驾长那样永远自我感觉良好，而我感到了一个船工种族的兴旺，在我之外的一个纪元一种自由，独独留下了我随时可能遭到的灭顶之灾。

航行备缆：首缆，尾缆，前倒缆，后倒缆，腰缆，撇缆。

结：渔人结，反手结，套圈结，咬索结，缩帆结，双重结，双跨结，丁香结。

风：突然起大块黑色浮云，西北上空起黑色的坎子。三月三，九月九，无事不在江边走。南丝北蟒。水面如有蜘蛛丝就会起大南风；水面如有飞虫便起大北风。

国际信号旗：RY。

航标志：过河标，接岸标，导标，过河导标，首尾导标，桥涵标，泛滥标，沉船标。

左舷通过：两长两短声；右舷通过：两长一短声。

锚：无杆锚（霍尔锚），有杆锚（海军锚），燕尾锚（大抓力锚）。

船位，地名，航向，舱角，气候，风向，风力，流向，流速及航道情况，水面船舶动态，会让意图，航行灯光，信号情况。

我要当驾长！

我找来了所有有关的书来读：《船员手册》《内河航行知识问答》《航道图》《驳船操作规程》。

我要当驾长，既来之则安之；我要当黑艄楼楼主，坐在艄把旁饮酒吃泡菜；我要找一个娘儿们。我也要让这个矮子有事可干，我要让他睡我的尖舱去，让他把一堆煤在河里洗白，晚上我就用四颗钉子把尖舱盖钉死，像钉一口棺材那样，让他闷死在里面。而我堂堂七尺男儿的身材，就可以理直气壮地站起来，面对长河落日，散霞飞流。

刚才已经是抛锚了，船却还在走，顶流而行。

进了洞庭湖口。

前面拖轮两侧都有很多人拿着测篙测水，篙竿间错，浪涌与雾气时时淹没我的视线；拖轮像一个病妇，那风中的雾号拉得嘶嘶哑哑。

"刚才矮子喊你没听见吗？"

我看见驾长跪在船头拉着打锚的嵌丝，他的脖子涨得很粗，那嵌丝硬绷绷斜插进水里，他像在水中拉一条大鱼，又像是被轻易地蛊惑后同一头水怪拔河。我也去拉。

"打艄去！"

我站起来往后头走，我站得很艰难，也走得很艰难，扶住一切可以扶住的东西。黑杆齐水了，浪像章鱼的触须飞掠上来缠绕我，我感到一种下沉的快感。矮子也在扶住乒乒作响的艄楼舱门，他的母亲大白着屁股正拼命往便盆里撒尿。我往艄楼里走去，我的头发叫嚣着古怪的尖声。

"矮子，尿！矮子，尿！快屙！"

二十岁的矮子便紧张而富有激情地往他母亲尿过的便盆屙。

我抓住了艄把，木疖光滑而温柔。艄把感应着船尾之水，我听见艄把像一个娘儿们依偎着我，在不绝的惊恐中向我低泣，我说："我来了。"

"这边！这边！那边是浅水，听着了吗！"

驾长喊。我看见那边是一道粗粗的黑杠——流沙在奔涌，陷埋着胆敢靠近它的一切，当然包括小小的船和小小的人。

雾像一张网，使我们如在画里，艄楼舱门的乒乓声令人心惊胆战。

我看见矮子和他的母亲已经跪叩船头，高举便盆，向天而拜。我瞅了瞅后头的黑艄楼，雾里浪里也有影影绰绰向天而拜的便盆。

一溜的便盆在艄楼之上，被病妇似的拖轮带着鱼贯而拜，在风里浪里。谁家孩子的哭声？

矮子母亲的衣襟敞开着，那油黑的乳房如树上风中的硕果。这果实生长着喂养了一个侏儒，这果实柔软而多汁，是一罐真正的生命之水。

驾长，交出钥匙来！看船尾糊平江河如镜，晨光如处子。你剔亮了艄柱的桅灯又把他轻轻吹熄，有一只蓝鸟在艄楼之上令人心醉地叫，因为你攥着艄把这生命的舵。

"矮子，帆布。矮子，帆布！小陈你聋了吗？你没聋吧！你雷打痴了！"

船尾出现了又高又陡的泥浆水卷花浪。打张了？挖簧了？

驾长向水中啐了一口，他的脸完全扭曲了，他的全身像一块礁石顶着扑向他的水沫，他依然毫不手软地同水中那神秘的怪物僵持。只要等风过了就好了，雾会大开。只能走，慢慢地走。锚便是根，水老鼠船古佬的生命之根。

驾长，交出你装过止咳露的酒杯！对，是我，新来的驾长，年轻的驾长，一船容不下二主，咱们分手吧，各走各的路，回你的川东老家安度晚年去吧。当然得把矮子留下，他永远是水手，是三等水手。让他接过你那把祖传的龙头水手刀——同我一样的尖舱的孤独，让他在孤独中成为荒野之兽。

"撤住！抵住！篙呢，篙？……姓陈的，用脚蹬，搁浅了！姓陈的，你的脚呢，你的蹄爪呢！！"

驾长，交出你的性命来！是性命，我一点也没说错。如果你需要的话，当然可以拿来他的性命，你让他的呼吸慢慢止熄在一个船工的传说中，跟水一样久远而不可捉摸。人类回到最初的位置去是没有道理的。驾长你安息吧，锚链上扁绿的神话草划出轻轻的水响，栈道上飘跌下一支仙笛，铜版画片的倒影伏在蜃气波动的梦中，驾长你就此睡去永不醒来。

我看到矮子的母亲终于晕倒在水迹斑斑的船头。这时，一线天光骤开，风平浪静，船上的便盆浪渣也熟睡得像一个个婴儿。艄楼大汗淋漓。所有的人都端坐船上，哑哑无言。世界恍若在隔世的梦中，幽邃而多情。

艄楼舱壁上那一盘纠缠的缆绳是白棕绳，像失血一样美丽，映着凶险的湖光。白棕绳，又叫马尼拉绳。

整整一个冬天，我们就在一个叫修坪的地方装运石头。

石头自己抬到船上，这样可以拿到比工资高出两倍的力资。

下坡我总是在前面，上坡我总是在后面，我的奇怪的身高就可以同他们保持一种平衡，两不吃亏。我们喊着简单的号子，号子像一团灰色的云在河滩散堆的石头上徘徊。我们把最肮脏最破烂的衣裳拿出来穿着。我们在石头上对烟和喝酒，在石头缝里撒尿和屙屎。我们有时候用十六根杠棒抬一块石头，把跳板压得吱吱乱响，像抬一口贵人的棺材那样在冬日黄昏的路上走向墓地。我们流很多鼻血，以及被石头撞破手指与脚踝的血。我们每天要在那很短的路上沉重而繁复地走几十个来回，硬着头皮看脚下每一颗熟悉的石子混着泥泞。我们也到修坪镇上打了一只野狗，在狗肉锅里放一把把的尖辣椒，吸溜着干冷的北风吐很浓的酒气。

然而，矮子不这样。

矮子和他的母亲跟我们拿同样的力资。矮子的母亲职务是炊事员，炊事员就只烧饭而她并不炒菜，矮子是那挞子水老鼠中唯一读过五年书的人，知识分子。矮子穿着很漂亮的皮鞋，小黑提包里露出半截算盘来。而他们并不知道我也能打小九规，更能打大九规，疯狂地爱里姆斯基——科萨科夫的舍赫拉查达交响组曲，不知道我会画画，会拉手风琴和写得一手好毛笔字并且在农村小学当过班主任。也许他们知道，但是他们并不需要我的这些，他们要的是你的力气和好水性，是像一条狗那样可以随时使唤的水手。而结账的事，不过加加石方和平衡分出一个人能拿多少钱，这一点矮子足够了。

矮子经常到采石指挥部去跟一些人办交涉，矮子坐在指挥部的木靠椅上像一个幼儿园的老朋友。矮子划方单，因此还有指派调拨船的权力，采石指挥部的人便经常围着他转，到我们船上来给矮子敬烟。矮子的耳郭上经常各夹着一支烟，上衣口袋里挂着二至三杆笔。

"矮子，矮子，矮子。"

"嗯。"

"矮子，矮子，矮子，先支一点吧，没钱打酒了。"

"嗯。"

"矮先生。"

"嗯。"

"矮大哥。"

"嗯。"

"没酒了，抱夜壶拱嘴。"

"牛鸡巴日的。"

"给他们一点吧。"最后，矮子的父亲驾长解围说。

矮子便拿出黑提包来，橡皮筋、夹子、米达尺、复写纸、垫板、一沓沓方单发票。矮子慢吞吞地把那些重新收拾一遍后，才看清来人。来人早拿出私章来，在口里呵了气站在一旁，矮子便在密密麻麻的名单上找来人的名字，用指甲点住，又去数钱。矮子的动作不卑不亢，钱交过去后，便接过一支烟来。矮子在艄楼里扒拉着算盘，很是风光。在冬季有力资的时候，他们便不挎矮子的裤子了，但是矮子仍要骂人。

到时，我也要找矮子去领力资的。矮子平分了我的力资，我却要在他手上拿力资，仿佛那钱是他施舍给我的。

我排着队，轮到我了。我就想，应该接过矮子的那杆笔把名字签得很流利很随便很潇洒，我想这一点是没有问题的。三个字应该代表我的学识、水平、教养，而实在不是他们一拢子的祖传水老鼠，让他们或多或少稍微敬佩我一下。在这个艄楼里，我只有一次这样显露自己真实本质的机会，我决不会放过它，我等待了多久，想到有一天我总会在他们面前提起笔来的，而不仅仅是提起珠泪串滴的撑篙，提起丑陋臃肿的靠球和空空的水桶。

我签下了我的名字。

但也许是因为太紧张，对笔太生疏了的缘故，我发现我的三个字不会比矮子的好，至少看不出来特别优秀。我发现艄楼里的人包括矮子根本没注意我的签名，都在口中念念有词地算计着他们的进项。我后悔莫及，我沮丧得要死。我想，也许是快一年没摸笔杆了，我很难再轻易驾驭它，在这船上不必要用笔。我又想，也许是这展露的条件太有限，仅仅在三个字上是不能看出什么的，但现在只允许你写三个字，只许你写上自己的名字然后赶快放下笔来让下一个写。仅仅只给了你三个字的机会，天哪！

我拿着矮子发给的钱退到艄楼的一个角落里去抽烟，我发现我的手颤抖得很苦。我的手已经不适应握笔写字了，我的手对笔有了一种恐惧和排斥。

仅仅只能写三个字。

我想，这一辈子怕只能写这三个字了：我的名字。在当我要领取我用劳动换来的钱时，我就去握别人的笔在他们限定的地方写上这三个字。它不能代表知识、智慧、痛苦和一切，只表示"此钱本人已领"。我没有任何写字的地方。

三个字：

　　陈应松　陈应松　陈应松　陈应松
　　陈应松　陈应松　陈应松　陈应松
　　陈应松　陈应松　陈应松　陈应松

冬天的太阳像蛋黄那样可爱，我坐在舱盖上触摸着那每一寸光线的温暖重量，血管里洋溢着忧伤的情调。我尽情地擂着我的脚丫子，我在一群流浪的石头中间，我已疲惫不堪。我的脚下现在放着两张报纸，是《参考消息》。这是我偶尔一次去采石指挥部偷来的。我非常认真地读它，每一个字都读。安莎社、美联社、法新社、塔斯社、《朝日新闻》、《美洲日报》、《联合早报》、《基督教科学箴言报》。我差不多把每一条消息都能背出来了，我把它从尖舱拖进又拖出。有好几次，我准备用它们包卤菜和当手纸，好几次我还是把它留下了，上面落满了我寻章摘句时烟灰烫伤的黑迹。

从岸坡上滚落的石头在水里砸出哗哗啦啦的声音，船也有时会微微颠簸起来。有人在野蛮地骂着石头，骂着僵硬的抬杠和一不小心就溜到你脚下来的轨道翻斗车。

嘣嘣嘣嘣。

有人在踢我的舱盖，我顶起舱盖一看，是矮子：矮子发亮的老式皮鞋。不知怎么使我想起了德国鬼子的集中营。我，矮子的脚。他的脚离我的头顶并不远。

我说："踢么事呢？"

他在上面，看起来他显得高大。他的脚一点儿也没移动就证明他有足够的胆量在我的头顶静止，而对尖舱下的一切要保持着一种蔑视。我不知怎的就闻到了那种猪皮鞋腐烂的臭味。

"刚吸了支烟。"我说。

"翻斗车说我们把他们的轨道堵住了，今日有电影你大概知道吧？"矮子说。

我说我当然知道，不就吸一支烟吗，火柴才丢呢。

"他说他要慢一点。"矮子往艄楼走时对他的驾长父亲说。

"我没说要慢一点。"我大声说。

"你叫他了？"驾长明知故问地问矮子。

"他说要慢一点。"

"我没说要慢一点。"

"你不是这个意思是什么意思呢？"

矮子躲到驾长身后。驾长拿着长长的杠棒不像是去上岸抬石头，告诉我那东西是可以兼着两用的。

"你叫他了他不动，就别怪到时分不到票子，多劳多得。"驾长护住身后的矮子。

我很想捏一下拳头，但又松开了。我拿起麻鞭就臆想着他们把杠棒抢过来而我身边的石头正好每一块都砸在他们头上，这是很方便的。

矮子也没有尽兴，他没想到我这么快就闭了嘴乖乖地下去了，他的喉咙在咽很多涎水。

驾长也没有尽兴，脖子一梗一梗地似乎很不好受，我知道他们一吵起架来就会像妇人那样伤心得要死，嘴巴也会不停的。他们喜欢大干一场。

"矮子，你也学学别人，你像个蠢猪！矮子，他再喊爷爷你也不理他，你理他干什么呢！"他的母亲愤愤地在艄楼里说。

我用麻鞭缆起很重的一块石头，我憋了劲儿就挺起杠棒来，看到驾长那副惨相，但是驾长也不得不挣扎着起来。我非常高兴地喊着号子，我像一只受伤的鹰那样让号子插入伤痕，推开一切生命。我活得窝囊，谁都可以侵犯我。我活得高贵。

我深深地陷在自己肩上的石头深处，我相信哪怕一个卑微的人在某一个时刻也是谁都不敢碰他的。每个人都有这种时刻。

每个人都可以给别人以重压，在任何地方。一种漫不经心的重量以沉默或者别的任何方式便可以轻易击倒对手。

晚饭的时候，我发现我碗里的米依然是米。这完全在我的预感之中，也许不是这种情况而是换一种别的方式，反正总要发生的。

"没有蒸我的饭吗，请问一下？"

"都没有蒸，没看见？船上断火了。"

"断火了？"我移开炉上的铝锅，看火已经熄了，只有红色的煤灰，但余温犹在。

"断火了。没煤了。你不买煤就没有吃的哩，大家都不吃哩，还不好说。"

"这一餐？……"

"这一餐我们吃了。"他们口气毫不软弱地说。

"那……"

"那……"

我走出黑艄楼，来到船头的一根缆桩上坐着。渔人已经开始收网了，那寂寞的鱼梆敲得点点滴滴在心头。

煤往常是不需要买的，煤对装煤的船来说多的是。靠山吃山，靠水吃水。那底舱陈年堆积的煤跟底舱的黑暗一样多。但是，没有什么好说的啦，妈的，买煤去。

"没煤就没得吃哩。"那个女人用女人的声音说。

"那……我明天同小郑一起去拖。"我回过头去说。

"矮子，他在找你哩。"女人挑逗地说。

矮子靠在艄楼上，玩一块石子。

"那我不管啦，矮子没时间，"女人说，"你告到社里去我们也不怕的，想想你一年用的哪个的煤？不说收钱，你总要做一点贡献吧……"

哪个的煤？国家的，偷的。

"我是炊事员，炊事员也没卖给你，烧你一个人的饭，炊事员又不低人一等……"

"总之，矮子不是在玩。"驾长说。

"蜂窝煤？"

"当然是蜂窝煤。"他们三个人异口同声地回答说。

我想，他们已经做好的饭肯定在哪个角落里藏着。我想，还是别在艄楼絮絮叨叨好。的确，没什么好说的啦老陈，买煤去吧。当然是蜂窝煤。他们叫蜂窝煤而我们叫藕煤。

我揣上了足够的钱上岸，我要到修坪镇上的酒馆子大吃大喝了，我已经受够了。我要吃炒肚片、爆腰花，壮阳补肾的。我要让他们给我把桌子抹得干干净净的，然后拍拍炒菜师傅的肩，说："嗨，胃口搞好一点！"我要自己放一些辣椒，跟他讲我是四川人，我要学着四川佬的腔，我还要把脚撩到凳子上，我要把上好的带嘴烟放到酒盅边，把烟灰蓄很长之后弹到吃空的碗里。他妈的，总之他妈的。

这一顿，我吃得很舒服，差不多吃去半月抬石头的钱。这一顿，我吃到很晚，我打着仇恨的酒嗝回到河边。我站在堆满石头的河滩上看去，发现船不见了，船开走了。

艄楼在远远的那边喷吐着黑烟飘然而去。这显然是预谋的，他们提前让拖轮带走了，他们发誓要赶走我，要把我丢下船。他们容不下我。

我在河滩上拼命追赶着船，追赶着黑艄楼。我栽一个跟头起来骂一句。我用脚劈杀冬夜无情的水。我骂得充满了灵感。我拖着我自己绝望的尾音像一个无家可归的游魂，那样快活地在荒凉的河滩上空嗟之、歌之、舞之、蹈之，像玩一根如水的绸带。我笑得肺都快炸了。我从来没有笑得这样庄严过。我像一头砍断了尾巴的公牛。我的声音到处都有共鸣。我是颂歌的尾音部，古老的单音节，我不断创造又不断毁灭了这永恒的美，我宁静，我忧伤，像石头的魅力，像一个面包师的模子搁在午夜河边。我有说不出的幽默。我抬头及时赶到了这个地方，光秃秃的星星把我钉在河边。我敲打着很久以前就冷却了的卵石，以奇异的表情注视着这条河流，我听到河流呻吟不愿睡去，河流像一个伟大的失眠者而它并不认识我。我也不认识它。

月亮残破不堪。

黑艄楼呢？黑艄楼？我是一个赶不走的情人？一条癞皮狗？我发出的呼救没有谁能听到，而我却听到了四处的回声，真是怪事？

我僵卧在河滩上不自哀，用自己的头枕自己的手，星空如水底。

我在深夜用两只脚一寸寸叩打着修坪镇街上的石子，我同一条在垃圾堆啃骨头的野狗打招呼。我兜里既没有钱也没有介绍信，谁也不能证明我的身份，我自己不能证明我的身份，也许我其实是不存在的。

你现在开始怀念潮湿的尖舱，尖舱之梦。怀念早晨起来挖鼻孔里的黑灰。你怀念不能做扩胸动作的甲板。怀念一只木疖。你现在怀念矮子走路的姿势。怀念闪射着釉彩的小米瓮。怀念黑艄楼。

你想，究竟你做错过什么或者他们做错过什么呢？你找不出任何道理被只身搁弃在荒野而又似乎是命中皆然。你在船上并没有手捧语录唤起民众撒传单割资本主义尾巴，你并没有舞文弄墨向他们高谈阔论，你首尾紧缩，可怜巴巴。在这条船上，你既没追逐过船工家属的女儿也没有与船妇通奸，他们却为什么对你耿耿于怀？你被任意使唤，时刻想表现自己的顺从和恭谦，你脱胎换骨想象着自己从来就是一个有海量的水老鼠，在跟他们吃狗肉喝酒的时候总是去舔撒在桌缝的酒沫，你跟他们打扑克的时候也放开喉咙吆三喝四，故意作弊，故意输掉一次，喝了八瓢凉水。你后来学得也可以跟他们一样扒开裤裆很粗很急地炮轰长江了，你跟他们一样谈肮脏的话。这一切，你不是都在竭力证明跟他们一样的吗？你希望这样就能与他们贴近，与他们在一条船上共存。

你除了心中的高傲还有什么呢？你自己伪装得像一个魔鬼、一个流氓、一个地痞、不堪造就的棒老二，你把你所有的皮肉都奉献给他们，按照他们喜欢的模样捏造出一个孽种来，你没有尊严以为他们就是如此，你没有人格以为他们就是如此，你像一个醉鬼那样生活以为他们就是如此，你出卖隐私以为他们就是如此，你学着他们的豪爽单纯以为他们就是如此，你跐着破鞋叼着歪烟故意把一颗扣子弄丢以为他们就是如此。你想，现在这一切是不是都是白费？你聪明得过头，敏感得糊涂。你没想想，一条河的年龄，一个人就是全部的历史，一个人的行动就是种族的记忆。你患得患失，恍恍惚惚，不知道长江的水有几斤几两。

想想他们又有什么错误呢？他们以自己的方式生活着，以不变应万变。是他们接纳了你而不是你接纳了他们。有一次，驾长不是这样喊过你吗："别退，再退就掉下去了。"后退一步便是水——这是他们所知道的长江的秘密和长江的法则。他们就是这样生活过来的，与陆地无缘。就像那种渔人结一样，不用系死，只需缠上几道就可以拴住一条船，又可以迅速拉开。最简单的形式是最伟大最完美的经验，那是智慧，你不理解的智慧，是无数代水老鼠对长江的仇恨所至。

后退一步便是水。你知道吗？

他们接纳你，也可以抛弃你。黑舼楼矗立在那里，黑舼楼永远是无声的。黑舼楼张着嘴，像一排牙齿，它可以随时将你像废物般吐掉，或者在它吃饱之后，连肉鱼也会拒绝，或者它风火牙痛，暂时拒绝一切除了空气，或者它的牙齿已经脱落，它吃不下任何东西。

黑舼楼，黑舼楼。

黑舼楼，你现在在哪里呢？

我回到我装石头的河边。

我把一块大石头掏空，钻进去抖擞了一夜，我很想大石头塌下来，在我做梦的时候。第二天天亮我起来，石头依然悬搁在头顶。

我沿着河流寻找了两天。

那时候，我心淡如水。我后来终于回到了那条船上。发现我的东西又都长了纤细的白霉，像女人手臂的绒毛。

冬天冷得厉害，我把一张狗皮垫在下面。我买来了一顶叫狗钻洞的老年人帽，我把能装的都装到帽子里去，只留下出气的鼻孔和看东西的眼睛。我还戴着两个护膝。

但是我发现那几天矮子很神秘，也很有朝气。晚上，我经常听到那跳板嘎吱嘎吱的走动声，那声音使我浮想联翩，毛根倒竖。后来，我找来了两个风钩拧在舱盖内面，才等于在我的尖舱里安上了门闩，我也便能安然一宿了。

"这两天鹅叫得太凶。"矮子的父母说，"鹅真讨厌，杀了哩又是送给我们养的，也不肥，吃哩光骨头。"

晚上，鹅是叫得凶。这两只白鹅是矮子的一个表嫂送的。矮子的表嫂抱着个吃奶的娃儿来，大冷的天也把两只奶子露在外头。那吃奶的娃儿曾到尖舱来，在我的床上撒了一泡尿。矮子抱着这样吃奶的娃儿经常抛球一样逗他。矮子还把那两只白鹅赶到河滩上去，那两只白鹅叫得河滩很美，矮子也摇摇摆摆很美。

矮子在冬日牧放着两只白鹅。矮子的父母便在船上看着他，抽烟，喝茶。

然而，这两天，他们向很多人抱怨，使得泊在一起的其他几条船上的人都讨厌起白鹅来。

我晚上被一泡尿胀醒了，听见白鹅果然在叫，那声音被黑艄楼的板壁挡住，往风中呜呜咽咽流去。我不敢下床动那风钩，我极力等待着在白鹅的叫声中还有什么声音。

"鹅嘎……鹅嘎……鹅嘎……"白鹅在叫。

我听到了那跳板的声音如期响来，由远而近，在整个舱底引起了强烈的共鸣，仿佛是无数个黑艄楼黑压压地围拢来，靠近我，占领冬夜。

甲板上也有人。有人很久走动一下的声音，嘴巴在使劲地叭烟头。透过舱盖缝，一点红光烫伤了河面，还有一个女人小声的嘀咕。

一会儿那声音就没有了，被河流吸溜进去，往下沉、沉……我感到退回到一个边缘，我同样触到了河底长眠的纯绿卵石。然而那声音又浮出来，足音、嘀咕和叹气，夹杂着巨大水藻的气息，又冻结在无边无际的冬夜里。

"鹅嘎……嘎……嘎……"白鹅在叫。

"……行吧？……"

"……行……吧……"

我把舱盖悄悄顶起一道缝来，一道冷风把我从头凉到脚。我在清冷的光中看到了两双脚，远远的，像四只怪兽的蹄啸傲北风。一种纯动物的热气丝丝从那边传来，我感到我置身于一个洞穴之口，仔细看看后面依然是黑艄楼，一点儿没变。

"这矮子……"

"……不中用的……"

我怀着绝世的柔情跟他们一起等待着：跟甲板上的驾长和他的老婆，那两个不怕冻的水老鼠。

我想打喷嚏，我赶快退到被窝里打了一个，再爬到原来的位置。

天怎么还没亮呢，星星像一些玻璃球假眼。河面上没有船，一只航标灯一眨一眨在那儿自作多情地给谁暗送秋波。

"……这矮子……"

"……已经三夜了……"

"鹅嘎……鹅嘎……鹅嘎……"白鹅叫得心烦。终于，我和这甲板上两个人共同期待的时刻来临了：黑艄楼的门干涩地打开。我喜忧参半。我看见甲板上的两个人向舱门走出来的一个人迅速汇合，那三个人在黑艄楼的影子中像一兜树根。

"行吗，他嫂？行吗？……"

"怎么不行呢，我说了的，怎么不行呢，矮子好大的劲儿……矮子像一头牛呢，揉得我……"

"……矮子爬不起来了？"

"矮子还想……"

"矮子爬不起来了？我的娘！"矮子的母亲喜得大哭起来。

我全身瘫软地睡在我的狗皮上。我心虚得像一摊烂泥。我的脑袋突然膨大，像一颗吊死在树上的病果。我做噩梦。我乞寒乞冷。

"鹅嘎嘎……鹅嘎嘎……"那白鹅叫得嘹亮悦耳。

直到第二天中午我起来用冷水洗脸的时候，看到矮子的母亲倚在艄楼上同后面船上的船妇大声地说话，边骂边笑。我也终于失望地发现矮子的表嫂抱着娃儿乘晨光离开了船。

"……说我们矮子跟他表嫂就跟哩，这有个么事哦，我们矮子命苦啦！我们矮子找不到婆娘被别个笑话啦！我们矮子长得七拱八翘不像个人样啦！我们矮子干了，干了又么事哦？哦？"

"福气！福气！"另外的女人说，"没哪个说矮子不行。"

"我们两老享不到矮子的福！说我们郑家绝种的他自己就绝种！矮子干了！干了！干了！"他的母亲发脾气说，"我堆起的钱就是给矮子准备的。"

我兜头浇了一盆冷水。我知道她在发美丽的脾气。我知道她这是在宣告，在炫耀，在自豪，向我，向全世界。我感到那锐不可当的、贵重而可怕的母兽光芒灼伤了这长江。

我相形见绌。矮子终于是有那种能力的，他还行。后来我听说为了这次试验，矮子的父母给了矮子的表嫂一千块钱。

矮子父母的心落下了，矮子的父母张罗着给矮子说媳妇。

矮子果然就找到了一个媳妇。那天，媒人带了一个小女孩上船来。矮子的驾长父亲买了一篮子肉鱼。那小女孩长得还干净，也许并不小了，是一个矮子，发育也还不完全。那女孩谁都不搭理，其他船上的男男女女老老少少都来看，驾长便拿着　包烟，驾长的老婆便剖鱼。到了下午，媒人和小女孩一走，驾长的老婆——矮子的母亲就说成了，说双方都满意，女方一嫁过来就可以转城镇户口，吃商品粮。矮子的母亲说那女孩不小了呢，都十七岁了，给了她五百块钱也晓得笑，还蛮有家教地死活不收，要不是那媒婆她姨妈代收了，她还真不要呢。矮子的母亲还说要她报个假年龄马上把结婚证扯了算了，免得夜长梦多，早点给矮子完婚了也是一笔事。矮子的母亲还说女孩的手蛮嫩，全然不像乡里伢儿捡过猪粪狗粪的手。

矮子正式到乡下相亲。矮子的父母连夜给他打点相亲的包裹，有上好的烟酒、点心、布料，孝敬丈母娘和女方三亲六戚的。早晨，矮子由媒人带着，挑结结实实的一担往船下走去，挑很远了也不换换肩，矮子果然有力气。

"连夜我就把她睡了，"矮子回来红光满面地同几条船上的人吹嘘说，"下雨，她的屋漏，要我跟她弟弟睡一床。屋漏，我就爬到她的床上去，她的弟弟竟没醒。"

大家就又要拷他的裤子，说看看缺了什么没有。

矮子说："我换了一条牛皮带的，你们拉不开。"

矮子果然换了一条很宽的牛皮带。矮子还说给那个女的也换了一根皮带，有很多机关，都打不开的，只有他打得开，这下就保险了。

矮子的母亲听到就出来骂他："你这狗日的，苕种。"

矮子就闭了嘴。

我已经二十三了，我足足二十三岁，可是我连矮子也不如。

矮子的父母请来了修坪镇上的一个裁缝，为矮子和他们的新媳妇赶制衣裳。裁缝把缝纫机抬到黑艄楼里来，整天机声轧轧。裁缝是一个不喜欢说话的中年人，常常把一支烟搁在剪刀上，想一下便拿起来抽一口，抽一口便在布料上剪一下，裁缝对着划粉和布料总是敲着那杆竹尺沉思。裁缝在那个黑艄楼幽暗的光线里显得脸很苍白。

那个即将做新娘子的小女孩也来了，裁缝在她的身上细细地量着，她总是站在裁缝的面前。

春、夏、秋、冬的衣裳各做了几套，整个艄楼都堆着矮子和他媳妇那些花花绿绿、小小巧巧的衣服。

"嗯嗯，这里是不是稍微要大一点呢？"

"大一点。"

"这里……稍稍，稍稍紧一点，紧一点好。"

"紧一点好。"

"如果这个领子稍微尖一点呢，就显得大方些正派些；如果这个领子稍微圆一点呢，就显得活泼些、随便些。"

"那就……"

"那就圆一点，圆一点好。"

"尖一点罢。"

"尖一点也好。"

裁缝师傅依了女孩的，放下像蛇皮一样的软尺又拿起烟来吸了一口，用红划粉在白的布料上画出几道。

"四个荷包还是两个荷包？"

"四个荷包。"

"四个荷包是不是加一点花样？"

"当然。荷包盖有很多花样，既可以像这种又可以像那种，既可以帮这一块又可以叠下面一块。"

"那就两个荷包，两个荷包好。"

"还是四个荷包罢。"

"四个荷包也好。"

裁缝师傅依了矮子的，放下像蛇皮一样的软尺又从剪刀上拿起烟来吸了一口，用黄的划粉在蓝的布料上画出几道。

裁缝师傅在船上日夜不停地做了三天，跟着我们四处漂流的船走。裁缝师傅把那两只白鹅吃了，把鹅毛缝到小女孩的棉袄里去，说是羽绒服。裁缝师傅按照那四个鹅掌的形状给矮子做了四个别致的荷包。裁缝师傅用完全没有肉的鹅腿下酒，慢悠悠地啃，慢悠悠地撕，慢悠悠地撕啃着看黑艄楼里他制造的杰作：一些他从没有做过的稀奇古怪的又粗又短又小又巧的衣服，直到把那四根骨头啃得不再像骨头，丢到河里去。

再也听不到白鹅叫了，而裁缝师傅也要走了。

裁缝师傅走的时候要给那些衣裳烫线。船上没电，裁缝师傅用的是火烙铁，火烙铁下有一个斗，装木柴火屎的。裁缝师傅在甲板上对着北风跪下来吹那些火屎，吹得很红很旺后就放到衣裳上熨。裁缝师傅把衣裳熨得又平又好。矮子不断地加火屎。一根根线缝都熨得棱角分明的。裁缝师傅把那些成白灰了的火屎也倒进河里，然后一去不复返了。

"光工钱就花了九十，妈呀！"矮子的母亲说。

剩下来的就是正式迎亲了。

驾长不仅殷勤地帮我把小米瓮、酱油瓶和两个空碗从艄楼里搬出来，还同我商量说："女方那边亲戚很多，船上住不下，你能不能回家休息几天，我放你的假？"

我说："当然可以。"

驾长说："床也要借用一下。"

我说："谈得上借用吗，本身就是这船上的东西，尖舱是从来没有上锁的。"

驾长说："那倒也是。"

春天的风暖洋洋，暖洋洋，卵石缝里生出了青草，还没有涨水的沙滩龟裂得更厉害。我听到一只苇鸟向蓝天打了个呼哨，浪花吐着螃蟹的泡沫，而岸岩是红的，晒在老地方，一些整理桅杆和舵叶的人像能吹动的剪影。春天的风暖洋洋，暖洋洋。

矮子结婚了，很多人都说没这么快的，然而矮子的确是结婚了。

我又回到了船上，依然睡我的尖舱。我每天把舱盖打开让一方小小的太阳烘烤着我。我把小米瓮、酱油瓶和两个空碗又搬回艄楼去。在厨房里，我的小米瓮更靠近角落，碗也收缩了空间，因为艄楼添了一个人口，一个新媳妇，很小很小的人，毕竟是一个人，也有一张嘴，生活，并且走动，并且和一个小小的男人睡觉、亲嘴或者极有可能生儿育女。

黑艄楼人丁兴旺。

"矮子，做大人了呢。"人们都说。

结婚了就成了大人，而我呢，便还是个孩子，我二十三岁，还是个孩子，我无人问津。

矮子戴了一顶簇新的帽子。现在，艄楼的餐桌上一人一方了：两男两女是一个完整的家庭。

"还添一点，多吃些。"矮子的母亲劝媳妇说。

"驾长，你还是驾长而我不是。驾长，油麻绳呢？前舱的水戽不干怕不是有漏子？我没有堵过。怕不是在哪儿撞了一下？这船光换一块横桁或枞骨怕解决不了问题。"

"还添一些，晚上肚子饿的。这肥肉不肥。"矮子的母亲劝媳妇说。

"有一种堵漏盒，这我知道，驾长，可是今年的夏季我们将在哪里修船呢？艄楼上的油布钉满了密密麻麻的靴钉，取它的时候是否很难，很难很难？"

"还添一些。好……这里就是你的家了。"矮子的母亲劝媳妇说。

"驾长，你永远是驾长，你添了一个媳妇却没有添一根白发，明年会添一个孙子吗？"

"还添一些。还添一些。"

这是一个非常好的日子，阳光爽爽的，没有一片云来打扰，这世界很安静。我看到矮子和他的像小姑娘一样的媳妇坐在艄楼后头的舷干边，这一对新婚的幸福的夫妻无事可干，他们背靠着艄楼。太阳射着他们，温柔可爱。他们没有影子，影子是他们自己。我看见他们两个面对面坐着，你拍一下我的手，我拍一下你的手。他们实在无事可做。

你拍一下我的手，我拍一下你的手。

我贪婪地看着他们，我多少有点悲哀。我想起我刚上小学的时候，我们在老师摆成的对对下，唱着：你拍一，我拍一……你拍二，我拍二……你拍三，我拍三……

我看见在舷边的老木头上长着一朵白色的蘑菇，那蘑菇很小，在他们的脚下。

"起跳啦！起跳啦！"

每个船都马上跑出人来下水去抬着长长的跳板。跳板搁在各自的船上，起跳的人爬上船来，脚上带着泥。船又与岸分离了，船又起航了。嚯嚯的哨子声不知道为什么那样慌张和匆忙。我习惯地拿起钩篙被无声的招引带向船头，舷水接着发出青铜一样的钝响。我看见曾向我迎来的山影现在又向我后头倒去，这只是一个时间，一个过程。忽然从那边惊起一群岩鸥，声音凄厉，我万分惊恐地望去：石岸开始崩坍，像一个个骤然中弹的人委下腿来。水猛然上涨了，雷声四伏，陡水如沸，船动荡得像一个摇篮。等那幻景一样的景色消逝后，看那断裂的崖岸，如一颗颗巨神的头颅。

河流又宽了许多。

（原载于《上海文学》1987 年第 3 期）

望粮山

　　这年春上的天气骚怪，到了五月，山上的冰还没有融化的意思，麦子甭说成熟了，就是从冰原里露出几棵绿色的脑袋来也是难事。这一天，就听说一个从陕西来的采药人在山上放言，说他在望粮山上看到了天边有一片麦子。情况本来就让人十分紧张，这人又说出让人如此惧怕的话来，于是金贵的爹余大滚子顾不得年老体衰，挺身而出，率领十来个村人上得山去，捉住陕西来的采药人痛打了一顿，打断了他几根肋骨，赶出了望粮峡谷。余大滚子用他的鹰爪手指着西南方向，对十多个刚刚施过暴的乡亲说："你们看好了，哪儿有什么鸡巴麦子？没有。是不是没有呀？"他启发他们说。那些人分明听见余大滚子的声音都变了，一双被冬日的火塘熏得如鸡屁眼的眼睛压根儿就没敢往自己手指的天边看。大家就只好顺驴下坡说："没有，没有，确实没有。"

　　这事是不能说的。苟家老五在很早前说他望见了那片麦子，后来就失踪了。那一年，雷劈死了村里的两牛两人。王家屋场的一个二丫，割猪草上山也说看见了那片麦子，焦黄焦黄的，还香气扑鼻呢，三天后人们在一个山洞里发现了她，不知道被什么野物奸了（有说是大青猴），端坐在那儿，眼睛闪闪发光，下身流血，可惜已经死了。那一年，下黑雪，黑豆大一颗一颗的冰子儿，把庄稼全糟蹋了；七十年代一个叫黄春的看见那片麦子后，拿着镰刀就出发了，几年以后回来，已是疯疯癫癫，挥舞着镰刀到处割人的头，后被乱棍打死。那一年最惨，泥石流一夜之间埋了七八户人家。今年若有人说

113

看见了那片麦子，我的天，还不知会出什么怪事儿呢！ 五月还不化冰，已经够邪乎了，陕西人被打跑后没几天，就是小满。这天晚上，一个惊天炸雷，天河就决口了，且是温暖的、滚烫发热的雨水，把山上的冰盔全部冲得七零八落，大块大块的冰碓儿从山顶上冲下来，推倒了房屋，砸死了牲畜，把凡是生长着的东西都踩碾了一遍，就连粗壮的柿子树也被一棵棵剐了皮。事情就这么来了。

村里的人从冰块里爬出来，看着这个可怕的世界，就知道今年的日子又难了。陕西人说的那番话，不过是想讽刺一顿他们。麦子是"六月黄"和"泥麦"，很适合当地严重不足的光照和高寒，可是老天爷发了怒，再怎样的品种也没用。

那个早晨，金贵就被一群人呼唤着上山去砍树，因为公路不通了，林区的护林巡视员不能赶来。要抢在他们到来之前下手。一群灾后的村民睁着血红的眼睛，挥着斧头，向羊岩尖进发，那儿有几百亩原始芝麻栎林，棵棵是百年老树。金贵的姐夫王起山总是这种事情的头领，他过去在伐木队待过。后来他染上了赌瘾，不靠盗伐国家的树木几乎无法支撑他时常瘪下去的口袋。这样的一个人，现在在村里却是一呼百应的"英雄"。王起山一张皱巴巴的筲箕脸，说话嘶声哑气，可他站在村头振臂一呼的时候浑身的每一块肌肉都是亢奋的，连指甲壳都亢奋得一跳一跳。他对护林员们的行踪几乎有天生的灵眼，知道他们何时不在，似乎根本不需要去盯梢和观察，有时候蹲在茅厕里，一揢裤子就跑到了村头的大石头上大喊开了："同志们，上呀，今日没人！"跟着他进山的老乡基本没有空手而归的，总能背上一两根砍好的门方下来，有时七根八根。但也有失误的时候，被赶得鸡飞狗跳的时候，那就要跳岩断脖子断胯了，也可能会罚个一百两百，或者关到乡派出所唐所长那里。但是成与不成，王起山都是村里的红人，大家夸他不吃独食，有了机会大家分享。如果他要谁赌，没有谁敢不跟他赌的，驳不下他的面子，他是大家的"财神"嘛。

金贵跟在他的姐夫后头。他是被他爹余大滚子一脚踢下床来的，他爹说："你这个混蛋，懒鬼，看老子不一斧头剁了你。"立马就有一把早已磨得闪闪发光的斧头粗暴地丢到了他面前，他睁开眼还没分清东南西北，就被推拥进了泥泞中的盗伐队伍。

寂静的刚遭受过凌洪踩躏的山林还没喘过气来,迎头又被一顿斧头砍杀。木屑一块一块地在飞溅,树木一根一根地在呜咽。站立不住的、面相光鲜的"壮汉子们"一个个倒了,剩下的是些老弱病残的、无用的灌木和虫眼树。山外的木材商人可以说是如蝇逐臭,也可以说是里应外合,金贵他们砍伐的树木,立马就被解成门方,一根根以现金交易,悄悄地背过荒无人迹的大山,到了四川那边,然后顺水路一溜影无踪。

这天,金贵只砍了二十块钱。第二天,看着天晴了,挂在墙上的一排腊肉都生出了几寸长的绿霉,他就背上了几刀腊肉,想去县城一趟,把它们卖掉。金贵步行出峡谷,再翻过一个山冈,到公路上搭了个班车,赶到县城想赶快卖掉这几刀腊肉。

从地狱般被摧残的望粮峡谷到了县城,城里百无禁忌,欢乐祥和,街上一尘不染,人们行色匆匆。金贵赶紧脱掉他的棉袄,因为县城早已开始穿 T 恤和裙子了。

金贵休息了片刻,把棉袄拾掇好了,在城郊稀稀落落的小餐馆和小卖部挨户叫卖他的腊肉。

没有谁要,人们说新鲜的都吃不完,五黄六月了哪个还吃腊肉。吃多了生痰,有人说是生癌,不一而足。见天色已晚,金贵只好又拦了一辆个体户的破客车,赶回家去。

一上了车,他就突然一改他的羞怯,变得涎皮赖脸了。司机要他买票,他从背篓里抠出了一刀沉甸甸的腊肉,丢到司机的脚前,差一点让司机刹不了车,还吓了人家一跳。他下了狠心,不管怎么非得弄一刀腊肉出去。

"我抵车票,再找我十块钱好不好?"

"你坐我的车,我还倒找你十块钱?"司机的一双眼睛就鼓起了,像两颗慢慢从鸡屁眼挤出来的鸡蛋。

"我只到油桐拐。"

"下去下去。"司机气急败坏,狠狠地踢了腊肉一脚。

"那你说腊肉多少钱一斤?"金贵不下,"你说啦,五块钱一斤没有?"

"你这是什么肉?"那司机问。

"麂子肉。"

"鸡巴！这么大的麂子？天下第一大！被你打着了？下去下去下去，老子不带你。"

金贵提着那刀沾了些机油味的腊肉一个人在路上走，他发誓他今天一定要掀一刀肉出去。他又拦了一辆车，是个年轻司机。他又说了相同的话，这次只要人家找八块钱。那个司机说："这是不是腊肉，我很喜欢吃腊肉的，你这都生蛆了。"金贵说："生蛆也是盐蛆。"他于是给司机算账，大约只划三块钱一斤。两个乘客都说他是吃横的，问他是哪儿来的。他说是望粮山的。司机忽然说："你认不认识那儿的余大滚子？"金贵说："余大滚子是我爹。"

"哈！"那个司机像看见了明星一样地从座位上跳起来，差点甩了方向盘，"是你爹！你爹在县城可有名了。"

金贵感到莫名其妙，一个足不出户的山里老头子何以在县城出了名，搞没搞错？

那司机就说出了原委："打老婆呗，把老婆打跑呗，让老婆高高兴兴地被别人拐卖呗。你爹打老婆听说很有技法，叫一抓二揪三拧——头发一抓，满头一揪，头就拧过来了，叭叭！"司机腾过一只手拍了拍大腿："这都是望粮峡谷余大滚子发明的，如今县城打老婆都是这个打法，叫'驴打滚'，就是用你爹的名字滚出来的，不晓得打跑了多少女人，跑了，你爹的……"

"放屁！完全是瞎放屁！"金贵涨红了脸，大叫说。可是车拐了个弯，差点把他给颠摔倒了，他抓住了后靠背，看到的却是满车的景仰的目光。嘿，名人的儿子！

他摸黑回到村里的时候根本不知道村里和家里发生了大事。

话还得从这天上午说起。这天上午，他的姐夫王起山又在村头高呼，邀了几个惯盗的狐朋狗友，继续上山砍树。这一天，因为与护林队打上了游击，收获不大，其中有一个叫康保的二流子拿着斧头手痒，见了一条扁头的竹叶青，那蛇也怪，头白身青，那蛇也没沾惹谁，拖着个大肚子在石头上晒太阳，康保就走过去一斧头将其剁了脑袋。脑袋是纯白的，还透明，里面筋骨毕现，康保就觉好奇，众人也觉甚奇，康保就将那脑袋放到手里，准备细细把玩。

哪知那死脑袋此时却张大了嘴，一口咬住了康保的指头，看着看着康保的手就肿了，接着脸肿了，头肿了，身子肿了，脚也肿了。常言说：男怕穿靴（脚肿），女怕戴帽（头肿），虽然大家赶紧给他找了些大金刀、鸭趾草来嚼了敷上，但全身肿，敷不胜敷。康保那时躺在望粮山顶上，自知死期已到，说："再过一把瘾吧。"

他说的是赌博。

金贵的姐夫王起山排开众人，他要单独跟康保赌一把了。他看着肿得像个水桶的康保，康保过去是小个子，手臂像一些青桐的枝子，光溜是光溜，可细得过了头。他砍树不是王起山的对手，但玩牌却高他几个档次。王起山十有八九输在康保手上，这一次，看着自己强大的对手已经奄奄一息，为了维护他一贯在村里呼风唤雨的尊严，此时正是回击的大好时机。你看，那家伙双眼恍惚了，眉目恐惧了，双手颤抖了，面色青紫了，对这样一个不太清醒的人，王起山感到机会来了。于是，他让人把康保抬到阳光处。康保先押了第一根山毛榉，他正指挥着人抬木时，木头一不小心就骨碌碌滚下山去，后来把五保户老叶的屋子压塌了半边，狗胯压断了一只。

康保仅剩下一根芝麻栎。可是他说："我屋里还有五根，加上我老婆。"

"那你要什么？"王起山内心骇然但口气故作平静地问。他没有这么多码子与他押注。

康保艰难一笑，说话了："我想睡你老丈人的柏木棺材。"

余大滚子的香柏棺材？！

"伙计，你都快死了，还有心开玩笑！"

"全是真的。"康保说。

"赌就赌吧。"王起山说。他的心是虚的，他在想如果他输了，他怎么才能弄出余大滚子的棺材。这一闪而过的念头让他心紧了那么一下，只一下，有人就发牌了。发了第一张，再发第二张，再发第三张。只有三张，叫"诈金花"。牌现在都扑在石头上，大家都望着那六张牌。开始看牌了。王起山拿起一张是个四点，再拿起一张，又是个四点。他的心里开始狂跳，老天爷这回要成全我了，我有两个老婆了！康保的老婆属于我了！

"康保，你替我翻开。"他指着最后一张。

眼睛肿得只剩下一条缝的康保就替王起山翻开了。

四点！金花，真正的金花！

"你翻呀！"他对康保说，康保的牌还有一张未翻。

康保就去翻自己面前的那三张牌。一个老K，又一个老K，还是一个老K！翻三张牌，康保一点都没有停顿，就像平时打牌一样，随随便便地给信手拈来，可他的是更大的"金花"。

"四四四，死死死！"王起山一声大呼，吐出一口血来，就听见康保哈哈大笑起来，康保笑得浑身乱颤，在地上打滚，最后一口气没接上来，四肢蹬直了……

金贵回去，他的爹早就躺在床上了，他姐在给爹喂水喝。爹的头上缠着毛巾。听说爹一头撞在了自己的棺材上。那时候，爹已经被几个人骗到别人家喝了半斤酒。那些人给他灌酒，王起山就指挥人去金贵家抬棺。等金贵爹得知棺材没了，赶到康保家，康保已经稳稳地睡在那棺里了。

金贵还没有足以对抗他那个恶姐夫的力量。他的姐呢？他的姐更惨。姐夫批判地继承了岳父余大滚子的打法，他创造性地发明了"下膀子"的新式"酷刑"，就是让其双膀脱臼。若服了，不闹了，就给你上膀子，然后，又是一个能洗衣、能做饭、能剁猪草喂牛的老婆。你若不服，你告到村长那里，那又怎样！

这一次，金贵决定告到派出所去，如果唐所长过问一下，兴许还能够要得回这口棺材的损失。但是，精神损失似乎是无法要回了，金贵看到他的爹遽然之间老去了，脸上的皮蜡黄蜡黄，眼珠子像两颗生霉的核桃。要知道，这香柏棺材是他的命根子，所有的希望。他的晚年靠什么支撑，就是这口香气扑鼻的香柏棺材。

十年前的一天，那时候的余大滚子五十出头，正当壮年，可那时候就已经失掉了阳气，打不起精神，使你根本想象不出他当年打老婆的威风。有一天，他进山采药，遇到雷暴，躲进一个山洞。山洞中黑咕隆咚的，可异香阵阵，直撞他的鼻扇，好像有菩萨经过了一般。余大滚子其实明白这是过路人在此烧过香柏的香味，可是那一天特有的浓香让他突然明白了什么，仿佛有神仙向他暗示，在深黑的岩洞里，告诉他：你必须睡在这样的香味里才是归宿。他忽然就想到了死。他才五十出头，他说："我得为自己准备一口棺材了。人生还有什么想头呢，这就是想头。"

于是，他把十几把锄头交给了肩尚嫩弱的金贵，让他去麦田里薅草去，他背着一把斧头，一块好磨刀石，一口袋火烧粑粑，一头钻进了大山。金贵并不知道他的爹是去干什么的，有一阵子，他还以为爹是去找妈呢。对生活他不担心，姐姐还在身边，而地里的活儿，得中断了学业干。他开始认识那十几把锄头了。一共有十一把，有象牙形的羊角锄，有蛇头形的扁锄，有大薅锄、小薅锄、大挖锄、小挖锄、耙子锄、抓锄，还有别在腰里的手锄。它们的柄，金贵和他的爹都煞费苦心配置：枸骨过冬青安在羊角锄上，老椠子木安在挖锄上，土槭木配大薅锄，腊子木配中锄，苦楝配耙子锄。这些精心挑选的锄柄，粗细适中，无瘢无疖，无虫眼，经过汗水与唾液加上手心年复一年的打磨后，像上了火漆一样的，发出一种浑圆的、深沉的、藏而不露的光来，加上锄板全是好钢火，一把把锄头在一堆黯淡的、各种质地的农具中散发出卓尔不群的、矜持的气质来。它们依次挂在一根很结实并香馥的还香木上。金贵走近它们逐一使用后，发现劳动并不是一桩容易的事，尤其是薅草，它如此单调，漫长，无尽无头的田垄似乎全是茂盛的杂草，而麦苗不值一提，这世界哪有麦苗的生存空间呀，为什么需要保护的总是十分弱小，而除掉的却又无比强大？有些草，如回头青、野丁香，甚至野草莓，你前头一锄锄了，回过头来一看，又蹿出来了，过了两天，锄掉的野草莓又会挂果。草不需肥料，它们强壮无匹，生机勃勃，以石头为肥。在这个神农架，人们的农活儿主要是薅草，只要丢下了种子，你也就开始了紧张持久的与杂草搏斗的历程。干薅干变，湿薅湿变，不薅不变；荒了头道不见面，荒了二道去一半；想喝苞谷酒，要薅鸦鹊口。说的全是在荒草中夺粮的经验。农谚也是一种祖先的提醒，死去的祖先以一种轻松的韵白年复一年不厌其烦地告诫你：过日子可别走神啊，去田里好好拾掇吧。

二十多天过去了，金贵的爹余大滚子从深山里回来了，他背回了两筒香柏木，还差了个农民帮他背了另外两根。在屋里打香柏棺材的那几天里，余大滚子的死鱼般的眼珠活了，在深山里熬得黄皮寡瘦的脸又出现了一种光彩，从未有见过的光彩，手脚有力了，沙哑的喉咙出现了深沉的共鸣音，随着棺材成形，屋里香柏砍出的香味刺激得他一天打几十个喷嚏，"阿嚏！阿嚏！阿嚏！我的个妈呀！"他揩着鼻子，鼻子因为长时间处于痉挛可能发酸，又牵动了泪腺，打一场喷嚏泪眼婆娑的，可那是幸福的泪水！

十年里，每到农历的六月初六，他都要金贵跟他一起抬出那口棺材在太阳底下晒，那香柏木一经太阳晒就冒出一层油来，油也芳香。奇怪的是，在最初的亢奋之后，余大滚子活蹦乱跳的身子却慢慢起了变化，整个身躯像棺材一样臃肿，凝滞，脸上有了棺材的颜色，这种老态正一步一步地接近他每天凝视着的那个庞然大物，直到有一天被那个东西收走。

可是这一天还没有等来，他的女婿就将其输掉了。

乡派出所唐所长是一个长得像个螳螂的年轻人，可是他极有杀气，说一不二。他把康保的老婆找来说："这赌债不算数，哪个睡了棺哪个付钱，坐车还要付钱呢，睡棺不付钱？"康保的可怜的女人就摇头。

"这就对了，这赌债不算数。"因为是连夜赶来的，唐所长打了个深深的呵欠，露出久久不能闭合的喉咙，还打出了些眼泪。他抹了泪继续说："遭了这么大的灾，你们不想办法补种，还赌博，还有闲心思赌博？再赌，我不罚王起山——罚你（指王起山）是在虱子身上剐皮；再与你赌的，我第一次罚一百，二次二百，三次三百，决不食言。"康保的女人和康保父亲说："那我们到哪儿找香柏去？"唐所长说："那我就管不着了，我哪知道香柏的出处？"

唐所长匆匆处理了这个事，就离开了望粮峡谷，翻山走了。

这天，本来是村长要大家都到四川那边挖独活苗，补栽独活，但没有一个人约金贵去。唐所长来的时候，那些参与盗伐的人一个个都躲起来了，他们在暗处看见是金贵把唐所长给带来的，虽然他们明知道金贵是为他爹那口寿木的事，但与派出所的人过分亲密，这等于是站到了全村的对立面。人们有理由相信金贵是个内奸、叛徒。

"他要出卖我们了。"

"这小子不跟我们一条心。"

"到时候我们合伙打死他。"

在去四川的山路上，王起山依然前呼后拥，他与刚才在唐所长面前孙子似的样子判若两人。他说："你们打死我小舅子时，我给你们放哨。"

望粮峡谷的风气看来很不正了，众人正在诅咒一个小小的年轻人，而这时候的金贵还一概不知。小满来叫他了，他终于与他的同学小满一起溯羊圈河往上游走去，寻一些本地的独活苗。

在往河沿道攀行和涉水时，金贵与小满发生了一些冲突。金贵认为应该种一季荞麦，而不是独活。不管怎么说，荞麦也是麦子，虽然有些苦，但磨出的面掺蜂糖很好吃。小满对金贵的想法极其不屑，他说："你只知道薅麦子，当你没有麦子薅了的时候，你竟然想薅荞麦，荞麦是猪吃的！"

小满一路数落着金贵，说："我约你来那是瞧得起你，他们都不喊你，走过你的门口时一声不吭，故意喊你的姐夫，你知道这是为什么吗？我就想，金贵是个好人，他是我的同学，这样我就跟他们分了伴，我一定要跟你在一起。哪知道你根本就不想挖独活，你只想种荞麦。你这个人怪呀，难怪你不合群的！"

小满还背着一杆枪。因为两人不志同道合，小满挖独活也没了劲儿，加上那天羊圈河上游雨雾笼罩，四野昏暗，还有许多在草上的山蚂蟥，直朝他们裤腿里爬，吸他们的血，腿上血流成溪，奇痒难耐，不用打火机烧，你还真把它弄不掉。

金贵没有了说话和申辩的机会，小满与他在一起，是天大的恩赐，那他还有什么可说的呢，就去挖独活呗，挖呗。在河流对岸不远的悬崖上，金贵发现了一些独活，他就爬石头过去。可是，远处小满的嘴巴却闭住了，他突然不说话了。他在干什么呢？一个一路不停地说话的人霎时缄口不语了，还真让人陡觉得有些怪异呢。

小满端着枪在瞄准他！

金贵的嘴想"啊"一声，但还没来得及张口，就见那一道道辛辣的火线挟带着呛人的浓烟，齐刷刷地向他奔来，眼前一阵金亮，又一阵模糊，他就被无数颗铁砂子击中了。

"小满！"金贵一个倒栽葱从悬崖上滚下来，跌进河里。

"我打中了！我打中了！"小满高举着枪向河中大踏步而来，飞过一块石头又一块石头，跳得老高。

"我是金贵……"金贵细细地呻吟道。他的半个身子打湿了，另半个身子在河滩的卵石堆上。

"你不是獐子吗？"

"我是……金贵。"

"我打的是獐子，我没有打你。"小满护着枪，生怕别人把它夺走似的。他弯下腰看着睡在地上流血的金贵。"我打的是獐子！"他说。他哭了起来，将金贵翻过来看了看，便赶紧从自己裤窗里寻东西，寻出了那乌龟，就朝金贵劈头盖脸浇，"金贵，我给你止血"。

金贵疼得找不到方向了，无法阻止小满的尿水。然后，小满又寻了些断血流，嚼成一团了又丝丝拉开，往金贵流血的地方按。他不停地扯草，不停地嚼，不停地按。他说："你怎么就是金贵啊，我明明看见是一头獐子，你怎么变成了金贵呢？獐子，告诉我，金贵去了哪里？"

金贵必须把他抓住，他想跑。金贵喊："还不快背我上医院！"

小满哭哭啼啼就来拉金贵，把背篓丢了，把他往背上抄。小满背着金贵先回了村里喊人，金贵的爹不在，到镇上金贵的叔叔家去了，好歹叫上了他姐姐，小满喊上他弟弟及爹。他们扎滑竿时，金贵有些窟窿的血还在往外冒，小满的爹又掏出乌龟来往金贵身上尿，小满的弟弟也尿。金贵整个身子都泡在小满一家的骚尿里。好歹他们给他换了件干净的衣服，又弄来了些止血药，连敷带绑，终于把血给止住了，然后就用滑竿把他往山外抬。

到了县医院，没交够的钱小满就用他弟弟背来的一背篓上好雨前茶给抵了。因为在肉里找子弹的时间太长，许多没找出来的子弹就缝进肉里了，脑袋里的子弹和肺部的子弹也是。总共取出了二十多颗子弹。 第二天金贵醒来的下午，他爹余大滚子才赶到医院。听了小满讲的故事，余大滚子一点也不生气，还附和说："确有此事，确有此事，人在某个时辰就是牲口，是这样的，是这样的。"于是，他还说出了一个自己的故事呢。他说他年轻的时候，有一次上山采箭竹米回来煮酒，在迷魂岭碰上了一只老虎。他是去沟边喝水的，老虎就在沟边等他。老虎把嘴吧嗒了三下，坐在那里，尾巴垂着，这表示要吃他。他就对老虎说："老虎啊老虎，你要吃我，我还是个饿的呢。这样好不好，你让我吃点东西，让我成个饱死鬼。你若同意，请把头点三下。"嘿，老虎果然点了三下头。他就从布袋子里拿出熟苞谷来吃，吃了几口，就到沟里去喝水。他一看水里，喝水的哪是余大滚子呀，是一只羊子，脸上是白的，两个大弯角。难怪老虎要吃他的，他在老虎眼里原来是一只岩羊子。他就边喝边想着怎么脱身，不让老虎下口。他慢慢吞吞地吃着苞谷，吃了足足两个时辰，那老虎也有耐性，就蹲在那里看他吃。他吃完苞谷，再去水里一照，嗬，又是余大滚子啦，又变回来啦。他一抬头，老虎就离开了。余大滚子对满病房的病人、家属和小护士唾沫乱飞地说："亏得我找水喝，不然哪晓得我变成了一头牲口，人一天中有两个时辰是牲口，其余时辰是人。在山里被野物吃掉的，都刚好那时是个牲口，让野物瞧见了。你躲过两个时辰就没事。所以野兽一般是怕人的，它非要吃你，你就是牲口……"

他还说，今年有人在咱山上看到了天边的麦子，没有不出事的，并对小满说："这事不能全怪你，医疗费咱一半，你一半。"

大度的爹说了，金贵还有啥好说的呢。自己的一半到哪儿拿去？小满的一半用茶叶抵了，那个县医院整天飘着望粮山雨前茶的芬芳。这终不是长久之计，医院就赶人了，金贵只好又被抬回村里。

他的腿上的肌肉全萎缩了，医院要他不停地走动才能把肌肉恢复。他疼痛未消，头昏脑涨，枪眼还能见肉呢，却不得不背上薅锄上了山。

苦荞是姐帮忙种上的。

天气越来越暖和了，离开了半个月的土地又试探地恢复了生机，从里面拱出很柔嫩的通红的荞麦苗来，那种需要人呵护的、娇羞的苗子让人柔情顿生，百感交集。可那些苗子藏在粗鲁的、大大咧咧的杂草中，就像藏在一群大人中一样。那些杂草全是些横蛮的大人，犁头草、白酒草、仙茅，它们昂首挺胸，仿佛是这块田地的主人。金贵一锄一锄地下去，只听见刃口切割草根的嚓嚓声，声音当然干脆，也沉闷。时间久了就沉闷，接着出现的就是疲乏、困顿。生命总是不甘沉寂的，它要爆发，在这对付连天荒草的战斗中，多年以前，每当在这个时辰，田坡间就会响起此起彼伏的薅草扬歌。

> 早晨来时雾沉沉，
> 只见锣鼓不见人，
> 双手拨开云和雾，
> 遍山都是种田人，
> ……

他忽然听见了一阵极尖锐悠长的女人的歌声，从山那边传来。这歌声是从石缝中间冲出来的，从地底下，从雾气弥漫的山腰。他看到云彩和旋转的树冠。他知道这又是一次幻听，跟他每次梦中听见的歌，在寒夜里北风吹拂的间隙听到的一样，是他母亲的歌，在很久以前。它已经不真实了，没有人的热气了，被时间慢慢改变着，成为一种山里游魂似的东西。但是，母亲却在执着歌唱，在他想或者不想的时候，这歌声总会出现。这歌声如今依然游荡在望粮山上。别人肯定是听不到的，只有他金贵才听得分明。

他让歌声离开了现场。草就是草。他要让草就是草，而不是什么别的，别的妖魔鬼怪。他要实在地流汗，朝手心里吐唾沫，一锄一锄地前进，薅出荞麦来。

> 锄头两只角，
> 薅草要过脚，
> 吃的猪狗食，
> 做的牛马活，
> ……

这可是实实在在的一个人唱的，歌声很浪，由远而近，很有几分自得其乐的醉意。

金贵总算看到了从山坡上下来的唱歌人，他是小满。前面用一根藤子牵着他的妮子。

"快活呀，你。"

小满低头自顾哼唱，哪知道荒草中有个金贵，一见到他，脸就变了，"我快活什么呀，我是穷快活。金贵，我对不住你"。

"噢。"

"我该死。"

"别说了，说了也没用了。你把你妮子捆着是做什么？"

"嘿嘿。"他拉着藤子，把他女儿护到了背后。

"你像牵什么似的。"

"我就实话告诉你吧，金贵，我担心……你害她。"

"你说什么啦！"

"你恨我，我晓得的，我怕你把气发到她身上，趁她在山上割草不注意，一把把她推到崖下去了。"

"放你娘的屁！我跟你有仇，我推你女儿干什么！"

"你断我的后啦。金贵，我媳妇这次又怀了，一定是个儿子，你可不要投毒呀。"

"我投毒？我投毒害你媳妇？唉！"金贵拿起手上的那根榉子木锄柄就往膝盖上拐，想把它折断。他太冤屈了，他不知怎么出这个气。锄柄没折断，倒碰上了腿上没痊愈的枪伤，疼得他钻心。

"小满，你不是个东西。"

"可村里的人都是这么说的。"

"他们说我要报复你？"

金贵一个人绝望至极地坐在田坡上，坐到夕阳隐去，群山慢慢成了迷糊的黛青色的剪影。坐在山岚升起的寒冷中，他是如此地觉得浑身没有滋味，连炊烟和狗吠都唤不回他去。过去，人在愉悦的时候，真的是每一个毛孔都伸出一个舌头，品味着每一刻的日子和生活，连最简单的酸菜都是美的，舔着自己身上的盐晶儿也是美味。而现在，我是不是被这个不明不白的村庄抛弃了呢？

在最后一抹西天像溪流一样的红云里，他恍恍惚惚看到了一片麦子，是麦子的景色。他不愿那么想，是麦子，可有什么东西在他后面强迫着暗示他，是一片成熟的麦子？他挂着锄头站起来时，浑身冰凉的汗水贴着了衣服，小路被云烟湮没，而星星还没有出来，森林变成了山腹的黑暗。他忽然听见自

125

他拼命地摇头，在心里，眼神却惶然四顾，没有实处。

最后的红光消失了。他在心里说："我没有看见它们！"他在心里高喊。
他要回去，回家去，他薅了一天的草，旧伤未愈，浑身疼痛。他从来就没想
报复谁。"为什么要说报复呢？"他在田里薅着草，为什么要说报复？

真正想报复的是王起山，他的姐夫。这几天，风声小了，王起山又胆大
了，对余大滚子家的报复当然得从余大滚子的女儿开始，那女的反正是他屋
里的人。不就是输了一口棺材吗，把派出所的都叫来了，还以后不准他赌博，
那不断了他的赌路？只有到外村去赌，到四川去赌，为赌一次博，要出村出
省，好呀，金菊，你这婆娘，老子打不死你！

"憨娃子，你爹打我呀！憨娃子，帮帮妈吧。"

憨娃是他们的儿子，憨娃早死了，有一年照庄稼，被熊啃了。有一年，
王起山要赌博，就让十二岁的儿子憨娃去代班，憨娃就去了，晚上睡得太死，
被熊啃吃了。后来金菊就再也没生育，身上没肉了，就像这坡田，一场水一
洗，啥都不长了。她每在挨打时就喊她的儿子，死去的儿子。她喊谁呢？喊
爹，爹不管，喊弟弟金贵，金贵怕这个凶姐夫。她只好喊她的儿子。喊她的
儿子，拳头就更加雨点般地上了身。

"你不提憨娃还强些，别的女人，十个憨娃也生出来了！"王起山说。
便下她的膀子，"咔嚓"一声，膀子垂下来了。

"金贵，快给我上膀子！"

金贵的姐冲进爹的屋来，像得了软骨病一样，两个膀子晃荡着。余大滚
子插上门，就对金贵喊道："把你姐箍住。"

金贵就去箍姐，让她不能动弹。余大滚子拿起女儿的膀子，探着肩上的
部位，很有经验似的，说了声"金菊，忍着点。" "咔嚓"一声，骨头接
上去了，然后再接另一只。

金菊的膀接好了，坐下来，缓过一口气，终于说："王起山这王八日的
怎么还不死呀！"

"瞎说，"余大滚子说，"他是你男人。"

"天底下有他这样的男人？"金贵愤怒了，"他害我姐的命。"

"他就是死期到了。"金菊抹着泪说。

余大滚子却在火塘里找火点烟，余大滚子的情绪一点都没坏，都没激起来，仿佛被下膀子被打的不是他的女儿，是别人家的。在神农架，女儿嫁出去，就是别人家的人了，媳妇却是自家的人，骂女儿可以，骂媳妇不可，因为媳妇是家里人。这是什么样的规矩？金贵对爹的无动于衷，其实是心知肚明的，他爹每每在女儿挨打时处于一种难堪的境地——他能说什么呢？说不起话啊，他自己的老婆不是被他打跑的吗？

"姐，告诉我，你是不是真想让王起山死？"金贵昂起头来，郑重地、声音洪亮地问他姐。

"想。"他姐说。

"那你提一把斧头，我提一把斧头，把他杀了。"

他不知道从哪个角落里早操起了一把斧头，还把另一把斧头递给他姐。

他姐在黑暗中接过了斧头。

"都放下！"余大滚子大吼。他为自己及时制止了一场凶杀而满目肃穆，像一个称职的长者。

"他又没把咱家的人打死。"他说。

"非得要出人命了，再去杀他？"

"不能剁人，康保剁了蛇头，蛇头还把他咬死了，这就是报应。"

"你要谁报应？"

"欠账的还钱，杀人的才抵命。"

"我把他砍成重伤，让他卧床不起。"金贵说。

"你这不是害了你姐，畜生！放下斧头。你好狠，你好狠，你是王起山的对手？"

这后一句话终于刺到了金贵的痛处。原来余大滚子并不看好自己的儿子，这些年来，儿子生活在一种他极不信任的怜悯中。儿子这身子骨不是争强斗狠的料，除了能薅好一块麦田外。

"你是说我不敢？"金贵真的很伤心，但嘴不示弱。

"好啊，敢啊，妈拉个逼，还不放下斧头睡觉！"

最后是金贵乖乖地放下了斧头，他进了房里，他睡了，他爹后来也睡了。他姐呢？他听见他姐坐在堂屋的火塘边，不停地给火塘加柴，并且不停地抽着鼻子。姐在哭，姐坐了一夜。第二天早上，他起来给牛喝水时，看见一夜未睡的姐，又踩着白雾背着背篓，手拿镰刀上山割猪草去了。

他望着姐那几根骨头支撑的背影，他真想哭一场，可他是个男人，虽然被自己的爹也瞧不起，他还是不能哭。他站在牛栏前，那一阵子，他感到全身骨头疼痛得像有人拿板子敲。许多未摘净的铁子儿在肉里提醒他：要变天了。

中午，乌云蓦然间从别处的山谷里翻过来，急剧地膨胀，接着带来了大风，首先切断了几棵正在灿烂开花的青桐，那是在小满的屋后。再听见山石啪嗒啪嗒地乱响，石头滚滚，青光历历，树叶漫天飞舞。

金贵开始收拾锄头和背篓往山下跑。他得抓住石头，有一忽风把他的衣裳吹翻过来包住了头，很容易他就会被风吹下悬崖。已经有人被吹下悬崖了，还有一张犁和一头牛，哀哀叫着坠下崖去。这风叫"白毛风"，吹得地皮一下子就干透了，呼呼地往外长白毛，白毛又吹到天上去。地皮刹那间长出一根根白净净的茸毛来，这是哪门子事儿呀，哀哀的叫声不绝于耳，羊也吹下崖了。一些人补栽的独活摇摇晃晃地变成了蒲公英，四处飞散。这山上农民种的粮食没一样是木本的，全是草本，经不起风吹雨打乱石砸霜雪压。为什么粮食是草本的呢？为什么没有洋芋树、麦子树呢？金贵扶着石头小心翼翼地下山，他回过头看到自己的荞麦全被吹折断了，伏地了。早知如此，还不如不薅，让它们埋在荒草丛中，兴许能躲过一劫。

这是不可能的。风吹了三天，地刮干了，背阴的水洼重又结冰，田里的庄稼都枯萎了，村里连喝的水都没有了，只有朝每个窗口扑进来的乌云。在半夜里，还突然下了一场雪，霎时又被吹得无影无踪。被人和牲畜的脚踩得泥泞不堪、坑坑洼洼的村路与山路，现在坚硬似铁。

第三天一大早，金贵他爹余大滚子突然要进山去了。他用罐头瓶子装了满满一瓶腌薤白，还带了不少的粑粑。他对金贵说："我进山砍香柏。"

他说了这句话就头也不回地走了。这几个晚上，他可能又想到了死亡，十年前为自己的死亡进行了盛大准备的他，现在那口棺没了，他一定心慌了。康保家赔他八十元钱加两根芝麻椽，他朝都没朝那两根椽木看一眼，他瞧不上。钱呢，还给了他在镇郊的弟弟，那是为金贵的医疗费借的，还远远不够。他没与儿子商量着怎么还那笔医疗费，却一个人背着斧头进了山。这一次，他可是有点蹒蹒跚跚了，风把他吹得歪歪欲倒，像喝醉了酒一样。

"没有香柏了。"金贵对他的爹说。远远的，他向那个人喊。

他的爹根本没有听见，风还在刮。他觉得爹可能一去不复返了，那个影子将消失在群山中。

在身上疼得不行时，金贵就背上一把扁锄到坡上去。他出坡，这儿的人把下地干活儿叫出坡。

不知又要改种什么。金贵一路走一路想着这扰人的问题。他一个人背一把锄头上山来干啥啦？他能锄动石头一样的地？锄松了，地就飞起粉尘，像烟雾一样的。他后来找到了锄松它们的办法，他挥舞着锄头，他是在薅草呢，还是在薅苗？他想出点汗，他想把这狗日的坡地挖翻。他发疯了。

有人一把抓住他的锄头。他转头一看，是小满。就像过去画片上画的那个拦惊马的欧阳海。小满手扬着拽紧金贵的锄头，一个大弓步，呵斥道："住手！"

"这是我的地！"

"胡搞！胡搞！胡鸡巴搞！"小满不松手，小满骂他，小满像教训自己的兄弟一样。

金贵到底掐不住了，泄气了，一屁股坐到地上。金贵没哭，小满却假模假样地哭起来：

"金贵，是不是你脑子被我打坏了？"

"没有，呔！"

"咱们过的是啥日子呀，金贵，风也不怕咱们，雨也不怕咱们，就钱怕咱们……咱村里有好多男人一辈子没闻见过女人的腥。你爹说人有两个时辰是牲口，我看咱们啥时辰都是……"

"别提牲口的事了！"金贵说。

"那就商量挣钱的事吧，咱们要挣钱，兄弟！"

"出去打工。"

"打工有几个挣钱回来了？有的把命送了，有的关进了监狱，除非是个女的。"

"你让你姨妹子去。"

"金贵，你说这个话？你好狠毒！我还准备把她说给你的，我跟我老婆商议了，觉得欠你的，把姨妹给你，咱们结个亲戚，俩姨老，一担挑……"

"你说你把你姨妹给我？"

"她配不上你？你这么不讨人喜欢，又妮子似的脾性，你娶她还亏了？我看你就有一点小聪明外，啥都没得，钱无一分，金无一两……"

金贵不知道小满后来说了些什么，他突然就有了一个女人？而且跟小满成了姨老，一担挑？他还很难相信这是真的，是人话是鬼话？可他想着那个也不怎么高大的女人，小满的姨妹子，一个小脸红红的，走路猴腰的女人。他最后看见小满站起来，说："明早我到你家捆猪。"

他捆猪作什么？捆猪给他姨妹，作为聘礼？村里可没这个规矩呀。

有了女人，他就不想西天云上的麦子的事了，那个耳畔强迫他的声音，替他说话的声音："我看见了麦子，我看见了麦子……"他没听见。他说。他坐起来，拍打着身上和裤腿上的灰土，他想女人。女人是什么？就是笑？就是做针线活儿？剁猪菜？晚上睡在一起，关了门，假装让谁都不知道？女人在家里进进出出，然后，生娃子，头上包个大红的枕巾，掏出不大不小的奶来给娃儿吃，然后就……"我是不会揍她的。"他说。他心里漾着一股幸福的溪流，这可是从未流经他心头的一股水，这水怎么这么甜呀？它流淌着，流了一夜，把干涸的金贵遍身都浸润透了。

接着，圈里的猪开始叫了。

金贵竟然一句话都说不出来，他打开门，看到晨雾里的小满正在捉他的猪，下绳子。

"你来帮一把啦！"小满命令他。

他跳进猪圈，就帮着捆。猪站在粪水里，他们把它拽到干草角上，用腿跪着，小满就麻利地下绳子了。金贵懵懂地帮小满捆猪，像捆别人的猪一样。幸福让他手足无措，大权旁落。

"然后，"小满对他说，"你在背篓上垫板子呀！"

金贵又去拿背篓，拿来板子，板子与背篓连在一起了，横在背篓上了，再将猪捆在板子上，就这么，猪捆好了，猪叫着。另一头猪在圈外叫着，是小满的猪，也捆在板子上。两头猪呼应着，越叫越凶。他捆两头猪干啥去？他这才回忆起他昨天好像说过的买锅，煮黄包刺熬黄连素粉，难道是指我们自己？

金贵揉着眼屎，背上猪上了路。事情就是真的了，小满要与他合伙，卖猪，买锅，熬黄连素粉。小满说现在五十块钱一斤了，是粗粉，细粉就更值钱，我们做不来，不过，就算粗粉一斤也能抵一亩麦子的钱。

"我们并不比城里人蠢，可是我们为什么就是没有钱呢？钱啊，钱。钱一定在黄包刺里。"

"我想再补种一季苦荞，到时收割了就可以再种泥麦。"

"种个鸡巴苦荞，那么苦的粑粑你还能吃？现在是什么时代了，你还吃八百年的苦荞，现在人家城里吃啥？吃麦当劳，吃脑白金，把金子吃到脑壳里面去，就成金脑壳啦。人家是金脑壳了，咱连颗金牙也镶不起，你看咱穷的。金贵，咱们也要挣票子，然后吃脑白金，你脑壳就不疼了，咱们都吃成个金脑壳，晚上一走出去，闪闪发光……"

小满自以为见过了许多世面，不过他想办的事是一定要办成的，他说他想通了，人应该拼了，与其穷死，不如拼死。他说他总觉亏欠金贵的，所以别人不选，只选金贵，他说："等我富了，让那些人看看。"

小满因想富想花了眼，见人也当作能取麝香的獐子杀。金贵不知，他熬黄包刺的想法已经遭到了许多人的拒绝，他一家人家的猪都没能捆成。他也是将自己的姨妹作为诱饵，可没一个上当——没一个瞧得起他那十八九岁还未见发育的姨妹，可金贵糊里糊涂地就被小满捆了猪。

他们在房县县城，卖了猪，买了一口两米宽的海锅。这锅怎么背回去啊，路又窄又陡又险。金贵说："不能买小点的锅吗？"小满说："这算大啊，还有更大的，不大你能熬出什么黄连素粉来，真是开玩笑。"金贵："那你背吧。"小满说："当然我背，你那个身子骨我好意思要你背？我就背这个黑锅啰。"他们让卖锅的给了他们两块木板，做成了个高高的背叉子，放上海锅，小满的人就不平衡了，锅的下部分只能到膝弯，否则腿迈不动，但上面太高，小满一走一翘，一不踏稳就会罩进锅里去。小满像踏云一样地在街上走了一段，慢慢就找到了感觉，加上有金贵在旁边扶着，就进山了。

进山后，事情越来越难。路真是太窄了，那路只走背背篓的人，一脚板宽的路，贴悬崖，你得横着走，你不可能把悬崖撬掉。头上是密密匝匝横陈的树枝，你走不过，只好砍，还有两边的刺棵葛藤，你也得砍，挂不住锅，它挂裤腿和背叉子。

看着看着天就黑了。金贵坐下来歇息时，喉咙里呼啦呼啦地漏气，肺里的弹孔好像没长平一样，枪伤都在疼，头疼，钉子钻得疼一样。他在那儿大口地喘气，小满问他怎么了，他自言自语地说："我作算废了，我真的废了。"

"瞎说，走吧，有钱了把枪子儿从脑壳里抠出来。"

他以为小满会说"你废了我姨妹养你一辈子"的，那话听到了他会恢复点体力，小满这家伙根本不提他姨妹了，这让金贵彻底地气馁了。他们好歹扎了两个松明子，点火照路，再继续走。

背着黑锅的小满不吭声地走。到了险处，就等挪在后头的金贵。走到观音岩，路被春上的冰汛砸断了，根本不能过，小满就放下锅，想两个人抬过去。断路处放了两根嘎嘎作响的细木头，又滑，底下就是百丈深渊。小满先走过去，一只脚放在木头中间，去抓那边的锅沿。锅的重心在悬崖下，锅时刻想往崖底下跳。两个人抓着，想用肩抵住，那也很危险。金贵一憋气，吐出一口腥咸的痰来，不用看也知是血。两人慢慢地移动，把锅抬过了断路，金贵的腰就弯了，直不起来，胸前疼得一阵阵痉挛。

"伙计，直不起来了？"小满背上锅，手举松明说。他自己的汗也像水一样淌。他看着金贵，无能为力。

"走吧。"金贵缓缓站起来，捂着胸。

"有钱了……"

"什么鸡巴钱！"金贵打断那个背锅人的话，他对着那口锅大骂，他只看得见那口锅，和锅底下一双移动的脚，"鸡巴钱，小满，你说话像玩儿似的，总是不能兑现。"

"还没有。"

"你不能兑现。"

"不兑现天打五雷劈。"

"我鞋都走穿了。"他想让小满明白他的意思，让小满把过去的事想起来，让他的姨妹……金贵也等得不要脸了，干脆挑明，"没有人给老子做一双鞋。"

"等咱们有钱了买旅游鞋。"

有几次，小满差一点闪失进崖下，几次都让金贵把他拉住了。金贵想，他人下去了没什么，砸了锅，锅上面有我两只猪腿呢。

走到鸡叫二遍，两个人才进了村。锅就放在了小满的猪圈里，金贵回家，门上依然一把锁，爹还没有从山里回来。

因金贵枪伤复发，小满只好一个人去四川请师傅。三天以后，请来了三个人，一师二徒。三个四川人，其中的那个穿一件灰色西服上衣的师傅嘴甜，把小满和金贵都叫"老板"。他们成了老板，就那么一口锅，他们就成了老板？老板就是有钱人，有票子周转，抽好烟，喝大杯子茶，眼角都时常滋润得冒眼屎。两个"老板"就赶快砌灶了，放锅了，派人去山上挖黄包刺了。首先上山挖刺的没有外人，是小满一家，加上金贵的姐姐。金贵的姐夫王起山直好笑，从塌鼻子里发出毛猴一般的哽鸣声。

山上的黄包刺还不少，刨来的根，两个四川徒弟就用斧头剁成块块片片，师傅就加水，升火。劈劈啪啪的大火烧起来之后，村里有了些骚动。大家是来看锅的，也来看人。村里很少有外人进入，几个四川先生也让大伙瞧得有滋有味。大伙儿说小满要成万元户了，金贵也要成万元户了，但都不知道他们熬什么，是熬盐啦还是熬炸药，他们全不知道。知道的背后说，某某村也熬过这东西，几年前的事啦，那赚个卵的钱，还不如偷树，而且把山全挖坏了，寸草不生。金贵看小满，无论怎么看，他也不像即将成为有钱的人，自己看自己，一副苦相，瘦弱不堪，穿一件破毛衣，里面秋衫的衣领已经坏掉了，竖在外面，像荷叶边。

可是三个请来的四川师傅却十分尽职尽责地劳作着，那四川师傅揉着被烟熏得流泪的眼睛，观察着火色，用青筋暴暴的手伸进锅里去捞那煮得咕咕响的树根，拿起来，舔舔，又放进去，盖上盖子，说："猛火！猛火！"好一阵猛火，炊烟升有几丈高，火把添柴的徒弟的眉毛烧干净了，一根一根的杂木棒子往灶膛里塞，两个添火的徒弟轮换着跪地吹火，满脸通红，黑汗直下，"噗，噗——噗——"那师傅只管坐在一块大石头上，撩起二郎胯子，抽着烟，用一个大罐头瓶子喝浓茶，同时吐痰："嗨——呸！"在小满屋场的岩坡上，在那棵有了些年头的大柿子树下，几个外地来帮着发家致富的人显得高深莫测而又风度翩翩。一些小媳妇走近后，那穿西服的师傅就会搔首弄姿，挤眉弄眼，还要表演一番：掐熄烟头，揭开锅盖，舀一些热气腾腾的黄汤，用手砺了砺，故意不怕烫的样子，又指挥道："猛火！猛火！"然后，又复坐于石头上，又掏出一支烟来，点燃。有男人在场，就将烟分赠于他们，还送上火，很和蔼可亲的见过世面的样子。叼着烟的四川师傅就这么很有人气了。在人越聚越多的时候，他就动手了，让大家让开一下，"免得烫着你们了啥"。他手拿木瓢，把锅里的黄汤舀进一个大脚盆里，对小满说："老板，盐来。"小满就递上盐，四川师傅就抓盐放入脚盆。风一吹，那脚盆的黄汤就满满凝固了，就成了豆腐花啦，这真是神奇，这个师傅不愧是师傅。大家再伸长鸡脖子往下看，两个徒弟已将大锅掏空了，这脚盆的豆腐花已倒入一个大布袋子中，吊在树丫上，让其滴出水来。沥干了，再把布袋子中的豆腐花抬着倒入锅中，用一把铁锹代锅铲抄来抄去，慢慢地，哈，成粉状啦，黄爽爽的，那师傅笑着说："成啦！"

"成啦！"就这样，成了黄连素粗粉，就能卖钱了，钱就这么变戏法似的，由一堆埋在土石中的不中用的根，到了小满和金贵手上。

钱就是这么变的吗？这可是新鲜的法儿，不是偷树、种泥麦和荞麦、挖药、打猪草得来的，是请几个师傅做出来的。谁都不敢相信，两个穷得叮当响的人，竟然请了三个雇工，这在旧社会是地主的做派。人变富真是太容易了。虽然金贵家听不见猪叫了，堂屋里的猪菜铡了就堆在那里，他躺下来时，一个人冷清清地望着屋顶，有点不敢相信地问自己："我还请了雇工？"有一个半是他的，用卖猪的钱请的。请他们喝酒时，金贵说："肉账酒账都记着吧。"他喝了些酒，感谢三个四川人，说："有钱大家一起赚。"这话是小满先说的，小满还唱了一句《水浒》里的歌："你有我有全都有。"初定的是四川人以人力和技术入股，占三股之一。

事情就像真的一样了。这三个师徒不仅造出了黄连素粗粉，还在村里站稳了脚跟。有些祖籍是四川的村人还想跟他们攀亲呢，请他们喝酒，大家在一起唱四川民歌。四川的西服师傅有一副好假嗓，一个人唱女唱男，唱得哀切，用两根筷子在碗上敲节奏，主人家不说他失礼，倒还很高兴，难得有远客把家里弄得这么热热闹闹、歌舞升平的。这有一副好假嗓的师傅以他的技术和歌声不仅征服了男人，也征服了女人，有的女人开始悄悄打探起他的家庭情况来，甚至流露出不惜跟他的愿望。这些贱女人们想方设法与他接触，有的来添柴，有的给他打下手，有的放下手中的活儿去上山挖黄包刺根，虽然一天下来赚不了两块钱，但是跟穿西服的四川师傅干活儿，分文不给也高兴。只要听到他唱四川民歌的声音，看到他在海锅前英姿飒爽的身影，那就是一种满足。那些人都看着金贵和小满发财啦，看着这两个在村里最没有本事的人——一个是想野物想疯了，见了人乱开枪的憨货，一个是比女娃子都怕羞的薄脸男人，他们竟然成了村里的能人，那王起山一伙人往哪儿摆呀？

小满背着粗黄连素粉去了县城，果然换回了一些钞票。大家看他笑眯眯地回来，就知道有戏了，他把金贵和穿西服的师傅叫到一起，大家看到他们把门掩了，坐在屋里，然后出来，还是一脸的笑，票子分好啦，接着师傅就很有劲头地挥手道："猛火！猛火！"

半头猪回来了。金贵点着票子，他告诉了他姐。他姐也因为挖黄包刺给开了二十元的工钱——小满给大家开工钱时是在屋场上，摆开桌子，叼着烟，手拿笔，还磕算盘，你二十，他十块，他五块，没有结账的，他就说："下次再结。"

金贵点了票子，就要磨锄头去了，他的几把好扁锄和羊角锄都刨得像狗牙齿了。地垄上的苦荞来不及去看它，锄头借出去后，成了石头和树根的仇人。他磨着锄刃，检查老栲子木、过冬青、苦楝、杜仲和腊子树的柄有没有断损。

他的爹还没有回来。

小满的姨妹来了，叫一旦。这一旦妮子是来照顾她有身孕的姐姐的。小满没提那个事，也许他忙得团团转了，忙昏了。可金贵看一旦的眼里没有他，眼神也不特别。他就想问问一旦，她姐夫给她说了什么没有。

一旦穿红裤子，一旦穿白球鞋，一旦上身穿运动服。一旦有红有白，不过看背影，就像个十二三岁的学生，屁股倒是长圆了。金贵就趁一旦去山坡那边的溪沟洗衣时，从另一条路背着锄头去会她。金贵有了半头猪的钱，他想着这钱可以给一旦买些什么，头巾？香帕？银镯子？一个男人想为女人花钱，那一定是爱上了她。

一旦在溪边洗着衣服，金贵就喊上了她。金贵还从没这么大胆过，简直像一头想吃猎物的野牲口，张着牙齿大喊："一旦！"

可他又站得远远的。一旦抬起头，见是金贵，没说话，只是笑笑，手搓得更勤了。

"一旦，你给你姐夫洗衣呀？"

他就过来了。可是一旦还是笑，还没有讲话，有气无力的，好像有望粮山已婚女人的干瘦病征兆一样。一看到她，这就自然联想到她以后就算结婚也会得干瘦病，就突然没了兴趣。城里的女人却白白胖胖的，伸出手臂来，藕节似的。他不说话了，一旦就说了：

"啊，嗯，挖？"

"嗯，啊，挖。"金贵回答说。

后来，金贵看着她蹲在那儿紧紧的小屁股，就忍不住了，就比画说："你姐夫，给你，说？"

"他？"

"嗯？"

"啊，他，他？"

"他。"他想了想，还是得他说，他就把屁全放了，"你姐夫说，我与他以后是亲戚。"

"亲戚？"

"一担挑。"

"我？你？"

"明天搭个伴儿到镇上去吧，一旦，我想买点东西。"他看着一旦要说别的了，要推辞了，他就想把她紧紧抓牢，他不容一旦说话，他继续紧紧地说，"出村口那儿一个洞，在洞门口我等你好吗？搭个伴儿，去去就回。"

他说完就走了，边说边走，不容一旦回绝，走了老远还在喊："吃了早饭以后啊，早点啊，七点啊。"

他哪儿来的这么大的胆？他想给姐姐说，这事成了。这事感觉上成了，在他看来，就是成了。他没说。这一夜，他都没睡好。没有人上门回绝，一旦没来，小满也没来，证明一旦没给小满说，或者说了，小满同意他姨妹与金贵"搭个伴儿"。

早上用冷水洗脸，在火塘里拨燃火把剩饭用水煮了，拈上几块凤头姜，呼噜呼噜地装进肚里去，饱了，就把钱放好，放进内衣荷包里，背上空背篓。去买啥？他还真没想。他买啥？那钱买啥？捆猪的时候还以为是换定亲物品呢，这下买啥，走啊。

天才麻麻亮。他走到村头的洞口，寒雾蒸腾，峡谷寂冷，松鸦在雾崖上断断续续地叫。他伸长脖子，看那雾中的来路。

她不来呢？她瞧不起我呢？村上的人都瞧不起我，说我不长胡子，屙尿的声音也不响，细水长流的。一旦她也就那个样，可我为什么偏偏喜欢上了她？这么想，需要一旦的愿望越来越强烈，恨不得抱着她啃，抱着她上床。把门做牢实些，离爹远些，把板壁上的缝用报纸糊紧些。

他在那儿想入非非地站着，等到太阳慢慢地升起来了，等到有人走过，他就待在洞里。等到有狗叫的时候，一旦带着小满家的狗来了。小满家的狗不咬金贵，那是只豌豆色的公狗，雄赳赳气昂昂地高卷着尾巴。一旦来啦，你看她那个样子，女人走路的样子，好像要避人的样子！金贵从洞里冲出来说：

"一旦，我们走嘛。"

一旦站着了，不看他，看也只扫一眼，看石头，看脚下很细很远的河流，说："我姐夫不让我去。"

"小满！"

"他说家里有事。"

"你为什么要给他说？"

"我问他。"

"他就不让？"

"他说你也有事，他要找你，这几天不能出去。"

"不出去可以，晚上咱们还是能在这儿见面吗？"

"干什么？"

"不干什么。见见面，见了再说。"

一旦先走，金贵后走，金贵走的时候想一旦的话，她问我想干什么，她是不是想干什么，她什么都懂，她早就想干什么了。

"青布衫子白布领，口问二姐肯不肯，你要背来你就背，免得干哥想掉魂。"他小声地唱着就去了小满家。他是学着四川师傅的假嗓唱的，唱得果真差一点把自己的泪给唱出来了。这事儿还真有些难受，这事为何如此难受呢？可难受得心里甜丝丝的，像吮甘草。

他到了小满家，见那几个四川师徒正在烟熏火燎地烧火，锅里的刺根冒出一股涩苦的潮湿气息。小满在砍刺根，金贵只好也拿起一把斧头砍刺根。两个都没有说话。过了一会儿，小满就停下来脱衣服了，他把衣服扔进屋里，招手要金贵进去。

金贵没看见一旦，小满瞅瞅门外，急急地与他低声说话了。他说那四川师傅要他给一百块钱，去房县买制作精粉的工具，小满说那师傅缠了他一晚，说不做精粉划不来，精粉一斤当粗粉十斤八斤，要想搞，就搞精粉。金贵说那就给他嘛。小满说他们几个人嘀咕，躲着他。金贵说他会不会拿了一百块钱跑掉呢，小满说有这种可能。金贵说他们是不是嫌饭菜不好，小满说顿顿酒肉，差点把我老婆累流产了，我姨妹一旦的工钱也不知怎么算呢？

这是又一项开支。金贵来不及想这些，金贵想着晚上的事，心不在焉，说一百块就一百块吧。小满说，那就一百块。

三个四川人磨磨蹭蹭到中午才出发，可他们走得很快。等不见人影了，小满出来就对金贵大喊说："箱子撬了！"

添火的金贵冲进屋里，那个装粗粉的红漆箱子果真被撬了，只有小满才有钥匙的，但现在盖子开了，里面空了，里面是这些天熬的粗粉，足有十五斤。

小满提上他打金贵的枪，拉起金贵就去追赶，小满的弟弟和父亲也加入了追赶的队伍，他们分两股包抄，想截住那几个盗窃犯。

在出门的时候，金贵终于在厨房找到了一旦，匆匆留下一句话："晚上我会回来的。"

追赶那三个四川人并不是一件容易的事，他们沿着长长的峡谷奔跑。路时而下到河滩，又时而跃上悬崖，跑了一个多小时，金贵明显体力不支，胸腔里拉风箱一样，咳嗽，吐出的涎泡全是红色的，头疼，脚软，没有重心，这一次，金贵感到这条命去了一半。到了与小满父亲和弟弟汇合的地方，没见三个四川人一根毛。小满的弟弟终于说出了大家都不愿说出的那句话："他们早钻老林子溜掉啦。"

那肯定是溜掉了，这峡谷往哪块石头后面一躲，你也看不到，不用说那么多岩洞，那么多小峡谷，那么多密密匝匝的树，山上全是路。这只是苦了金贵，他们看他垂着头在那儿吐血泡子，问他还能不能坚持，金贵不吭声，他知道魂快掉了。他听见小满在骂四川佬，说要报案。那又要回去报案，要翻过望粮山，整个夜晚又得在山路上过了。这算哪门子苦差事呀，这是赚钱做生意吗？雨下下来了，天气闷得人出气不赢，峡谷里充斥着一股呛人的硫黄味儿，烟雾腾腾，天气晦暗，仿佛要进入冬天的样子，可现在是夏天。

小满父子三人急匆匆在前头走，金贵在后头跟着。走了老远歇息时，他们等着他，小满说要不要架着走，金贵摇头。小满的弟弟给了金贵一根捡拾的木棍子，很结实，金贵就拄着了。

天色已经很晚才到村头，他们没有进村，谁也没提吃饭的事，就径直上山，到乡里去。

到了乡里已是三更时分，乡里的几栋房子都没了灯光，倒是派出所还有灯，运气不错。没进屋，便听见哭声，还是一个男人的。他们推门进去，都看到那个在椅子上哭的人是金贵的爹，余大滚子。

余大滚子像一只饥饿的猴子，人不人鬼不鬼的，金贵这一趟走来，也人不人鬼不鬼了。父子相见，无语凝噎。金贵问爹这是怎么了，怎么到派出所哭，他的爹说抓住了抓住了。唐所长伸出螳螂颈从里屋出来说："金贵，你爹我只罚他两百块钱，是看在他棺材被你姐夫输走了，若不是这样，我抓去让他蹲半个月的号子。"金贵的爹说："那就蹲吧，蹲吧，要钱没有，要命一条。"小满就说大家凑点钱罚了算了，当下就各自掏荷包，共掏出了三十七元八角钱，堆在桌上。唐所长说："香柏是国家二级保护植物，你余大滚子还这么大的胆？"大家为余大滚子求情，见是半夜，冷风飕飕，唐所长就答应了，按桌上的钱开了个收据，又问："怎么你们都晓得了？"小满说："我们是来报案的。"唐所长说："现在夜已深了，到时我跟四川方面联系了再说。"并详细记下了小满说的地址与姓名。

锅就这么空了，火就这么冷了，余大滚子回来找儿子要猪，只有半头猪的钱，金贵还想给一旦买东西呢，可现在只好悉数交了。

余大滚子这一趟从山里偷木回来，胃受了风寒，整日喊疼，看着那挖得缺头凹脑的十几把锄头，一个劲儿骂金贵，要他去捡炮弹来再打几把好锄头。金贵就去了望粮山的黑风洞，那里有时可以捡到一些弹壳。捡了一天，没见到半只弹壳，叔叔余大梭子来了，是来要钱的，那时医疗费全是借的他的，他家要钱急用。没钱，康保家赔的钱又太少，说起失棺的缘由，余大梭子就上了王起山的门，他踢门，背着手站在堂屋中间，也不坐，瞪着两只老虎眼睛，朝王起山啐了一口，要他别动，别擦脸，别操家伙，他说：

"你这个小杂毛，老子叫几个黑社会的打死你，杀你全家，连你父母兄弟姐妹侄女侄儿一起杀！老子没见过你这号人，你还叫人？连你丈人的棺材都输掉了，你还叫人？猪狗不如！看你把金菊打成什么样了？你有狠的你打自己的老婆？你打外人啊，你看看镇上有狠的人，人家吃香喝辣，会赚钱，往屋里扒，像你这种吃里爬外的男人，还不如自己吃老鼠药了死尸好些。从今天起，镇蔬菜队余大梭子警告你，再打你老婆，再跟你老丈人过不去，老子对你决不客气！"

余大梭子从怀里掏出一个水杯，拧开，咕噜咕噜地喝下去，然后"叭"的一声，将杯子摔在堂屋里，登时酒香四溢。摔毕，拍拍手，昂头而去。王起山屁都没放一个，王起山躲在房里抽烟。金贵的姐姐金菊倒是哭着收拾那些破玻璃，王起山说话了，王起山说："嗬嗬，嗬嗬。"

村里全在笑话小满和金贵的那口海锅。小满说："我准备养猪。"他是说拿它煮猪食。说是这么说，锅里那一天就装上了一满锅的冰雹。

一旦回自己家去了，她家在山那边。金贵就跑到山那边去找到了一旦，又约了一个山洞见。在两个村庄的中间，一扇悬崖边，周围有栎树、珙桐和被山洪冲进沟的滚滚乱石。那天晚上，他们在山洞里见了面，外面就下起了冰雹。只听见洞外的树林到处被人砸着石头，一旦就说鬼来了，金贵说哪儿来的鬼，正好紧紧把一旦抱住了，用衣裳把一旦包起来，然后找她的嘴唇，一旦的嘴唇左躲右躲，还是被金贵一口咬住了，还咬一旦的舌子，一旦也咬金贵的舌子。金贵的一只手放在一旦小小的胸脯上，不敢往里面摸。可他想摸，多次在睡前想象着怎么摸。当一旦说要送她回去时，对机会的即将消失使他顾不了那些，在往外走的时候冰雹砸着脑袋也没去护，手急匆匆在一旦的内衣里，可那隆起的地方比一颗冰雹都不如。他挨着打，一旦在他的腋下，在他的衣服里，冰雹猛砸他的脑壳，好大的冰雹，疼也就让他疼去。他扪着一旦的奶，有滋有味地放不下。一旦在喊砸得好疼啊，她的心思没放在金贵的那只手上。他们在路上跑，一旦拿着电筒，电筒光里是鸡蛋一般大小的冰雹，有的比柿子还大。金贵砸得眼冒金花，到了村里，一旦把电筒给了金贵，金贵又往自家村里跑。幸福来得太突然了，他一路想着他成了大人了，他摸了女人了。女人的肉细嫩些，女人的胸脯也软些，虽然不大，可那是女人的胸奶，一旦的，别人绝没有摸过的地方。他想他成了大人啦，地上尽是些硌脚的冰雹粒儿滑他，绊他。

到了家，冰雹越砸越多，地上堆起了一层，有瓦砸破了，冰雹从屋上漏下来，到了屋里。他爹到处找漏瓦，帐子顶上用一件蓑衣盖着，怕砸到床上了。金贵冷得直打牙嗑，在火塘边烤了半天，牙稳住了，双手烤着火，看着那手，没有什么变化，可心里甜着，头上有许多麻木的疱块，他爹在床上说："谁他妈又看见了天边的麦子？"他爹说了几遍，大骂，大放厥词，说："看你的荞麦！"

荞麦和天边的麦子都说到一块了，金贵上了床，躲在被窝里，麦子涌动，人也在动荡。胸口疼，只有摸着没有见着的一旦的胸脯在给他寒冷的心送温暖。还有吻，一旦的嘴，嘴里湿漉漉的舌头和上下颚，还有一旦用嘴吸他的那巨大的力量。一旦爱他了，一旦要把他的舌头咬下来。他想他迟早要被一旦咬死的。真幸福啊，被女人咬。

早上就有人在外头嚷嚷说虫子的事。金贵的爹余大滚子先起床，开了门，带着寒气进来说:"好大的虫子啊!大天虫啊!"

什么虫子?

余大滚子敲开一个冰雹,里面就有一个虫子,肉乎乎的。余大滚子对金贵说:"那一年下黑雪,你不知道下来了好多巴狗子(豻),那也是有人作了恶,老天爷要惩罚,后来雷劈死了后山的五个人……"可这是虫子,僵而不死,用棍子拨拨,蠕动了。正在这时,金贵的姐姐青着眼睛来了,老远就喊:"我的妈啊,死鬼他们还没回来!"

接着就有了哭声,也是家有没回来的人——王起山和四五个进山挖藁本的人一夜未回,他们全是单衣单裤进山的。

金菊在那儿垂泪,金贵就对姐说:"冻死他!"

余大滚子说:"恶人做了恶事有恶报。"

金菊说:"那狗日的死了我可怎么活啊!"

她说出了这样的话,王起山把她打得鬼一样了,她到头来说这种话!金贵不想可怜她了,姐不值得可怜,这么个人。姐要他去帮忙找王起山,他不去,他说:"我不去,我找谁,我帮你找王起山?"他爹余大滚子一巴掌打过来,说:"再怎么他还是你的姐夫,再怎么也是一条命,混账东西!"

金贵被迫出门,正准备跟随一群处于悲伤和惶恐中的人去寻人,从南头又出现了一群村里的老家伙,都手拿着拾到的大冰蛋和肉虫上门来了,请教余大滚子。余大滚子突然昂起头,神色凝重,微微闭目,道:

"天上送来的东西,你只管照收不误。"

"吃了?"有人问。

"为啥不能吃?"那人的话很可能临时启发了糊里糊涂的余大滚子。在众星捧月的目光期待下,谁知道余大滚子是怎么把别人递来的一条肉虫送进嘴里嚼烂并吞进喉咙中去的?他连吃了三条,绿色的虫汁顺着两个皱巴巴的嘴角往下流,他不慌不忙地吃着,说出了两个字:"麦子。"

"这是麦子吗?这是天边的麦子?!"

"是麦子!是麦子!!"全村一片相同的声音。

于是开始抢麦子了,蠕动的麦子,肥大的麦子。人们想麦子想疯了,饥饿的人们,就这么突然发了疯,连那些准备去山里寻找亲人的人也驻了足,人们纷纷从家里拿来篮子、背篓，在地上、田头抢"天虫"，人们开始大嚼天虫，口里塞得鼓鼓囊囊，一片呱叽之声。天上的鸟似乎也听懂了余大滚子的话，也来抢这些天虫了，大杜鹃、乌鸦、喜鹊、鸹鸟，都亢奋地拍打着翅膀，俯冲下来啄食这些从冰雹里爬出来的虫子。小一点的冰雹开始融化了，天气又晴了，气温又升高，大冰雹有人用开山刀和石头砸碎，在里面寻找虫子。鸟越聚越多，鸟没有人的手脚麻利，鸟愤怒了，鸟啄不到虫子，就啄人的眼睛，有几个人的眼睛啄瞎了，啄得鲜血直流，一手捂着眼睛，一手还在地上摸虫子。

太阳大约三竿子高的时候，一阵热风吹过来，冰雹骤然之间没影了，虫子也没有了。有人竟然抓住了两只鸟，拧着它的头说："叫你吃我的麦子！叫你吃我的麦子！"

所有的人都突然住手在那儿，好像有人指挥一样，停止了抢掠。你看着我，我看着你，如梦初醒。我们刚才做了些什么？我们手上抓着什么东西，嘴里嚼着什么呀？

"全是疯子，疯子！"金贵大喊着，用一块石头狠砸自己的脑袋。

没一个人理他。

在迷魂岭的一个山洞里，终于找到了那六七个死鬼，全死啦，冻死啦，六七个人抱成一团，皮肤乌紫，浑身结满了冰碴，一个个惊恐万状，连眼珠子都冻成了冰疙瘩。村里来了几十个人，把他们抬回村去。下山时，他们一个个突然大汗滚滚，抬尸的人以为他们又复活了，一摸，还是冰的，那汗是真汗，是临死前憋的，冷汗。抬尸的人给尸体擦着汗，自己也擦着汗，天气可热呐！

抬下山去后，哭声一片，金贵的姐姐金菊手拿着王起山的一个蛇皮袋子，里面有满满一袋子藁本。她解开袋子，在里面翻着什么，明眼人知道她在里面翻扑克。没有。于是金贵他姐扑上王起山的尸体，就是两嘴巴，狂吼道："王起山，龟儿子，老子打死你，你还手！哈哈，看你还能还手！"人家去拉她，她又一屁股坐下地，号啕着："王起山哪，负心郎，你中途走了，憨娃也走了，留下我受罪啊！"

被姐姐打歪了脸的王起山是不出声了，金贵看着那个死人，也风光过，可他就这么无声无息了，这就是人的一生？他会下女人的膀子，他还会下？不会了。多么风光的人也就是这个下场，站在村头大石头上的那个人，比村长还牛逼的那个人，又怎么样呢？日子无滋无味，活着跟死了有什么两样？他扶着他的姐姐，看到姐姐对死人横眉鼓眼摩拳擦掌，就偷偷笑了两声。他笑了两声，那可响亮了，所有的哭声都住了，都瞧着金贵这个人，愤怒地瞧着他。这个人怎么啦？他一个人偷偷地笑？他就笑了。要不是他跑得快，他会狂笑不已的。那时候，他往山上走的时候，唐所长手拿着一大沓"死亡证"来念了。他只听见了一句"属非正常死亡"，他就疯狂地跑上了山，他知道那些人恨不得把他撕了。

他的心很乱，绊了一跤，又绊了一跤，手拽着草站起来，他是来看天边的麦子的。他预感到麦子会出现，麦子就出现了，在天边，哗哗地起伏，一片喧嚷之声，挤得云水翻腾，朝他滚滚而来。

"那不是我的麦子。"他说。他不承认。他坐在那里，骨头一根根地被人拆掉似的疼。

"我看见了，那又怎么样？"他说。他很想跟小满说，他想吓唬吓唬小满，说不定小满拿枪去打天边的那个魔鬼的，打得让他沾上了甩不掉——就像团鱼咬手，看他发疯后再打哪个。

晚上，他跟一旦说了。一旦说："金贵，你说么事？"一旦说："金贵，你千万别胡说了。你是不是也想麦子想疯了？金贵，我嫁给你，我们再种一季苦荞吧。"

"不，我要赚更多的钱，我要热热闹闹娶你，我要到天边去。"

一旦捂住了他的嘴。一旦拉住他，说："金贵入邪了。"

"哈哈，我才不会入邪咧，与其在这峡谷里等死，不如到外面去寻死。"

"你说屁话。"

"不如去天边寻死。"

"金贵，你撇下我？"

"我们一起走吧，一旦，这儿不是人待的地方，你都看见了，一旦。"

"你邪火了，金贵，我不理你了。"一旦跑了。

金贵想带着一旦出去，到很远的山洞里寻欢作乐一段时间后，两个人喝一瓶农药了事。金贵喜欢说过头话，也是吓唬一旦的，一旦不听，一旦像躲瘟神一样躲开金贵。金贵有些费解，就去找小满，小满大骂了金贵一顿，说："你妈的个×，你要害死我姨妹？我一枪把你脑子打坏了，我还会上项目的，我上了新项目，赚了钱给你诊脑子。"小满又去了一趟房县，会过去锯木场的朋友，只带回了几根甜柿子苗。我的天，苗只有两尺高，要结甜柿子，那等到猴年马月？小满就蹲在甜柿子苗前抽烟，每天三泡尿，浇那苗子。

一旦用背篓背来了一袋苦荞种。她悄悄地来，放下后又悄悄地走了。那天金贵不在，她放下荞麦种，又把金贵的锄头磨了几把。金贵回来，余大滚子给他说："还不上山去种苦荞！"

锄头磨得又亮又快，好好的苦荞种子，喷香喷香。金贵不种，说："说不定又要遭什么灾呢！"可他不得不种，为了一旦，他也得种。他就上山种了，他在坡田里边种边发呆，撒肥的时候发呆，锄地的时候也发呆。

就有人说，金贵看到了天边的麦子。

他的爹余大滚子上山去质问金贵，给了他两嘴巴，把他打出了血，问他："你说，你究竟看见了啥？"金贵不吭声，爹扯着他的耳朵，指给他看西边的天空，说："那里有个鸡巴，几朵云，哪里有麦子，哪个造谣说你见了麦子？哪个栽赃我的儿子！"余大滚子再好好地跟金贵说："等我把棺材打起了，就给你打结婚的家具，一旦是个好妮子，天下难找的女人，金贵，下半辈子你要享福了。"

第二天一早，余大滚子就不许金贵出坡了，把他关在家里，说地里的草他去薅。余大滚子还托人让金贵的叔叔给金贵买了一盒"镇脑宁"，让他关在屋子里吃。

可村里人都说金贵看到了天边的麦子。

"这是村里人都在咒你死，不要理他们的。"余大滚子背着薅锄临走时叮嘱他说。

余大滚子上山的第三天晚上回来，就报告了一个天大的消息：他发现了一个红毛野人。他说那野人人高马大，高额角，扁鼻子，大嘴巴，群山之间，如履平地。他说野人见了他就大笑，他吓坏了，就喊："修长城，修长城！"

那野人就跑了。他说野人都是秦朝避乱的，怕修长城就逃到咱神农架来了，年长月久，成了山精，有时会出来问："长城修完没有？"你见了这些野人，只要说一声"修长城"，野人就会吓跑，比风还快。

这话不知怎么就传到乡里了，乡里又传到县里，望粮山来了许多捉野人的人，都拿着照相机，说只要弄一张野人照片，到香港去就可卖十万块钱。村里人可惜没有照相机，都拿了锄头、扁担、猎钩子，小满甚至拿了枪，想把野人死活捉到。

金贵没去，他被爹关着了。等到捉野人的人回来，果真把野人捉到了，哪是个红毛野人呀，就是个野疯子，傻×。

那些人捆着"野人"下山来，金贵目睹了一场抢夺野人的大战。这是今年的又一场大战，跟抢夺肉虫差不多，大家恨不得把那野人五马分尸，拉膀子的拉膀子，抓手的抓手，抱腿的抱腿，都说"是我的"，为此打得一塌糊涂，听说有人的两颗卵子踢破了一颗，有人的指头断了两根。翁婿反目，叔侄成仇，兄弟翻脸，应有尽有，都是为了分那悬赏赏金。可是一到村里，坐在村长家的干部们看了，说："是啥鸡巴野人！"一文钱也得不到的村民们失望至极，恨不得揍那野疯子一顿。大家以为那疯子不能说话，可那疯子说出话了，傻笑着说："俺找娘的。"

他没说修长城的事！

说是找娘，深山老林找哪门子娘？这人是哪儿的呀？河南口音，或是陕西口音？河南与陕西交界的？商南？新野？

金贵他姐就端来了一碗玉米糁子给他吃。他狼吞虎咽，吃着吃着，望着金贵他姐，就张口喊了一声："娘！"

金菊先是一惊，后来就应声了，不自觉地"嗳"了一声，说："憨娃，你是憨娃子吗？"

憨娃是她的儿子。

"是憨娃，是憨娃！"大家都说。

大家就交了差，把一个又脏又傻的小伙子交给了金贵的姐姐，上面来的干部也就说："好嘛，好嘛，认了个娘，这小子有福呀！"

这样，金菊就捡了个儿子。

余大滚子对这个来历不明的傻孙儿可是不答应的，他对村民说："你们太无耻了，你们养着不行，你们让她个寡妇养个傻×，你们好得意。"

爹不让养，可金菊非要养，她说这就是憨娃。她说："你看他笑，跟憨娃一样的。"便把王起山生前的衣裳给他穿，给他绞头发，要他洗澡。

傻儿不怕余大滚子，喊他爷爷，傻儿怕金贵，金贵问他吃啥，喝啥，问他喝不喝农药。金贵的姐就赶金贵滚，金贵不滚，研究着绞了头发的青春焕发的傻逼，说："外甥，跟你舅上山薅苦荞。"

这傻儿就去了，他只薅草，不薅苦荞！

傻儿还喜欢一旦，他喊一旦"娘"。这屎人，见了女人就喊娘，有奶便是娘。一旦说："我不是你娘。"

金贵说："那他叫你什么，说呀？"一旦不说，金贵就说了："叫舅娘。""舅娘！""这就对了。"一旦脸红了。一旦说："你叫什么名字呀？"傻儿就笑。

傻儿蹲墙根，端一碗饭，呼呼地吃，不给他搛菜，就不吃菜。金贵的姐给他搛菜，拣好的搛，搛肉，腊肉，把肉都炒给他吃了。傻儿吃完一碗饭，空着碗看金贵的姐姐。金贵的姐姐说："添去。"傻儿才敢走进厨房，到锅里添第二碗。又吃完了，又看金贵的姐姐，又得到指令后，又添。

这傻儿能吃。

傻儿吃后就背上背篓自个儿去割猪草。嘿，他真能割，一个上午一大花背篓，少说一百五十斤，全是上好的猪草，鹅儿肠啦，红花蓼啦，枸叶啦，水苎麻啦。下午就打柴，一捆捆的柴就码在金贵姐姐的屋山头了。卸了柴，抹着鼻涕，指着望粮山高高的雾霭茫茫的山脊，说："那是俺娘。"

怪不得他爱上山的，他把山也认作娘了。

凡是金菊家男人干的活儿，傻儿全干了，女人干的活儿，傻儿干一半。傻儿像一架机器，悄悄地干了，不争吵，不顶嘴，不喊累。傻儿还帮金贵薅草，薅了头道薅二道。一旦给他量了脚，给他做了一双灯芯绒面子的松紧鞋，纳的鞋底比给金贵纳的都厚。傻儿穿上新鞋，干活儿更有劲儿了。

傻儿脸上有了红色，金贵姐姐的脸上也有了红色，且胖了。金贵的姐姐对他说："憨娃，慢慢吃，啊。"又说："憨娃，那一年你去守苞谷，咋就

147

一走没回来呢？你玩性好大啊。"还说："憨娃，莫再走了，莫再离开娘了。"

姐流出了泪。金贵看着这情景，也悄悄地抹了一把泪。他在墙外头，听见屋里叫"娘，娘"。他听见这亲切的叫娘的声音，他感到心痒痒的，歉歉的。他也想叫上一声"娘"，叫谁一声"娘"。叫谁呢？有一天他在山上薅草时，就对群山叫了一声："娘！"他猛然叫了一声，沿着娘当年走去的方向，野马河、药棚垭的方向，撕心裂肺地叫了一声娘。

他想娘了。一旦不在身边。一旦又躲他了，连小满都躲他，一旦的父母不同意，说金贵怪里怪气的，又受了伤，又穷。小满也说："他背不得一百斤重的东西了。"是一旦失口说出来的，说小满打破，说除非金贵把身上七八颗残存的铁砂子取出来。说金贵到时不跟他爹一样呀，打不死你，把你打跑了，有其父必有其子，等等，不一而足。金贵想到的主要还是穷，没钱给一旦的父母塞东西，金贵兜里是空的，爹为半头猪已经骂他多次了，看见小满了就呸呸。金贵决定找爹要点钱，给一旦的爹提两瓶火酒去，还要加一条金蝶的烟。

爹到哪儿去啦？爹鬼鬼祟祟。有一天，金贵看见爹用铅笔划在纸烟盒上的一些字——爹识得一些字。这些字是：他碰见过老虎？他跟老熊打架？蛇不咬他？在哪儿过夜？他冻不死？……

他在跟踪傻儿。

他藏在傻儿发现不了的角落，看他干些什么。他要解开那些不解之谜。几天下来，余大滚子裤子也挂破了，手也挂破了，膝盖也碰破了。回来，他自言自语地说：

"有一只乌鸦歇在他肩上……他掏蜂窝舔蜜……他跟山说话：娘啊，娘啊……他砍断一根藤子，藤子就流出了红血，像女人的经血……"

余大滚子示意金贵不要说话，他还沉浸在山上的情景中，他说："他是个山混子，山魈，哪有一个人在山里成天钻不被野牲口吃掉的？他从哪里来？他到哪里去？……坡上的荞麦都长成藤子了，今年可邪乎啦……"

"那是因为光照不足。"

可余大滚子一副大难临头的样子，他说："村上的老人不多了，你们还不引起警觉？想想今年发生的事吧，这不是巧合。"

这天夜里三更时，余大滚子就起了床，偷偷烧了三炷香，并把蒸好的一只腊蹄子祭给了山神，祈求山王天子大慈大悲，百怪不侵，五谷丰登；十二麻王天子，十二茅花草神，七十二化精邪鬼魅，鬼哭眼之神，黎山老母木精作怪邪王，都一一拜上了。然后，他出了门。

在日近中午雾还未散的时候，他回来了，脸上有抓挠过的血痕，且苍白，头发凌乱，惊恐，他对金贵说："我把他推下山去了。"

爹要杀人？爹杀了人！他把一个傻儿推下了悬崖！

金贵的脑子里嗡嗡作响，一片空白，不知道眼前这个人是谁。可是，就在这时，一个浑身血淋淋的人打门口经过，那个血淋淋的人看不到脸和眼睛，只是手拿镰刀，背着背篓。

他是傻儿！

"他还活着？"余大滚子望着那个人，那个人影。

"他快死了。"金贵说，拔腿跑过去追赶傻儿。他听见他姐一片嘹亮的哭声："儿啊，儿啊！"

姐找来了医生，给傻儿治伤，姐要找她爹余大滚子算账。余大滚子无所畏惧，说：

"我是为了咱们全村，为了咱们这个家。"

"你是个杀人犯！"

"傻儿是七十二化精邪鬼魅。"

"杀人犯！杀人犯！"

医生给傻儿把了脉，给他敷了许多药，还开了些草药：苍耳草、七叶一枝花、鹅不食，让金菊采来给她的傻儿子煎汤。

七天以后，傻儿的鼻涕收了。

十天，眼神没雾了。

十五天，晚上，傻儿猛烈地咳嗽，吐出几口黑乎乎的痰来，然后倒头便睡，鼾声大作。

早晨起来，傻儿揉揉眼睛，扒了一碗饭，金菊给他背篓和镰刀，像往常一样，对他说："去吧，上山会你娘去吧。"

傻儿突然很陌生地看着眼前这个瘦女人，清清楚楚地摇头说："那不是俺娘。"

"我呢？"

"俺不认识。"

金菊的腿软了，他的病好啦，我给他治好啦，可他连我都不认了。

"俺家在内乡。"他说。那天他还是上山了，可背下来的猪草没有半篓。

他问金菊说："大姐，这是哪儿呀？"

金菊告诉他这是神农架。

他说："我做了一个梦，就到神农架来了吗？"

他就要走了。他说要回去了。金菊不让他走，说："憨娃，你又要到哪儿去？"

他说："俺接娘去。"

金菊泪眼婆娑，给他用梳子梳了个小分头，给他背篓里装上她做的鞋，还有粑粑，还有神农架的香菇、木耳、柿饼。"好走啊，憨娃。"她说。她送傻儿。傻儿没言语，摔下悬崖时被树碰出的伤都好了，他不说话，头也不回地走了。走了老远，金贵的姐姐还在那儿招手。

姐又一个人生活了。

这天晚上，金贵梦见了娘。他梦见娘跟一旦一样，娘讲一旦的话，也小小巧巧的不大爱理人，低着头一个人笑，露出小牙齿，纳着鞋底。金贵说："娘，你到哪儿去了呀？"金贵跟着娘走，好像上了街，街上有许多人，走着走着娘就不见了，挤散了。他到处找娘，后来看到娘从一个门里钻出头来朝他笑，完全是一旦。金贵问她："你见到我娘了吗？"一旦拿眼睛鼓他，一旦说："我不认识你，你是哪个？你是一只獐子。"金贵看见一旦抽出一把手枪来，就跑。一旦"叭叭叭叭"地朝他开枪，就是打不着，金贵跑得比獐子还快，后来爬上一棵树，好高大的一棵树，树上结的全是麦子，一穗穗像狼尾。他去抓麦子，老是抓不着，一头栽下来。金贵醒来了，胸口"突突突突"地跳，还生疼。

他想娘了。

那一年，他五岁。早晨醒来，不见了妈，妈被内乡一个来神农架伐木的男人给拐跑了。那个伐木工是个驼背，羊鼻子，鸦鹊腿。他在这里伐木时跟金贵的爹余大滚子交上了朋友，两人经常一起干杯。可伐木工看不惯余大滚子打老婆，打老婆时就夺余大滚子手中的劈柴或棒槌，还帮金贵的妈治伤。后来，金贵的妈就跟那人跑了。姐弟俩找余大滚子要娘时，余大滚子给了他们一人一拳头，说："找你们的娘去，你们都死了，老子才安逸。"

在金贵的记忆中，娘总是在爹的膝盖下面，头发在爹的手里。可娘是天底下最勤快的女人，不停地做活儿，不停地补衣裳，纳鞋底，剁猪草，做饭，伺候一家人。被打了，打得青了眼睛，肿了嘴，用水洗一把，又去干活儿，该干什么干什么。金贵的记忆被那股米汤浆过的香味儿一直缠绕了许多年——衣裳上的米汤味儿，被子上的米汤味儿。睡在这样的被子里，浑身裹着粮食煮过的气息，丰衣足食的气息。就是一件补丁衣服，娘也要浆的，穿得那么挺括，做人端端直直。娘夜里被打了，第二天上山薅草，一样唱她的扬歌，娘的嗓音像溪沟的流水，清澈得如蓝天，哪有夜里被暴打、嘶哑哭过的痕迹呀！娘就是这么个人，娘朗朗地唱着："吃了中饭扬个歌，不唱扬歌不快活，喝了山中桂花酒，不想唱歌也唱歌。"酒全是爹喝了，娘从没喝过一杯，娘只喝凉水。可凉水润过的苦难的嗓子就是那么清，就是那么亮，云就呼呼地飞舞旋流，狗就摇头晃脑，村庄变得幽趣无比了，田垄上的麦子比女人都动人了，大白茅在向阳的地方张望着，森林突然变得忧郁深沉起来……

金贵半夜里翻箱倒柜，他终于找到了压在箱子底下的那五块钱，是娘临走时悄悄塞在他的枕头下的，他从来都没用，老是闻那钱上的娘的气息。他现在拿出这五块钱，又压在了枕头下。

他开始磨苦荞面。

他把要走的事给姐姐金菊讲了，说："姐，地里的苦荞就交给你了。"姐姐恐惧地问："金贵，你真的看到了天边的麦子？"金贵说："姐，我不是去割麦的，我是大人了，我不带镰刀去，我是去找娘的。""哦，"他姐说，"你找娘去，那可好了。""我见见娘，然后，我挣钱。我挣了钱回来娶一旦。""金贵，你真的没有看见天边的麦子吧？"

金贵说："我不会死的。"

他背着一袋子炒熟的苦荞面，最后对姐姐说："姐，你等着我。"

他不想给一旦道别，他赌了一口气，他会带钱回来的，不是半头猪的钱，而是一头两头猪的钱。

"天边没有麦子。"他的姐姐反复叮咛他。

"我知道天边没有麦子。"

他沿着娘当年走的路线：八人刨、药棚垭、迷魂岭、野马河……走到望粮山顶时天就彻底地亮了，太阳雄赳赳地从山里跳出来，把自己弄得响亮无比，森林中的青枫、铁桦、橡树都一股脑地鲜活起来，红枝子、刺泡、火漆果都燃起了它们的灶口，空气里浆果的甜味灿烂刺人。

天边是什么？麦子！

他闭上眼睛。他背着苦荞面。他什么也不敢看了。他甚至不由自主地往腰里摸了一把，他想摸镰刀。麦子跟上我了？

他闭着眼睛走路，走进了峡谷，四周是山。天空一线，鸟影都没有。他长长地吁了一口气。还是看那些令人压抑的沉重的山壁吧，看河里的巨石，石上厚厚的苍苔，看乱水，看峡谷终年弥漫的烟岚吧，看路吧，看脚下的坡和腿上吸血的山蚂蟥吧。

"我为什么早晨就看见了那个东西？那究竟是什么？谁人能说得清？别人都看见过吗，只是都不敢说而已？说出来如果往山外走去就意味着死亡？我没有说出来，那个东西不会跟着我，我悄悄地走了，现在我就像一次赶集，一次卖腊肉。我走，我倒要真正的看看，那个东西怎么能征服我！不，我要征服它！"

他在走到老河口之前，在一个潮湿的山洞里睡了一觉，第二天感到自己还好好活着（有一个看见麦子的女孩就是冻死在山洞的），他就笑了，握着拳头，为自己鼓劲儿。同时却感到浑身发烫，流鼻涕，还打喷嚏。在公路上行走，就有个骑摩托的年轻人停下车来热情地同他打招呼了，问他上哪儿去，表示可以带他一程，不过要酌收点油钱。金贵没有出过远门，根本无法辨清人的好坏，有人要他搭车，许是跑载客生意的，那人说出给三十块钱又（油）钱时，金贵就自然地跟他还了价。他是懂得还价的，还了价，表示你是有过见识的人，他就说出了十块。那人也没同他多说，想了想，就爽快答应了：

"中，就算你给俺买了包红塔山的盐（烟）吃。"那人的话已经明显不是神农架和神农架周边（如宜昌和四川）的话了，周围的风景也不是神农架风景，这种新奇感使金贵来不及细想就有生头一次爬上了别人的摩托，且坐在后头，前裆贴着另一个男人的屁股，还要双手抱男人的腰肢。脚呢，脚找踏脚的地方，等这一切落实之后，听那摩托发动并行走之后，他更无所想了，那人把他带到外国去，带到地狱去，也是那人的自由了。金贵还来不及恐惧，因为坐在上面飞奔在道路上的感觉处处都是新鲜有味的，风在身边呼呼吹，风噎着喉咙，完全不像坐汽车或手扶拖拉机。况且他还发着高烧，他想早一点到老河口，然后……

那人虽开着车，盯着前面的路况，但还跟金贵说着话。那人说："你到老河口去做啥？"金贵扯了个谎说找他叔叔，说叔叔在老河口工作。那人问他是哪儿的，他就说他是房县的。过了谷城县城，天就完全黑了。金贵感到彻骨的寒冷，风吹得他快成一块冰了。他想说要那个人停下他加一件衣服，但那人打着灯沉默了，他也不好意思开口了。就这么，他可怜巴巴地坐在后头，路不好，颠得他上气不接下气，肝胆欲坠，迷迷糊糊的当儿，车停了，车一歪那人就要他下来。

他慌里慌张从混沌中下来，那人就向他亮出了一把白晃晃的匕首，在前灯的模糊光影里，那人极横蛮地命令他道："把钱全部拿出来！"又说，"不然俺杀死呢（你）！"

金贵就明白是咋回事了，就说实话了，就双膝跪下说："我没有钱，我是去河南找我娘去的，她十几年前被人拐跑了。"他想求得那人的同情，放了他。他把先前准备好放在裤兜里的零钱大约十几块钱掏出来捧上交给那人。那人停顿了一会儿把钱抓了过去，又吼道："还又（有），包里还又（有）！"

金贵想抢劫的都是很精明的，在外头混的。他眼看赖不过去，只好从背上取下找姐姐借的王起山生前的一个破牛仔包，拉开拉链。钱就放在最下边的一件衬衣的荷包里，共有五十块钱，姐姐给他的。可他又不甘心就这么拱手交出，他故意一件件细细寻找，那人就说："快点！"并用刀戳他的肘子。那抢劫犯好像闻得到钱的气味，夺过包来，翻出最后几件衣服，抠出两包香菇，在衬衣里摸去了他那五十块钱。然后那人又要他站好，在上上下下的口袋外头又摸了一遍，要他站着不动，跨上车，箭一般地开走了。

金贵在黑暗里不知道是哪儿。他摸索着那些衣物，把它们塞进牛仔包，顺着那个歹徒走去的路，高一脚低一脚地走。

他讨饭讨到了内乡。

他找到了他的娘。他按照人们的指点来到一个热气腾腾的郊区，穿过一片厂房，落脚之处到处是废弃的钢铁、翻斗车、煤炭，许多人在灰与火一样炽烈的大炉前用巨大的铁瓢子勺出煮沸的铁水往一些坯子里倒，有人从炉火中拖出一根根通红的带着耀眼橘黄的钢条出来了，然后水就往上面吱吱地喷射，蒸气弥漫。在堆着煤炭后面的一排破烂平房里，他推门走进他的娘的房子，那是一个办公室，里面有一张很大的闪着深红色漆光的桌子，还有沙发和一些铁柜。一个又矮又胖的妇人以一种冷漠、愤怒和嘲笑的口吻对他说话了：

"你是金贵，余大滚子的儿子？你连头发都像他的，一根根比刺都尖，你的下巴就是他的狠毒的下巴，你的眼睛是他的吃人的眼睛，牙齿全都是他的，一颗颗疯狗的牙齿。你为什么长了一副他那个下流坯子的相？你为什么像他？你是不是他？十几年了还不肯放过我，要把我追杀到天边？"

金贵说："娘，我不是爹，我是金贵，来看你的。"

那个根本不像他的娘的胖女人说："可我不想看见你，看见你就等于是看见了吃人不吐骨头的余大滚子，看见了比虎豹豺狼还凶残的余大滚子，看见了我八世八代的仇人，看见了屠刀、铁掌、监牢！"

"我像您，娘，村里都说我长得像您，我是您的亲生儿子，怎么会不像您，而只像我爹呢？"

"你就像你爹，那个活阎王。说吧，找我来干什么的？故意搞得这么一副惨兮兮的样子，是找我来要钱的吧？"

"我不是的，娘，我是在半道上被人抢了。"

"你跟余大滚子一样，极会伪装。还想说什么？你说你来看我，你给我带来了什么呀？你编谎话都编不圆，跟那个活阎王一样，没鸡巴出息，就会算计家里人。"

"娘！"

"不要叫娘，叫我孙经理。想你已经知道了，我确实发了点小财，我知道你们会像苍蝇一样寻来的。说吧，余大滚子叫你来找我要多少钱？"

"我不是要钱来的，我根本不晓得您当了经理。"

那一天晚上，他躺在一个工人的床铺上，工人们都上夜班去了。他终于知道拐他娘来的那个伐木工已经死了，后来他的娘就接手承包了村里的炼钢厂。就是这样，成了一个发福了的女老板，有二十多个工人。他还有了两个同母异父的弟妹。

各种尖锐的碰撞声响在夜里不眠地活动着，屋外灯火辉煌。他的娘来到了工棚，还是那么傲慢和冷漠。这个女人戴着金光闪闪的项链，穿着一件挺括的茄色大翻领外衣。她手上提着一个印有许多外国字母的新旅游包。她把包放到金贵面前，说：

"这是给你的，里面有你的一套西服，你姐的一套西服。"她又从那包里拿出一大沓钱来，全是一百一张的，用一根纸带扎着。又拿出一张写满字的纸来，是打印的，说："这是五千块钱，这里，你签个字。"

这女人从兜里掏出一支准备好的水笔，拧开笔帽。按自己的想法说完她要说的话："这就了断了。以后，我百年归山，我的遗产与你和你姐，你们余家的人没有任何关系。"

"您要我签？"

"你先把钱收好，再签。需要我念一遍吗？"

"娘，我真不是来要钱的。"

"你签。"

"好，我签。"金贵接过笔，在那个女人指的地方签了自己的名字。那个女人收好了那张纸。

"现在，我与你们余家两清了。"

"娘！"

"这里没有你的娘，请你叫孙老板。"

"您不记得我了？您走的时候放了五块钱在我的枕头底下……"

"别说钱的事了！"那个女人严厉地制止他。

"娘，您还记得带我到山上薅草时唱的扬歌吗？"

"哈哈，扬歌？薅草？"

金贵紧紧地咬着自己的嘴唇不让自己哭出来，他咬出了血，他品尝到了一股咸腥。他唱了起来："早晨来时雾沉沉，只见锣鼓不见人，双手拨开云和雾，遍山都是种田人……"他模仿着他记忆中的那个女人的声音，他的娘的声音。他看眼前的这个胖女人的反应。有了一点反应，至少她在听，她并不总是那样让人跟着她的思路跑。他甚至看见她眯缝的眼张开时有一丁点湿润的反光，但是马上不见了。她说：

"余金贵，你别指望我想起什么了，神农架的事我什么都想不起来，别耽误时间了，早点睡觉，明天赶去十堰的早班车。"

他的头下枕着五千块钱，像一块厚木板，可内乡没有了他的母亲。他拿着钱，就像拿着一块木板。他几乎流了一夜的泪。早上，他不辞而别，他拿着钱大大咧咧地去了一趟街上，他把钱汇到了神农架，他汇了四千五百元。他点着手中的钱，五十张，一张不少。他怎么在这么个陌生的地方不费力不费神就点这么多钱呢？啊，他是卖了母亲。他说："我卖了母亲。"他把钱递给营业员时，在心里说："我卖了娘的钱。"

他在餐馆里点了一个菜，还点了一杯酒。刚开门营业的餐馆老板只好赶快生炉子，并且说："一停（听）你就是湖北人，喜欢喝糟（早）酒。"

他到了十堰。他在街上溜达，他不想买回神农架的票。只有早晨一班车去神农架，他那时到十堰只有下午去房县的车了。他不去。他不想回去。他把钱寄给了姐，他没写什么话。让他们去猜。他可以结婚了。可他不想在那个望粮峡谷的村子里杀猪摆席炸鞭炮，他看着城市里花花绿绿的女孩子，对那个望粮峡谷的矮矮瘦瘦小小的叫一旦的女孩有了些隔膜。"她家还嫌弃我？她们有什么能耐嫌弃我？我就赌了这口气出来，我犯得着吗？我一出来就有钱了，只是心里不是滋味，不好受。"他口袋里还有一些钱，很暖荷包，他晚上住旅社时穿上了那个内乡女人给他的一套西服，真合身。"我干吗不穿？她不认我，我不认她了。"他穿了手感那么光滑的西服下楼，在门口有女人来搭讪问他要不要做业务。有一个、两个、三个，有许多，有漂亮的，不漂亮的，有丰满的。总归是漂亮加丰满。金贵是个天生聪明的人，他知道"做业务"后面的隐语，忧郁的眼神也变得轻佻和流气了，他问："多少钱？"

有人说五十，有人说一百，有人说八十。他皆不理。路上被抢的阴影还未在心上散去，他怕陷阱，他已经有些乖了。他看着街上的霓虹灯，比雨前的石蛙还多的汽车、人流，他看了一会儿就回到了旅社。他坐在很昏暗的灯光下发呆。他没有睡意。后来才和衣躺了一会儿。天亮后，又发呆。

现在他的心里波澜不惊，什么都没有了，什么都没装下，空了。这一趟把心掏空了？没有回忆，没有思念，没有感情。甚至没有家了。有了钱，没了家。

他不想回家。这真是奇怪。他在暗暗地想，我得做点什么。

他先是被一个职介所骗去了五十元，倒去倒来地也没能做成工作，他后来又想到一个武术学校学习，又想去学厨师。可是报名的钱又不够了，只好去打工，想挣点钱再说。他在一个汽车零件厂拆房子，拆了几天，因为住在工棚，他的那个旅行包被人翻来翻去，加之差一点从房顶上掉下来，他便速速离开了。后来，总算找到了一个工厂，烧锅炉，比较正规，又安全，两三个人住一间房子，这不错，他就去烧锅炉了。

烧锅炉就是一车一车地拉煤，然后又一锹一锹地往炉子里送，再一车一车地出渣。这活儿跟用大背篓背粪去坡田差不多，还轻省一点，只干八个小时，三百五十块钱一个月，每餐不能吃肉，但至少可以吃到炒干子。还可以天天洗澡。哈哈，冬天天天洗澡。洗完澡，散架的身子又复原了，又成了原来的余金贵，还有余热可以发挥，还可以逛逛街，看看录像，甚至跑到大商场里去，跟那些穿得很高级的城里女人们站在一起，因为他也穿着他狠心的娘给买的西服，他不自卑地与她们站在一起，看这看那。他还在公园里看别人跳舞，练气功，玩剑，打腰鼓。

热气腾腾的城市！

他现在能静下心来心平气和地给他娘写一封信了。他写道："娘，是我卖了您还是您卖了我？我感谢您的五千块钱。我想用它来发展小尾寒羊和波尔山羊，不过我不喜欢望粮山，跟您一样。我想做点生意，做什么呢？我过去当过老板，可惜失败了。也许您是对的，不要回去，好马不吃回头草。这样您才憋着一口气有了几个臭钱，这样就敢欺负并不认您过去的娃子了，您知道他们曾多么想念您！"他写着写着又想流泪，后来把这封信揉了。他再跟一旦写信。他突然很想一旦，他开始把城里各种女人身上的优点加在一旦

157

身上，特别是把从澡堂出来的女人身上的优点加在一旦身上。他想象一旦也可以这么湿漉漉着香喷喷的长发出来，半遮住自己被热水烫过的红扑扑的脸，或者拿一把梳子把头发梳到后头去露出丰满、光洁的额角；也可以翘着乳和翘着屁股直直地走出来，好像要给男人去睡的样子。他想，一旦就是这么个女人。他写道："一旦，来吧，到我这里来吧，离开那个寒冷、荒凉、不近情理的地方，你若是看了外面的世界，根本就不想回去了。那是一个遍地虚妄、神经错乱的地方。"他还写道："一旦，我爱你，吻你！"

写完信，他才感到，他真的很轻松。

锅炉房有三个人，头儿是老树，另一个是小午，老树是个什么人的亲戚，也是乡下人，因为时间久了，说话也有一点十堰腔了。老树有五十来岁，身板长得很端直，但脸相不好看，獐头鼠脑，没有下巴，眼眶突出。小午是从竹山县来的，老树叫他"红魔司令"，因为他染了头发，红的。有时候被煤灰盖了，抖一抖，又抖出红色来，很好看。老树对金贵说："管好气压，管好进水阀和气阀，管好分气缸。"老树说："你记死，气包上的压力不能超过四。这机器是十个（气压）的，可这炉子有十八年了，只能升到四个，分气缸那儿也是四个，一个四个，两个四个，三个四个，四个四个，五个四个……一车间、二车间、三车间、澡堂、宿舍一栋、二栋、三栋、四栋、科干楼、局干楼、休干楼、招待所、食堂、办公A栋、B栋、剧场、实验室、研究所……超过四个，咱们就炸到天上去了。不到四个也不行，热水不热，洗澡的要骂娘。"

小午很热情地教金贵干，干了几天，金贵就能干了。他有一股子冲动，学习新事物的冲动，好像还有一股子激动。想了想，有四千五百块钱往家里去了，后方有保障了，学这个玩意儿，只是好玩的事儿，钱不钱的无所谓，不高兴就走。可是没几天，他发现那锅炉房的各种机械声音越来越占有了他的大脑，刺耳、砺心、顽固、流氓。他先是不能睡觉。除了隔壁的锅炉房，还有另外两个人走动。老树爱喝酒，他搬响杯子，喝两口酒再去上班，时常在半夜有人走动并碰响杯子的声音，把他刚刚入睡的梦境划破了，再睡又要再死劲忘记耳畔那刺耳的锅炉声、电机声。

他就有些无精打采了，渐渐腿没有劲儿了，头疼了。神农架遭受的子弹全醒了过来，在肺里，在脑袋里翻身。这一发现使他骇然。它们全跟他来啦？来到了十堰？它们一个也不少，它们什么时间找到他的？

自觉症状一天天加重了，不能睡，睡不沉。老树和小午却不知道，邀他喝酒。后来他说他睡不着，小午就要他看报。报纸都是从澡堂的柜子里拿来的，人家垫衣服。金贵也去收，收了不少。看着报纸，也看出了一点门道，还不错，很有意思。也有一些小文章，很耐读，看着看着就睡着了。睡不着，是因为有酒喝，三人搭伙，很融洽的，弄得金贵想走又不好走。另外，他在等一旦，他怕一旦来十堰了，找不到他；他在等一旦的信，地址写的是这儿。

一个月了还没有等到一旦和一旦的信。他领了工资的那天，准备好好上街点一个蕨菜炒腊肉，两个守大门的保安就来了，说，我们来检查一下。那两个保安平时还点头的，他看保安翻了翻三个床的枕头，就要来查金贵的旅行包了。金贵后来在旅行包上加了个小锁，那两个保安要他打开。金贵说："为什么？"那两个人说："你打开我们找一找。"金贵只好打开了。他找钥匙费了时间，手有些抖，对这阵势有些惧怕，有些反感，有些愤怒，在谷城公路上遭抢的往事又闯进了神经。那两个人看他找钥匙，打开，然后蹲下身子翻里面的东西。

"这是女的服装？"

那两个人拿出了服装，还抖开，提在手上。

"这是我娘给我姐姐买的，我娘在内乡当老板。"

"当老板？让你到十堰来打工？你不是神农架的吗？"

"我娘与我爹离婚了。"

那些人把旅行包翻了个底朝天，好像很失望，又看金贵其他的东西，未洗的内衣、臭鞋子，还翻金贵的衣领，看他的脖子。

"你没有在澡堂拿过东西吗？一条项链，一张银行卡？"

"项链？卡？"他说。他懵然，他脑子大了。

"你往澡堂里跑，别人就放在那垫衣裳的报纸上面的，忘了拿。"

"我没拿！冤枉，我没拿人家的东西，我只看了几张旧报纸。"

"你看见了吗？"

"我没有看见！"

159

"这事是谁说出去的？谁栽赃我？"他在想，"我拿过报纸，他们就说我偷人家失落的东西？谁，那个澡堂收票的老头儿？"

下班回来的老树和小午都不理他，他本想同他们倾吐一下的，那两个人神色不自然，躲他。他去上班，那天有老树在，老树在煤火里煨红薯，后来啃着红薯，他就跟他说了，说自己受了冤屈。可老树用两颗大门牙啃热乎乎的红薯只在鼻子里哼了一声。

"老子有的是钱。"他不知怎么就说出了这句话。也怕老树没听见，又说了一句："他们又不是派出所的，凭什么搜老子的包？"

老树又含含混混地在喉咙里咕噜了一下，后来吐出一块苕皮道："你做你的事，管他呢。"

事情好像就平息了，也再没人过问。老树和小午真跟他有点距离了。他想走，反正拿到了一个月的工资，他想回去，回神农架去，与一旦结婚。还有他的苦荞，不知收割了没有，有没有收成。然后又要种下明年的泥麦，新一年的希望将又要撒进田里了。可他不能一走了之。这时候走，别人还真以为他是做贼心虚，逃之夭夭呢。他就不走。他睡不着，头里有好多钉子，白天他还是忍着随时会晕倒的疼痛卖力地拖煤，拖煤渣，看表。他在暗中等待有个水落石出后再走不迟。他在听消息：那根项链人家找到了，什么卡也找到了。

他不再去澡堂。身上自然脏得不行，打一盆水洗洗，就进被子。他那么脏了，那两个同室的老树和小午时常捂着鼻子，他们甚至可能想着怎么把这个人挤出去，或者自己搬出去。

他也不跟他们喝酒了，独来独往。有一天晚上，他在厂外一个小酒店喝了些酒，想麻木麻木自己的脑袋，一喝就喝到十二点过了。工厂的大门关了，他不敢喊保安，那两个保安他跟他们鼓眼睛，于是他就从铁栅子上翻过来。他刚一落地，从黑暗处蹿出两个人来，就把他按倒在地，一顿好揍。金贵知道是两个什么人，他没喊，只是抱着头打滚。那两个人说："打翻墙的小偷，看你还跟咱们称不称老子！"

金贵晃晃悠悠地站起来，往自己的宿舍走去，伤还不轻呢，都是内伤，外面没有流血的地方，全在腹部、背部、腰部。他捂着肚子，没想让老树和小午知道，怕掉了面子。因为太疼，他无法入眠，躺着躺着，就一下想起他们说给他们称了"老子"。这是哪儿的事？后来想起在老树面前说过他们，说了一句"老子"。哦，老树。一切都是老树。仇恨和怒火滚滚而来。这个晚上，一向爱打鼾的老树一点鼾声都没有了，连出气的声音也没有。他好像感到了这是一场阴谋，聪明的金贵知道老树没有睡着，正紧张地谛听着他的动静呢。

他第二天早晨无事一般地跟老树请了个假，说到车站接个人。他去了医院，开了些跌打损伤的药。他回来偷偷吃了药，在心里说："老树，在走之前我得解决你了。"

他本来想一走了之，打了一顿那些人也解气了，他就忍了，回去，过他的小日子，种麦。他又想在不远处找个地方住下，化了装，每天守候在厂门口，跟踪老树（或者那两个保安），到时下手。或者他想把小满写信邀来，让他携来枪，一枪的铁砂子穿两个人的身子是没问题的。他后来想，走归走，仇还是得报，一人干，干净利索，神不知鬼不觉。那天，他在工厂的后山上最后制订了计划。他朝西南的天边看了看，没看见什么，他是择傍晚去的，故意去的，他要把天边看个究竟。天也晴，看不到什么，高楼大厦和霭霭的灰尘挡住了天边，没有天边，只有眼前。

他磨了一把刀子，是一把在修理车间拾到的三角刮刀。他把东西都收拾好了，逃跑路线也找好了，后门有一个小豁口，可以一跃而过。

拿着刀子的时候，他想到了镰刀。可这是杀人。他磨刀子的那个晚上想看看刀刃，眼肿得睁不开，他想到在家里磨锄头和镰刀。用手拭拭，不错。他想让他们笑话去，他们吃亏的日子在后头，他们笑话不了几天啦。

意外地，他收到了一旦的信。信的开头说："我不来，你回来，你姐你爹也要你回来。"后来又说了"我们的友谊"之类啰啰唆唆的话。字写得很糟糕，纸也皱巴巴，好像是在茅厕里捡的纸。金贵读得十分头疼，他把信放在床上，又一个人发了很长时间的呆。他说："那我就回去吧。"有一旦，他的心里柔爽多了，反正已经有了钱，他高兴，给姐一千块钱就够了，另外三千多，他可以好好过一辈子，在村里，他就是首富了，谁再敢欺负他？何必再在这儿拉煤烧炉子，被人打？一想到被人打了，心就滴血。我出来了两个月，被

161

人抢，被人打，我得还点他们什么后再回到峡谷去，还点什么给山外的人。

他左想右想下不了手，那天内伤发作了，腰疼得扯筋，他只好叫了一辆三轮到医院去。医生说他可能是肾被打伤了，要他去拍片。他给谁讲呢？找谁去评理？他没去拍片。拿着拍片的报告单，犹犹豫豫就回到了厂里，吃了点药，就躺下了。

晚班是他跟小午。可他没去。到了晚上十二点钟的时候，老树就进来了，下班了，也是来喊他的，"喂，上班了"。四个字一说完，一把刀子就直直地捅了过来，捅中的是腹部。老树就软了身子倒下去了，一只手捂着肚子，一只手张开，向他抓挠，想喊什么，可是喊不出。

东西早就收拾好了，金贵便很快消失在黑夜里。他跳墙时说了一句："我杀死的是一头獐子。这个时辰他正是獐子。"他想了想，他看见的的确是一只獐子，那脸，那神情。他哪里能出手这么快呢，这是不可能的，除非他看见了野牲口。神农架人的身手只有在看见野物后才会如此敏捷。

他日夜不停地往神农架方向走。

他也没吃，也没喝，只觉得腰疼得非常厉害，撒了一泡尿，全是血。血砸在雪里，分外刺日。那时整个鄂西北山区都开始下雪了，一路上他全走在漫漫风雪里。

娃儿乖，你各睡，隔山隔水自己回，虫蛇蚂蚁你莫怕，你的
身边有妈妈……

他想起了一首歌，他就唱了。这是一首儿时他娘教他唱的歌。一首催眠曲，怕梦中的小儿玩得太远，丢掉了魂，迷了路，安抚儿，唤儿回来的。

他一遍又一遍地唱。他就走上了望粮山。

这雪亲切，熟悉的惨白色，熟悉的峡谷里终年不散的硫黄味，熟悉的沟壑与剪影，树的样子，都熟悉。

他又走到了自己的挂坡地里。为防止水土流失，他过去不停地搬运来垒在崖边的护坡石，像一双双乌溜溜的惊奇的眼睛朝他打量着。他笑了一下，"看你们，不认识我了？"他说那些眼睛。

他跪下来，扒开厚厚的雪。有麦子！有青翠的麦子。哦，苦荞收啦，又翻了地种下泥麦啦，他比了比，有一小指头高了。

雪越下越大。

雪下得如此密集，使人什么都看不见了，也忘了身在何处，要不是北风呜呜地在山冈上吹。

他被雪壅成了一个雪人。他一动没动。

雪遽然停了。

他看见一些人在向他围过来。他站了起来。他看见领头的是颈子很长的唐所长。黑洞洞的枪口正对着他。

他闭上眼睛，纵身向下跳去。

那峡谷凛冽刚劲的风像无数只巨手把他托上来，又坠下去，托上来，又坠下去。他忽忽悠悠的，感觉正在一片麦浪上打滚呢。

（原载于《上海文学》2003 年第 6 期）

麦子黄了

一

麦子成熟在地里。从河沿望去，一片金黄，起伏眩目，令人不安。麦子摇荡着淫荡的气味，从早到晚，到深夜，麦子的气味就这么大方。

裁缝杨五六割着割着，在麦茬儿里看见一顶草帽的影子，像一片云向他飘来，不动了。杨五六抬起头来，发现维持会长老糜正用一双狗眼使劲儿地瞪他。杨五六的汗珠吧嗒吧嗒地往下滴，打进土里，冒出一缕缕白烟。

"噢，割麦哪。"老糜歪着腰，踏着土堡说话了。

杨五六拿着镰刀，发白的脸上一个劲儿挤出汗珠，杨五六看着老糜的那副嘴脸，没想到这么快就被他嗅到了气味，跟踪而来。

"今年的麦子真好。"维持会长老糜掐下一根穗子，放在嘴里嘎巴嘎巴地咬着，看看天，看看地，感叹说。

杨五六弯下腰狠狠地去割麦，杨五六看老糜究竟想说些什么话来。

老糜吐出麦穗，说了："没熟咧，没灌好咧，又不是生娃子，急什么哪？"

"熟好了，让你去送给鬼子？！"杨五六人虽瘦，中气却十足。杨五六终于看见老糜假模假样地笑起来了。

老糜笑，把一张嘴张成婆婆形。杨五六知道，老糜这是跟别村的维持会长学来的，维持会长们都这么假善人似的笑，见鬼子，见八路，见国民党军，都这么笑。

"杨裁缝，你开镰，全村都没你积极呀。抢麦吗？抢，鬼子来了，那你……"

"我怎么？我听皇军的？皇军能使唤人？皇军只使唤狗。"杨五六撅着屁股越割越远。

老糜还在笑，不过笑意渐渐僵在眼窝那儿。"好好，杨裁缝，我是鬼子的狗，我是狗。狗不管你，你惊动了炮楼，让他们扫荡去，让全村逃荒去。"

"那是你会长的事。"

"好，我不干了，你来当会长，看你能维持几天！"老糜声音委屈地说。

"你不管？你会不管？你这个孝子，为了你娘，你还不管！你要村里人给你娘烧香的呢！你不管？你的官瘾……"杨五六说到后来咽了一口涎沫，杨五六阴笑着咽涎沫。

老糜跳了起来，指着杨五六的鼻子："杨裁缝，你割！你割！你不能这么损弄人。杨裁缝，你不该这么说话，你是个正派人，你做你的手艺，你不能这么讲话。咱们都在鬼子的望远镜下头呢，你没看见他看见了，杨裁缝，咱们不能这一刻斗气。你恨我，不能在鬼子的望远镜底下……这鸡巴会长，不当也罢，保麦收吗，又不饿我一个人。我不当了，洗手不干了。国民党，游击大队，新四军，来了都把我枪毙，都是娘养的吗，杨裁缝，你伤我心了。"

"那我不割了。我不割，我给你娘烧香去，我缝衣裳去。我不吃了，我一把剪刀走天下，你老糜的命令我岂敢不听！"

杨五六说走就走，揣上镰刀，提起瓦罐，沿着沟垄往回走，临走时还踢了几脚放倒的麦子。麦子全散在了地里。

"这你就不对了，杨裁缝，你打了捆背回去！"

老糜看见杨五六回过头，呆呆地站了一会儿，又勒勒裤子，还是空手走了。

老糜没精打采地站在那里，老糜的牙齿咬得咯咯响："好嘞，杨裁缝，你让我难受咧，你记住就是。"

老糜一直站在田垄里，直到夕阳西下。他阴着额角，盯住老远被南风吹掀的太阳旗，在炮楼子上飘扬，映着黑黝黝的枪口。老糜想唱几句淫歌："姐儿生得嫩蒜蒜，两个奶子像莲蓬……"这时，他看见短裤党党员夏威夷牵着那口大公猪从村外走回来了。

老糜看见夏威夷，所有的歌都没了滋味。夏威夷穿着一条肥长的短裤，用橡筋揽腰，肮脏的头皮上太阳一跳一跳。那头大公猪跟他一样肮脏。夏威夷腰上吊着个劁猪包，有许多刀子，夏威夷是个劁猪佬。没猪劁的时候，夏威夷就赶着这头公猪给母猪配种。老糜骂他是流氓头子，这些短裤党，一年四季穿短裤，冬天也穿。赶猪的、杀猪的、配种的，都是短裤党成员，都是猪，公猪。

老糜看见夏威夷背上多了个布包。那包里肯定是些稀罕货，拿回去给村人炫耀一番，最后统统归于荬笋那个臭女人手上。

夏威夷用竹条抽着猪，短裤一浪一浪。

"夏威夷。"老糜喊。

"好呀，会长，站哨呢？"夏威夷背着布包，慢吞吞地看了老糜一眼，慢吞吞地说，并且准备继续打猪赶路。

"坐坐吗，夏威夷，麦子熟了。你坐会儿，晚晌的风好呀。"老糜掏出一包瘪瘪的大刀牌纸烟，取出一根给夏威夷，夏威夷迟疑了一会儿，不情愿地接着了。把烟拿在手心里，没夹上指头。

老糜坐下来，腾出一只手去给夏威夷的公猪搔痒。公猪马上哼哼哈哈地躺倒在地上，张开胯，舒服地让老糜搔。

夏威夷说："老糜，你娘可好？"

老糜说："好什么好，不死不活，一个样。"又说，"夏威夷，杨裁缝割麦了，我心直跳，眼皮也跳。"

"他割嘛，那关我什么事！"夏威夷说。

老糜想，夏威夷你的东西不能全流到荬笋怀里，夏威夷你不能这么财大气粗，你得留下买路钱。便说："夏威夷，这会长当初是你撮弄我干的，你不能撒手不管呀。"

"他割麦子我管什么？我又没田没地，我不割。"

"他把鬼子逗来了呀！"老糜说。

"不是靠你维持吗！"

"我两手空空，维持什么？"

夏威夷发现老糜说话时两只深深的狗眼总停留在他的布包袱上，像盯着

麦子黄了

一块骨头。

"好嘛，老糜，你挑吧，你想挑什么就挑什么！几天的收入都在这里呢！"夏威夷抖出布包，晃了一下老糜的眼。布包里有绸缎，有茶叶，有痱子粉、花露水、紫砂茶壶。

老糜说："夏威夷你真能耐，为全村的麦收，咱恨鬼子，咱又不能把他们的刺刀给忘了，像喂狗一样，得喂点什么，喂了就不咬你了。"

夏威夷说："老糜，会长，你挑吧，你喂得了鬼子的胃口你就喂，看你有多少东西喂。"

"那有什么法子？"老糜说。老糜看中了那两段丝绸，花花绿绿的，不能穿到茭笋身上。

老糜说："炮楼里有个女人，是他们中队长的，我就把这个送给她去，让杨裁缝做去。"

夏威夷说："你拿得真准。"

老糜说："我还能拿什么！"

夏威夷收拾起剩余的东西，绾了个结，说："老糜，你可不能害了杨裁缝，你不能让他到炮楼受罪呀。"

"那你说谁去？十里八乡，只有杨裁缝有这门手艺。"

夏威夷呼地站了起来，抽打自己的短裤和地上的猪说："走吗，还不走！老糜，你好主意，老糜，人家杨裁缝可是个老实人哪！"

老糜说："谁就不老实？！就是老实了，才被你们糊弄当这鸡巴会长哪！全村的麦子，全村的麦子……"

老糜垂手提着那两段丝绸，忧伤地走了。

二

老糜穿过死气沉沉的街道，一个人在黑暗的树影里出入。

老远，他就看见了杨五六门口的碾盘上坐着个人，一团瘦丁丁的影子，被嘴上的烟头燎得时隐时现。

"歇凉呐，杨裁缝？"老糜站在碾盘跟前，伸过手去找杨五六对火。

167

"我不是没割了吗！你跟得紧咧，老糜。"

"我又不是为这事来的。"老糜吧嗒着大刀烟说。

"我不割了，我家也没粥喝了，灶台上走蚂蚁。"

"你就不能找点裁缝活儿干？"

"那我到你家缝衣去，我给你娘缝寿衣。"杨裁缝一双脚跳下碾盘。

"杨裁缝，说这话就伤感情了。杨裁缝，你声音咋就像吃了炮子儿的，你还想惊动鬼子！？"

"你吓我，老糜，我不就割了一晌麦子吗，我又没掀炮楼。"杨五六说。他这时感到老糜将一个柔软的东西递过来了。"这是什么？"

"夏威夷拿出来的绸缎哪，不给炮楼打点贺礼，谁的麦子都保不住，杨裁缝，明天就辛苦你了，带上剪子皮尺，全村的粮食就靠你这趟啦。"

"让我去钻炮楼？老糜，你黑了心！"

"你给鬼子做旗袍去，你去了，以工换工，你的那两亩麦子，村里帮你割便是。杨裁缝，这不是开玩笑的。"

"我不去。要去你去。"

"杨裁缝，今年的夏粮就在你的剪子上。谁都不是鬼子的干孙，要恨恨在心里哪。"

"老糜，你把我往火坑里推。"

老糜站在碾盘的另一边，杨五六嘴巴里发出的愤怒的气流直打在老糜脸上。老糜说："杨裁缝，你怕了？你是个软蛋！你怕鬼子，好，我陪你去，我给你挡刺刀，我反正是出头檩子先烂，我才不怕他发现吧，我陪你了！"

"要你陪吗，老糜！你又不算个英雄，谁的胆子没一层苦汁儿？要怕还轮不到我哪。"

"那你有种了，"老糜说，"全村人都看着你，看你是怎样爬回来的。"

"老糜你才爬，老糜你是条狗，日本人的大狼狗。老糜你瞧着，杨五六打着酒嗝回来，坐在田中央抱着茶壶看你们帮我割麦！"

杨五六卷起丝绸，趿着鞋回屋了。

老糜还在那儿呼呼地吐气，老糜心里说："杨裁缝，你狠，你跟日本人狠去。"

第二天一早，杨五六进了炮楼。

杨五六是第一次进炮楼，杨五六从吊桥上走过去，鬼子就要他放下剪子和针，说："用我们的！"

鬼子的剪子不好用，杨五六想着那位日本娘儿们身上的尺码，臀部和腰围都出奇小。杨五六没量，是鬼子量的。鬼子不许杨五六亲自动手。杨五六想，这么瘦的屁股，晚上怎么用！杨五六想岔神了，结果把一段丝绸给糟蹋了。

结果杨五六挨了鬼子两耳光，打得杨五六下巴错了位置，嘴里的血像皂胰子泡往外涌。杨五六捂着脸说：

"太君，凭什么打人哪？"

鬼子说："你的，良心大大的坏。"说着就夺过剪子要剪杨五六的耳朵。

这可不行，不知怎的，杨五六一膝给整下去了，人矮了一大截，连连在鬼子的皮鞋面前说："我赔，我赔。"

鬼子不要他赔丝绸，鬼子说要村里送两百斤猪肉来赔罪，如三日不送，就剪杨五六的耳朵。

杨五六跌跌撞撞地离开炮楼，还听见后头的鬼子在怪笑咧。

杨五六在路上骂鬼子，谁也听不到的时候，杨五六骂得最响。

"我怎么见人咧！"杨五六照了照水面，脸肿得像牡丹。后来，杨五六又骂老糜，骂这个维持会长。

"老糜，你娘的香火迟早是要断的。这个村，看你维持出什么名堂来，该割的，割你的耳朵！"

杨五六走一路，一路的死气沉沉，无声无息的太阳照着遍野的麦芒。

"老糜，你看我的脸。"杨五六进门就说。

老糜正从他娘的房间里出来，手上沾着香灰。老糜一身香火气味，闻起来就像是从灵堂出来的一样。其实老糜的娘未死。二十年前，老糜的娘吃了几朵野蘑菇，就在一个晚上大笑起来，咯咯咯地说："幺姑你莫挠我。"老糜的娘碰见了鬼。他娘笑了三十天，就躺在床上没知觉了。只对香火有知觉，闻到香，就能吃能笑，笑声又娇又嫩，小媳妇一样的嗓儿，可他娘八十岁了。老糜烧了二十年香，把家烧穷了，媳妇也烧跑了。老糜说："维持会长是人干的？！"夏威夷说："老糜，上！你上，全村人给你娘烧香。"老糜是个孝子，有人给他娘烧香，他就干了。

老糜看见杨五六站在他的场院里，"喔！"老糜总算知道了啥事。"我也挨过鬼子的揍哪。鬼子不揍人，还叫鬼子！"

"老糜，你这是什么话！"

"手心手背都是肉，你的脸挨了，我的脸难道是屁股？"

杨五六看到老糜的那双狗眼看他的脸像醉赏桃花，杨五六说："老糜，你做的好事，他们还要剪我的耳朵。你说，耳朵是能剪的吗？不剪，他们说就让你送两百斤猪肉赔罪去。没有肉，就剪耳朵。你说，你做的好事，这是什么世道！"

老糜的那个笑脸渐渐拉长了，嘴巴黑洞洞地张着，像掉进冰窟的一副表情。

"哦，剪耳朵？那就剪咧，耳朵是个摆设，也没个卵作用，还占了脑袋个地方，留它做什么！"

杨五六说："老糜，你是会长呀。老糜，你不能这样说话，你耻笑我哪。"

"你做错了什么？"

"布料裁废了。"

"那就是了，你裁歪了，你赔耳朵去。我哪儿弄两百斤猪肉？"

"你想撒手不管，老糜？"杨五六大声说。

"我没猪肉。"

"好吧，"杨五六低着头从怀里掏出剪子，又低着头递给老糜说，"帮个忙吧，剪吧。"

老糜接过剪，在手上抛了抛："耳朵血多，我去抓把香灰洇血吧，杨裁缝？"

杨五六说："那我随你了，我耳朵交给你了，你怎么处理都行。"

老糜就去扯杨五六的耳朵，对着光线瞧了瞧："杨裁缝，耳薄呢，兴许没血呢，那我就不客气了。"

"剪吧，剪吧，剪了少个事。"杨五六在刀下说。

耳朵拉成一片树叶了，老糜迟迟不动剪。

"老糜，剪嘛，你怎么不开剪？"

"这耳朵……"

"你剪，老糜，你剪了我的，我再剪你娘的，送一回，送两对去，咱村里也不能礼薄了人家日军。"

老糜突然将剪刀丢在土墙下，牙齿像磨盘一样咯咯响着："杨裁缝，你闯下大祸啦！"

三

夏威夷正兴冲冲地走在山冈上，公猪跟着他。

夏威夷一连出去了几天，他发誓要再为茭笋搞到一些东西，自从上次老糜把他弄来的丝绸给"挑"去后，他就出村了。他赶着他的公猪，怀揣着一包劁猪刀子，现在手上已经攥到了一只玉镯了。在镇上的一家酒馆里，夏威夷把这只镯子炫耀了好些时，指着玉镯的损迹说："一条乌龙在里面游动呢，一打雷下雨，龙就腾云驾雾。"酒馆里的人说："什么鸡巴龙，是条迹。"夏威夷说："你们不信算了。今日焦晴，乌龙困觉了。""瞧你说得神乎其神。"不管怎么说，镯子会马上到茭笋的玉臂上去，夏威夷想到茭笋的玉臂就有了些冲动。"老糜，又让我捐，去堵鬼子的枪眼？！"后来，夏威夷向山下的麦田呸了一口。夏威夷赶着公猪，把玉镯套在手指上滴溜溜转。

夏威夷赶一气，给公猪吃个鸡蛋。夏威夷自己不吃鸡蛋，给猪吃。猪吃了才有劲儿给他赚钱，赚钱了夏威夷才有米吃，才能跟茭笋睡。

猪吃饱了，便不想走。夏威夷用竹条抽它。它不怕，它皮厚。三百多斤的猪咧，婊娘养的，吃肥了，把人家母猪往死里整，恐怕还是要饿它才好。夏威夷七想八想，日头偏西了。日头偏西，村子还没到，夏威夷急了起来。夏威夷看到炮楼子的膏药旗，一入夜，枪声不断。中了日本鬼子的冷枪，那才叫亏呢！夏威夷于是找了块尖石头，锥公猪屁股。一锥，公猪就跑了起来，哼哈哼哈的。

夏威夷走到村头，天已全黑了。狗吠不多，村子很安宁，夏威夷舒了口气。

夏威夷走到村里的禾场边，突然看到了有一闪一闪的烟锅，又看到了有两排人影，黑压压的像乌鸦。

"干什么呢！"夏威夷这样想，"是鬼子？捉我来了？短裤党不过是些劁猪的，跑江湖，做生意，互通行情，捉我做什么！"

夏威夷想着想着胆就像浪崩的沙岸，虚塌了。惊魂未定，突然听见"扑通"一声，两排乌鸦人影齐刷刷地斩去半截，全跪下去了！

"干什么哪！"夏威夷粗声地问，毛根也竖起来。

"夏爹回来了！夏爹回来了！！"一伙人齐声趴地上说。

"夏爹？"夏威夷好笑，"我？夏爹？喊我哪！扯鸡巴淡，今天怎么啦，往常不都叫我'下水''下三烂'什么的，今日个怎么成爹了！"

狐疑当儿，有几个人已经爬了起来，只听一个喊："快给猪吃鸡蛋。"话音刚落，就有噼噼啪啪在陶盆里打蛋的声音，接着有人将夏威夷手上的猪绳接了过去。

"都起来嘛，你们这是做什么？"夏威夷被推搡着，有些慌魂。

"夏威夷。"老糜在那站着的几个人中，夏威夷听出来了。

"喂，老糜，这是……"

"夏爹，我们向你求情来了。"地上的人一齐用脑门子捣地，咚咚有声。

"老糜，"夏威夷手上的镯子不由自主地往裤腰里塞去，"老糜，你又有什么好事……"

"你问杨裁缝吧。"老糜说。

"问我？还是问问你自己，"地上的杨五六开口了，"这不是我的事。"

"对，不是你的事，是全村人的事，对吗，你说说。"老糜站在那里命令道。

"老糜，你黑心。老糜，是谁闯的祸？我杨五六又没有丝绸给鬼子穿。"杨五六说。

"那，那我也没有，谁都没有。夏威夷，杨裁缝问你哪。"老糜说。

"谁闯了祸？什么祸？"夏威夷抢过猪绳，大声喝问。夏威夷显然不耐烦了。"是老子的丝绸，对，老子的丝绸，那算什么！"

"我说吧，老夏，"老糜说，"鬼子给了咱村两条路：要么送杨裁缝的耳朵去，要么送两百斤猪肉去，就这么简单。耳朵也不能送，要送猪肉……就你这头公猪。老夏，就这么简单。"

夏威夷发现躲在人堆里说黑话的会长老糜恬不知耻。"老糜，你还想'挑'我的猪去堵枪眼？老糜，鬼子要什么你就给什么，啊？"

老糜说："夏威夷，那你来当会长。"

"你吓我！"夏威夷说，"还没轮到我当哪，把猪给我，别挡了路。"

"夏爹，你不能走！"杨五六拖住了公猪的尾巴，"夏爹，公猪去了有来的，耳朵去了就没来的了。夏爹，你的丝绸害了我……"

"喂，杨五六，不管怎么，你一对耳朵也不值我的猪呀，你耳朵香些，鬼子为什么不要大伙儿的耳朵专要你的耳朵？这证明你耳朵香些。"

老糜终于站了出来，站在公猪的绳子边，敲敲夏威夷攥着的这根绳子，"老夏，杨裁缝喊你夏爹了。全村人都来求你了，你看着办吧"。

夏威夷说："鬼子又不是我请来的，我一个人伺候？"

"那就散咧，"老糜说，"大家起来，磕头做什么！老夏也不是祖宗，我就不磕。大家回去，欢迎鬼子来扫荡。"

两排人影都慢慢地爬起来了。禾场上静得像座坟山，墙似的人影连呼吸声也听不见，夜风鬼魂一样地送来田野上麦子的香气，沙沙、沙沙作响。人的耳朵快承受不住了。

看着夏威夷一摆一摆地牵着猪走远，老糜突然跳上土台大骂起来：

"夏威夷，你拆我的台哪！夏威夷你不是个人！"

杨五六也爆发了，哭骂着："夏威夷是猪！"

"夏威夷是猪！夏威夷是杂种！"

禾场上吼成一片。

四

夏威夷翻茭笋的后窗跳进去时，听见了一阵霍霍的磨刀声。

夏威夷跳后窗的路熟极了，他很快就摸到了灯和火柴，当他准备划燃看个究竟时，床上传来了喝令声："住手！"

"哦，茭笋哪，你怎么能看出我来？"夏威夷说。

"就你偷食的獾子！你怎么回来了？"

"想你，想你我就走。猪也不是没长腿，我牵着猪说走就走。"

"去你妈的夏威夷，还不点燃灯让我来伺候你！"

夏威夷领了圣旨，一阵快活，哆嗦着就去划火柴。

灯跳了几下，亮了。他看见一把银光四射的镰刀悬在他头上。他的头一下子就缩进去了，捏着喉咙说："茭笋，干什么咧，你开什么玩笑，你真……"

"夏威夷，你滚出去！"

夏威夷看见茭笋的镰刀已经扎进门框了。"我，我是个屎蛋？我能滚吗？"夏威夷把脸上弄出些笑不是哭不是的纹道。

"我喊人了。"

"咦，你喊谁？喊皇军？"

"夏威夷，你这二流子，你不是个人。"

"你也说我不是个人！呀——"夏威夷忽然抱头痛哭起来，歪在墙角里，像个苦命人。

"你起来。"茭笋说。

"我不。"

"那我走了，我给老糜的娘烧香去了。"

"茭笋！"夏威夷跳了起来，"你看，看看我手上拿的是什么！"

茭笋被唤住了，凑过去，看到的是夏威夷藏着的一双手，挂两串泪屎神秘地堵在门口。

"丢过来咧！"

"你猜，你先猜。"

"我猜什么，我才不猜。"

"谅你也猜不到。镯子，给你的。"

"我不要，我什么也不要。"

"瞧你，给你咧。上次的丝绸被老糜拿去孝敬鬼子了，这个……女人戴的东西嘛。瞧，有龙咧，龙在游，打雷下雨，乌龙就游了，稀世之宝！"

夏威夷的另一只手就去扯茭笋的裤带。

"夏威夷，住手！"

茭笋有把好力气，将夏威夷推到五尺开外。这娘们真动气了，刚刚的红脸挂了层腊月的霜，惨白惨白。

"夏威夷，不要脸，全村人都在骂你哪，你还有这兴致！"

"喔，是啊，是骂我，你也骂。都骂吗，那还不是老糜挑起来的，老糜，我剋了他！"夏威夷说。

"全村人的口粮哪，夏威夷，那与老糜什么关系！"

"哼！老糜……"

"夏威夷，怪人不知理。你还有脸在我这儿！"

"那我走。我带着公猪走天下。老糜，我会轻易把猪给老糜？！他绝我的活路呢。我走了，我赚了钱娶镇上的女人去，我怕个卵。"

夏威夷套上短裤，头也不回地跳窗走了。

"你的臭镯子！"茭笋在屋里喊。夏威夷一回头，镯子正打在他脑门上，金星直飞。

夏威夷在地上摸到玉镯，"呸"了一口，"好咧，茭笋，你也跟他们一起恨我咧"。

五

自家的破院子黑咕隆咚。夏威夷垂头丧气来到门口，正欲开门，旁边闪出一个人来，吓得夏威夷裆里一紧。

"夏爹。"

是杨五六。这可怜的裁缝，一直候着夏威夷呢。

"你在这里做什么事？"

"夏爹，我喊了你五声爹了。我爹我也没这么喊过，我喊得巴口巴嘴。我喊我爹老鬼。"

"你喊你的，关我屁事。"夏威夷说。

"我可没骂你呀。我守着你，夏爹，我喊老糜来，行啵？"

"这儿没你的事。"夏威夷听了听公猪在猪栏里打着鼾，一进门，就使劲儿关上了门，把杨五六隔在门外了。

屋里霉气扑鼻，上了床，摊开被子，都是他娘的单身汉的臭气味。他手上攥着那个玉镯，玉镯上有荽笋的体温。夏威夷放在鼻孔前深深地吸，香呀。"妈的，不识抬举的女人！"他心里骂了一句，听听门外没了响动，就躺在床上了。

可夏威夷想荽笋，想荽笋的屁股和奶，想荽笋的后窗。荽笋曾有个小丈夫，小丈夫总是屙湿床单，挨荽笋的打，荽笋的婆婆便打荽笋。后来小丈夫放牛时被牛角抵死了，荽笋的婆婆说："有我在，你就休想改嫁。"可是没几天，婆婆也跌下水塘淹死了。有人说是荽笋推下水的，荽笋说："我不改嫁还不行吗？"于是村里人说："你不改嫁就证明你没下毒手。"荽笋没改嫁。

夏威夷第一次跟荽笋睡，是给荽笋的新花母猪配种的那天。荽笋今天不跟他睡了，荽笋竟也跟老糜唱一个腔。公猪一交，夏威夷他今后拿什么去逗荽笋欢笑咧，这不是把他推下崖谷！人就一条路哩，你要保你的麦，我要保我的猪。老糜你用麦来逼猪哩，老糜你使幌子，让女人也信了你，老糜你比鬼子还坏！

夏威夷让一锅锅烟来烧鸡叫。

鸡叫了五遍，天叫亮了。夏威夷下了床出去解手，打开门，一个人直挺挺地倒进来。

是杨五六。杨五六昨夜巴门站了一宿，杨五六站着睡觉，身上全让露水浸湿透了。

杨五六从门槛上爬起来，揉着眼睛说："夏爹，没吵你瞌睡吧？"

"什么呀，还不回去！站着睡伤身子。"

"还不是为了一对耳朵！"杨五六说。

"麦子倒是挺香了。"夏威夷打了个呵欠，坐在门口的石臼上，看着早晨的田野说。

杨五六也睁开耷拉的黄眼皮附和说："是吗，是吗。可今年是给鬼子种的。"

"你没偷我的猪吧？"夏威夷问。

"我偷了还站在这里让你拿赃？我不晓得送到炮楼去！"

"那就好。"夏威夷抬起个葫芦瓢，去给公猪喂食。

杨五六跟在后面，手把猪栏木头说："我昨夜给你的猪赶了一夜蚊子哪。"

"你回，你回。你怎像条癞皮狗咧！"夏威夷说。

"我不怕骂。我不走，我等你回话哪。"

"我今天还要去配种。"

"我跟着你，我帮你提鞋。"

"呀，杨裁缝，你这样，我愈发看不起你了。你活该让皇军剪耳朵。你这副样子，剪了耳朵还顺眼些。"

"我喊老糜来。"

"老糜？老糜是个什么东西？！你说，老糜算东西？老糜设了套子让你让我栽哩。"夏威夷坐在食槽上，吐出一口粗壮的气来。

"是吗？我使老糜难受过，老糜这人……不提了，提他我也是火，我也一肚子气。"杨五六疙疙瘩瘩地在那里说。

好久，两人都没说话，只看着村外光鲜光鲜的天。

"麦香咧，老夏。"杨五六说。

"唔唔。"夏威夷说。

"往年碰上这样的年成，家家都置新衣了。今年没哪个置，我没得活儿干了。"

"看你伤心的。"夏威夷说。

"我伤心？我怎么不伤心！"杨五六嘴角往下一拧，就吭吭地哭起来，喉咙像鬼子的汽船。"我耳朵就要没了，我造了什么孽！夏威夷，你的丝绸害了我！你这个害人的短裤党！"

杨五六说着就扑过来一把抓住夏威夷的衣领，揪着他像揪个小包袱似的，勒紧他的衣服，死死不放。

"夏威夷，下三烂，你这个婊子养的，你说，为什么用丝绸害我！你说，你说！"

夏威夷胸口被勒得气喘不过来，眼亮了，趔趔趄趄地对着杨五六发紫发青的五花脸说："你个婊子养的，你怪人不知理呀！你刚才还好好的。"

"老子早想揍你！拧下你的耳朵送炮楼去！"杨五六的一只手抓住了夏威夷的耳朵，像拉皮筋一样地拉成张薄纸。

"杨裁缝，还不住手，老子有劁猪刀！"

"要劁就先劁你这头公猪！"

于是两人扭作一团，抓耳拧腮。后来两人都坐到地上，蔫晃着脑袋喘气。

"好嘛，夏威夷，你不肯成全我，我只好到炮楼送耳朵去了，我不连累村里，我好汉做事好汉当。"

"你去嘛，你快走。"

"那我就真的去了，夏威夷。"杨五六站起来，拍了拍屁股上的灰，往村外的小路走去。

夏威夷带着一脸抓痕兴奋地看——杨五六不是回家去的，真往炮楼的方向走了！夏威夷脖子越看越长，看得硬在那儿。

"你回来，杨五六！你回来！"夏威夷最后爬起来就去追赶那变得愈来愈小的影子，"杨五六，你还是中国人呢……"

六

笑声从老糜家里传来了。

老糜的娘在香火味中吧唧嘴巴，舔自己的牙齿。

"娘，你还吃一口。娘，你吃饱哦。"老糜坐在娘的床前，一匙匙给他娘喂饭。

"咯咯咯……"老糜的娘吃一口笑一声，清脆得像白萝卜。

"娘，你再吃一口，吃了我帮夏威夷杀猪去。猪送给鬼子，我们就能吃上自己的新麦粥了。"

老糜这样说，老糜的娘只是望着屋顶的檩条，吃一口，笑一声。

老糜又去添了一炷香，香烟飘起来了。"你想笑就笑吧，娘。是该笑的时候了，我们能麦收咧。"

老糜踏出门外，打了一阵嗝。嗝声迎着麦浪金风持续不断。

不停地打嗝，有什么很满意的事就打嗝，这样老糜就来到了夏威夷的地场前。

奇怪，没听到猪叫，没看到板凳、腰盆、寒光闪闪的刀子。

"夏威夷！"老糜提着心喊。

老糜来到屋后，来到屋左屋右，不见夏威夷。猪呢？猪总算见着了，猪正在塘里滚泥。老糜这才松了一口气。

"噜噜噜……"老糜唤猪。

猪不听他唤。他只好下塘坡去，脚踩稀泥给猪搔痒。

"噜噜噜……"

老糜哄着猪，抓起猪尾巴，看看它身上的皮。皮虽厚，但还是肉嘛，一刀子不行两刀子。老糜看着猪头、猪尾，猪裆里的赘物，老糜忽然就有了一股杀猪的欲望，一股杀夏威夷公猪的欲望。

"夏威夷，我看你藏！夏威夷，我动刀子啦！"

夏威夷上哪儿去了呢？没人应，老糜沾着两手泥，爬上塘坡，瞎走。

老糜走到茭笋的门口了。

他朝黑咕隆咚的屋子里瞄了瞄，看见了两粒亮晶晶的女人的眼睛，荡着水波。

"串门子哪，会长。"她看见老糜抬脚进来时，眉头枯着，像根干菜。

"我找夏威夷。"好半天，老糜才说。

"这又不是夏威夷的屋。"茭笋哀哀怜怜地看他。

这女人，这女人，睡是睡过，可没钱呀，钱给老娘烧香了。欠她的，后来就不敢来了。可夏威夷那个苕货有猪，有公猪，有公猪就有一切：钱、女人。

"茭笋。"老糜说。

"老糜。"茭笋说。

老糜看着这个水浪浪的女人，想，必须马上将夏威夷的猪杀了。

"我找他呢，全村人的性命都拴在他身上啦。"

"是夏威夷，还是夏威夷的公猪？"

茭笋歪着头瞧他，他也歪着头瞧茭笋："当然是猪。"

"那你找公猪去。"

"人找人嘛。"老糜笑了两声说。

"应该说是，人求人。"茭笋纠正说。

"你以为我没了志气？"老糜走到茭笋面前，按着她富有弹性的肩说，"你只记得夏威夷，忘了糜哥我了吗？"

茭笋说："老糜你是个孝子，你心里只有你娘。"

老糜的手移到茭笋胸前："还加上你。茭笋，我夜夜梦中与你睡觉。"

"不要脸！"茭笋笑着摸了下老糜的脸，"老糜真不要脸，老糜是天下最不要脸的男人。"

"那肯定是。人不求人一般高，我现在要找夏威夷。"老糜回到正题儿上来。

"你不能杀他的猪，"茭笋说，"你不能害他。"

"全村人的麦子和性命，茭笋，你现在在这关口不能这么说。"

"你现在是为了你娘有人烧香吧？"

"就算是，茭笋。我求你来了，帮我逮夏威夷去。他说好了的，他不能反悔。他反悔，村子就三光了。"

"我不管你们男人的事。"茭笋抱着膀子说。

"我很霉头吗，茭笋？我像个苔货吗，茭笋？你帮帮我。大家哄弄我当这个维持会长，这天下谁能维持得了，我倒了霉，所以霉头了，茭笋，帮我逮夏威夷吧，动手吧，已是两天了，灾难就要临头了。"老糜边说边红了眼睛。老糜泪汪汪的。

男人有时候流点泪，就很潇洒。茭笋看着老糜，越看越耐看，泪光四射的一个男人。茭笋软下心说："老糜，我去我去，瞧你柔肝柔肠的！"

七

麦田里正响着夏威夷忧伤的麦哨。

夏威夷吹一口吐一口涎水。夏威夷劁猪吹牛角，麦哨不过是小伢玩的。夏威夷躺在地里胡乱地吹嘘，一个人吹嘘。麦哨呜呜地击打着阳光。

这世道黑了天！夏威夷在心里大骂道。村里人真不是他妈的东西，听谁说哩，听老糜和杨裁缝说的，都来了，说老夏杀你的猪我帮你扯腿，说我只要个猪尿泡，说猪鸡巴卖给我算了。夏威夷气愤至极，大声说，又不是过年，杀什么猪！把那些人轰跑了。夏威夷轰跑了那些看戏不怕台高的家伙，最后一个人溜达到田里来了。

夏威夷看着那无边无涯的麦子，看着麦子尽头的楼炮，这麦子为什么就要用猪来换呢？夏威夷用土垡砸麦田的鸟。后来，夏威夷在田里睡了一觉。夏威夷在梦中发现有虫子钻鼻孔，去抠，抠不出，痒得难受。

"咯咯咯。"醒来一看，是茭笋用麦芒捅他鼻子哪。

"还笑吗！你笑什么呢，还有一天看你笑！"夏威夷打着呵欠说。

"我不怕鬼子。鬼子来了我跟他们做小老婆去。"

"跟鬼子干的女人能活？庙王乡的张嫂，伍洼子的伍梅，哪个活了！"

"你不救我咧，夏威夷，你一个人好清闲。"

"茭笋，今晚跟我走。我牵猪就跑，我们一起跑。"

"夏威夷。"茭笋的声音像是在床上。

夏威夷马上从怀里掏出那个玉镯来，"茭笋，你戴上，戴上跟我走好啵？一起跑吧，离开这地方吧，只要我有猪，就有你吃的穿的戴的"。

"我不要，我不跑。"

"那，你跟哪个跑？"

"我不跑，我死活在自己的家里。"

夏威夷抱着了自己的头，像拔鸡毛一样拔自己的头发。

"你疯了！夏威夷！你过来！"

夏威夷抬起头，眼睛直直地望着茭笋。

"你过来嘛，田里没有人。"

"你收我的镯子？"

"我请你杀猪。"

"我不过来。"

茭笋抢上去抱住了夏威夷："夏哥，救救大家吧，好汉答应就不反悔。"

"我恨老糜。"

"是我在求你哪。"

"你求我一辈子？"夏威夷把嘴从茭笋嘴里扯开，盯着茭笋问。

"瞧你，哥哥！"茭笋的眼一转，"这年头，说什么一辈子两辈子的话，大家不都是过一天得一天吗？"

"我杀吧，茭笋。"夏威夷的语气像蚊子了。

"夏哥！"

夏威夷撇开茭笋，一个人东倒西歪地踏着麦子离开了。

月亮升起来了，月亮像个红色的灯笼。

月亮照在猪栏里。夏威夷把家里的鸡蛋全寻了来，打进食槽。夏威夷看着猪大口吞吃。夏威夷坐在地上，一把刀搁在他的面前。

"吃吧吃吧，吃肥了，给鬼子做爹去。"

猪栏外站着老糜和杨五六。老糜在吃烟，垂手而立；杨五六也垂手而立。月光镀出他们的轮廓。

"动手吧。"老糜在黑暗中说。

只有猪吃食的声音，夏威夷没说话。

"老夏你动手。"老糜再一次说。

夏威夷好久抓起了刀跳过来，用刀拍打着猪圈说："拼了吧，跟东洋鬼子拼了！老子组织人来端了他卵的炮楼！死，就是个死嘛！我没了猪，也是个死。我拼了，我就青史留名了！"

夏威夷的头发一根根飞扬开来，夏威夷的刀也忽闪忽闪着瘆人的寒光。

老糜说："老夏，你疯了！人在矮檐下，岂敢不低头。老夏，你还是杀猪吧，你不是杀人的人。"

"放屁！老子就想喝点人血！迟早是个死哩，我不能白害了咱这头猪。猪有什么得罪我的？老糜，你这么维持，万代留骂名！老糜，你不算个东西。"

"你又算什么东西！你算什么东西！你杀猪，你劁猪，你配种，你算什么东西！哦，你说你说！"

杨五六跑来挡开二人道："爹爹们，拿刀就吵架，爹爹们莫打嘴巴仗了。"

夏威夷擤着鼻涕说："我骂汉奸老糜。"

老糜突然跳上猪栏说："我是汉奸？你出语伤人，老夏，你不能这么说。你手拍胸膛想一想老夏，你说重了，老夏。"

"我晓得你心思哟，眼馋着别人！老糜你有野心，老糜你野心不小，借鬼子的刀来杀人杀猪！"

老糜平静了下来，老糜背着月光一动不动。最后，老糜说："那就割我的耳朵吧，送我的耳朵去。"

"你割！"夏威夷喊着。

老糜走过去，接过夏威夷递来的刀，听见夏威夷在黑暗中冷笑了一声。

他扯起自己的耳朵。

杨五六这时抢先夺过了老糜手上的刀："还是割我的吧，我惹的祸！"说着杨五六就对着自己的耳朵大削大砍。等老糜和夏威夷去阻止，一只耳朵已经削去了一半，老糜抱住了杨五六的双手，对夏威夷喊：

"找布来包！"

杨五六拼命地扭犟着，说："别管我，让我割，割！"

"割你妈的×！你今天割，鬼子明天就要全村人的耳朵！鬼子以为你作践他们哪。鬼子要的是猪肉。鬼子要猪肉也是假的，糟蹋咱中国人才是真哪！"

夏威夷将杨五六的半截血耳朵包好，又让他斜靠在木柱上。

"疼吗，杨裁缝？"老糜问。

"不疼。老夏，老糜，麦子香咧。今晚的麦子爆得好厉害。今夜，麦子真香呐。"杨五六闭着眼呓语。

老糜说："是要麦收了，雨一来，颗粒无收，咱们的汗就算白流了。"

夏威夷没跟他们说话。夏威夷用脚尖挑起那把刀子，那把沾有杨五六耳朵血的刀子，走进了猪栏。

猪一声惨叫，打碎了月光。夏威夷连捅数刀，夏威夷捅得很深，他的手在猪肚里烧炙得发麻。猪没了声息，夏威夷趴跪在公猪身上，手还在猪肚里，久久没有抽出来。

八

独轮车发出鸡叫的声音，早晨的露水正重。露水湿润，麦子和早晨爱开的野花，把一些香气送到小路上，送到三个男人的鼻子里。五月到处香。

夏威夷穿着短裤，老糜穿着对襟，杨五六穿着草鞋。杨五六推车。车叫，地里土蛙和蛐蛐、蝈蝈也叫，麦浪起伏，三条汉子穿行其间。

炮楼的旗在麦子上迎风飘扬，那旗在天空里像只充血的眼睛。夏威夷捏拳，老糜皱眉，杨五六苦脸。

"我来推嘛。这狗日的天，一走路就燥。"老糜揩着头上的汗对杨五六说。

杨五六没说话。杨五六歪着屁股推车，二百斤白生生的猪肉卡在独轮车两边，几只苍蝇追着叮。

"我欠你们的情哪。今后我给你们做棉衣，做皮袄，我当牛做马地做。老夏，我给你做短裤，橡筋短裤。"

"给我做，好啊！"夏威夷走在前面说。

"我给你做十件八件，花短裤。"

"我又不是女人，要花短裤做什么！你还是给女人做去吧。"

老糜说："老夏，你脾气不好。杨五六你少说两句，快推呀。老夏你到了炮楼千万别说什么。"

夏威夷说："老糜你像鬼子的儿子，老糜你心里很深呀。"

老糜说："深什么？我不得不考虑，一个苕货当了会长，也会这么考虑。我深什么，深的话，我早到镇上卖酱油去了。"

夏威夷说："那就看你的。"

鬼子见了猪肉，个个喜笑颜开。

"你们的，良民。"鬼子说。

"那是赔罪了，我们村，亲善的有。"老糜比画着说。

杨五六与夏威夷夹着卵子坐在墙边，老糜弓着腰，笑得把嘴角扭到耳朵边去了。老糜说话的时候夏威夷喷着鼻子，夏威夷竖着眉看着两个鬼子搬他的公猪肉，鼻子喷得叭叭响。老糜忙说：

"皇军，麦子黄啦，我们回去啦，收麦子再来慰劳皇军。我们村，统统的，喜欢皇军。"

鬼子说："你的，假话的干活。"

老糜说："我们收的麦子，是皇军的功劳，皇军不吃，谁吃！皇军功劳，大大的。"老糜伸出一个大拇指直晃。

皇军被说高兴了，按住正欲起身的老糜说："那好，你们三人，统统的，咪西咪西。"

老糜被按回原位，看杨五六，又看夏威夷。

"哈哈哈……好，好，皇军瞧得起，我们咪西咪西。"老糜装着十分轻松的样子。

这时，夏威夷拔腿就往外走。杨五六傻了眼，老糜正欲去拉他，鬼子在门口拦住了，枪横在夏威夷胸前："一个，也不能走，统统的留下。"

"谢皇军，谢皇军。他的，拉尿的干活。"老糜做了一个下流的动作，鬼子悟出了什么，哈哈大笑起来。

鬼子走了。杨五六说："老夏，吃吧，咱们吃吧，比他们吃得更多。"

夏威夷说："我掀了他们的桌子，我的公猪啊！"

老糜看了看门外，压低声音说："夏威夷，我操你妈，你装哑巴咧，你说什么，你这个哑巴。"

"我操你妈！"夏威夷瞪起眼睛回骂。

杨五六两边挡着。

三人都不说话了，三人都枯坐。坐了两个时辰，肉香已经飘过来了，就是没人端上桌来。又过了一会儿，两个鬼子端枪进来了。鬼子的枪渐渐对准了老糜他们三个人的脖子。

老糜看着枪，枪上的刺刀，想跟他们笑。于是老糜笑了一下，刺刀没笑，刺刀寒光闪闪，老糜就把笑僵在脸皮上了。笑僵在脸皮上，皮笑肉不笑，其实是哭的表情。再扫杨五六和夏威夷，哇，杨五六脸白煞煞的，夏威夷黑惨惨的。

"皇军，我们回去了，我们走了。"老糜摸着硬硬的脖子说。

鬼子的刺刀按着他们的肩胛，动不能动。

这当儿，一脸盆热气腾腾的猪肉端上桌来。

三双筷子摆在三人面前。

"吃！"鬼子说。

"一起吃吧，皇军！"老糜说。

"废话的不要，吃！"

刺刀敲着脸盆，叮叮当当地响。老糜先拿起筷子，"吃吧吃吧，皇军的怪礼性，逼着吃哩"。

一个人夹起一块肉，硬着头皮往里塞。

嚼不动，皮太厚啦，老啦，肉呢，一股骚味，皮和肉都在牙齿上顽固不化。

"吃，吃，吃进去！"鬼子喊了起来。

老糜想想哪儿不对劲，老糜的牙齿停止了嚼动，望着鬼子和猪肉。

"吃！"

老糜听着这样的喝令，想办法吞。老糜看见杨五六也在想办法吞，脸却越来越白，接着又越来越紫。杨五六的脖子伸长了一截，杨五六把猪皮吞进去了，猪皮卡在喉管里，杨五六的脖子就粗得不行。杨五六憋呀憋呀，杨五六出不了气啦！老糜踩踩夏威夷的脚趾头，示意他瞧杨五六。杨五六喉管里的猪皮在慢慢活动，像太阳往西边落，落得很慢很抒情的样子。杨五六用手捋脖子，硬是把猪皮捋进了肚里。终于，老糜和夏威夷听见杨五六的喉管里蹿出来一口比屁还响的气流，"啪"的一声，杨五六才缓过神来，脖颈恢复了原状。

"吃！吃！"

刺刀在肉盆里搅。老糜横下一条心，也把肉吞了进去。

夏威夷呢，夏威夷攥着猪皮一动不动。一个鬼子突然用刺刀尖挑了夏威夷筷头上的猪皮，夏威夷的筷子掉在地上了，滚了几滚，滚到鬼子脚下。

刺刀挑着猪皮，准确地塞进夏威夷嘴里，碰得牙齿嘣嘣响。夏威夷含着猪皮，也含着刺刀。

老糜赶快拉住鬼子的枪说："皇军，让他自己咪西，他会咪西。夏威夷，咪西，你咪西！"

夏威夷含着那把刺刀，东张，西望。

"吃，你个婊子养的，吃！"

夏威夷被骂清醒了，从刺刀上叼下猪皮，一仰脖，吞了，吞得一干二净，毛都不剩一根。

"再吃！"

"皇军，哈，皇军，我们吃饱了，确实吃饱了。"老糜拍拍干瘪的肚皮说。

"这是，什么肉？"一个鬼子把脸盆的肉挑得四处飞散，肉汤也溅了三人满脸。

"皇军，猪肉呀，不会是别的肉。"老糜比画。

"什么猪？"

"噢噢……"

"说！"一个鬼子突然抓住夏威夷的衣领。夏威夷被抓了衣领，火就上来了，刺刀进嘴里还没这么烦人？夏威夷露出硬邦邦的牙齿，一只手竟去后腰找劁猪刀，才知道没能带来，被老糜收缴在村里了。

"皇军，皇军，他是哑巴，他的脑袋有问题。"

鬼子又转向杨五六："什么肉？"

"是、是公猪肉。"杨五六说了！

"嗬嗬哈……"鬼子狂笑起来，马上又绷紧了脸，"八格牙鲁！良心大大的坏！"

鬼子的刺刀按着杨五六的鼻尖，杨五六的鼻尖马上流出血来，再一挑，杨五六的鼻尖翻过来啦！

"呀……"杨五六总算哭出声来了，杨五六满脸鲜血，抱着鼻子在屋里团团转。

"皇军，皇军，手下留情。皇军，我们一定再送好猪肉来，我们再送两百斤来。"老糜的两个指头使劲儿往下压。

九

三人回村的时候，全村人争相看杨五六的鼻子。老糜说：

"走开去，走开去，你们马上不也一样吗？"

捂着鼻子的杨五六呜呜地哭。夏威夷说："老糜，好嘛，好下场嘛。我不是哑巴，你怎说我是哑巴咧！我当时要骂鬼子了，你怎么说我脑袋……"

老糜说："你骂呀，你现在骂呀。你当时骂，现在还有人回来？"

夏威夷说："你以为我真不敢骂？总有一天，我要当着你的面，骂那个杂种狗血淋头。"

187

"那你有种。"老糜说。

"连你一起骂，糟蹋我的猪，让杨裁缝鼻子不是鼻子，耳朵不是耳朵，你心毒哩。"

杨五六说："猪肉我没吃，嚼不动，这头老公猪，误事哪。"

"还我猪来！"夏威夷双拳捶着大腿，"还我的猪来！"

老糜慢慢走上土台，乡亲们都站在台下。

夕阳西沉，鸟一群一群地从麦田里飞起，麦子的香味愈来愈浓，愈来愈野，到处散布着不贞的消息。

"乡亲们，各自逃命吧！"

老糜突然这么大喊了一声。老糜就嚷嚷了这么一声，气就衰了，跌坐在土砖上。

"周围的村子都三光了，咱们的命数也到了。"老糜嗫嚅着，前面的人都听清了。

杨五六跳上了台，杨五六拉着老糜说："兄弟，我的鼻子呢，我的鼻子，你不能甩手不干哪。"

夏威夷也跳上了土台。夏威夷紧了紧短裤对大家说："乡亲们，不能让老糜歇着，乡亲们给他老娘烧的香怎么算？我的猪、丝绸怎么算？老糜，你想抽腿没那么容易！"

老糜说："再弄二百斤？乡亲们哪，我这个会长把骨头剐了，把我娘剐了，也没有二百斤。村里猪毛都没一根了，所以我说，父老乡亲们，快收拾东西跑吧，到外面投亲靠友，讨米要饭吧，这地方不能待了，这地方不是人待的地方，是狗待的地方……"老糜仰面长叹。

"我们的麦子咧，我们的麦子！"

"对，我们的麦子，我们的麦子！"

"我们的麦子！我们的麦子！"

天色渐渐暗下来了，禾场的土台前，一片哭声。

"父老乡亲们，两天的时间，你们抢吧，提着脑袋抢。不要命的就抢，要命的赶紧走。"老糜顺水推舟，只好这么宣布。

月光如水，田野上一片闪光的镰刀。凉爽的夏夜真是又美又安宁。

夏威夷看着杨五六用布裹着鼻子耳朵下地去了。夏威夷在门口见杨五六往田里走去，背着冲担，两头尖尖的冲担在月亮下像一件兵器。

许多人的冲担全像兵器。

夏威夷没猪了，就等于没事了。夏威夷没田没地，也不佃谁的地。现在，夏威夷唯一的出路就是走。夏威夷腰里绑着剌猪刀，夏威夷是个流浪的命。

夏威夷一个人要走了，他看见慌慌乱乱、高高低低的嘈杂声，全是往田里去抢麦的，都在赌命哪。夏威夷收好几件短裤，绾个包袱，手上拿着那个乌龙玉镯，站在自家院场上。玉镯闪着幽幽的光。

夏威夷走了。

走着走着停在了荭笋的门口，荭笋正拿着镰刀出来了。

"荭笋。"

"我割麦子去。"

"你一个女人家哩，不能去，鬼子要扫荡来了！"

"要死也不只死我一个。"

"荭笋，跟我走，咱们走到天涯海角去。咱有把剌猪刀，何愁混不到饭吃！"

"我不。"

"性命要紧。"

"就你怕死！夏威夷！"

"荭笋你说话……"

"我割麦去了。"

"哪个帮你挑？"

"我自己挑，我又不是没有肩膀。"

他看见荭笋扭着美好的屁股往月光深处走去。

"跟我走！"他拔开腿就冲上去拽住了荭笋。

"你放开我！"荭笋挣扎着，镰刀在空中乱划。

"你跟我走，你是我的，不是老糜的！老糜赶我走咧，老糜用这种方法赶我走。荭笋！"

"你走，你走！"

189

"哟！"茭笋听见夏威夷这么叫一声，就蹲下去了。茭笋不知怎么回事，在夏威夷膝上一摸，黏糊糊的。"你怎么啦？"

"没怎么，掉了块肉。"

"血？！"手上是血，血腥味异常发腻，"夏威夷，哪儿来的血？"

"你镰刀割我大腿了。"

"呜呜……"茭笋哭了起来。

夏威夷说："我命都不要了，还怕掉块肉！"夏威夷站起来，说："茭笋，我帮你割麦去。我估摸掉块肉跟掉个脑袋差不多，我不怕了。"

十

月光如水，田野上一片闪光的镰刀。凉爽的夏夜真是又美又安宁。

夏威夷抬起头揩汗。远处的炮楼也很安静，没枪声，没狗叫。这样，只要一夜，大家拼命割了，打了，埋了，带上一袋麦子就可以躲了，跑河西去，跑宜昌汉口去。

夏威夷有一把力气，腰也硬，一气割了三垄，茭笋在后头绾草腰子打捆。

周围的地里只有斩麦的沙沙声。夏威夷想抽袋烟，把烟锅拿出来，闻闻，又插到腰上了。夏威夷坐在麦子上，夜风一吹，汗收了，人就发困。瞧瞧后面的茭笋，弯着腰正捆得带劲。那女人的影子，越朦胧越好看。

"茭笋，你过来。"夏威夷低声唤。

"干什么呢！"茭笋慢慢挨了过来。

女人的汗味也那么好闻。夏威夷抽了两下鼻子，一把抱住她，将手伸进她衣裳里面去。

"一身汗呢。"茭笋说着就自己倒了。

后来，这女人在下面像条受伤的小狗般呜呜起来，夏威夷赶忙蒙住她的嘴："茭笋，你别这样，鬼子来了就坏了……"

夏威夷爬起来的时候，看见田垄空地上有个人影站在那儿。夏威夷走了过去。

"哪个？"夏威夷攥紧镰刀。

"我。"老糜的声音。

"你？你坐吗？你吃烟不？"夏威夷说。

"我不吃烟。"老糜仍像根木桩站那儿。

"都在割哪。"夏威夷说。

"嗯。"

"鸡叫头遍了。"

"是吗？"

夏威夷揣摸着老糜什么都瞧见了。夏威夷神情自如，夏威夷说："你不跟你娘一起走？"

"噢，我不走，我守着娘，我娘我背不动。"

"鸡一叫，天就要亮了。"夏威夷又说。

"是吗，天快亮了。"

夏威夷此刻看老糜手里也有一把镰刀，正拭着刃呢。这时，茭笋也走了过来。老糜肯定瞧见了。老糜咳了一声说：

"你们，走吧。别恋着这点麦子，我守着呢，我为大家守村子，我对不起大家。鸡叫五遍时，全部离开麦田。"

老糜边说边走。老糜绊在土疙瘩上，走得很沉很慢。

茭笋突然大声说："走哪儿去？哪儿不是刺刀？！"

"你们走。"老糜低着头消失在垄沟里。

夏威夷在那儿有点得意，夏威夷歪着嘴说："老糜砸了自己。老糜算计去算计来，还是把他娘的香断了，看哪个还为他娘烧香。"

"我不割了，夏威夷，这么说我就气。你想走就走，我也走，我嫁人去。我嫁地主老财资本家，我吃香的喝辣的去。"

这女人，怎么一会儿就变了？刚才在下面还哼哼的。

"茭笋！"

"我要给老糜娘供香，就冲他不走，我也要烧三炷天香。"

"茭笋你又赶我，都赶我走。"

"你这个劁猪佬，你怎么不去喊短裤党来帮我们护夏收咧？你说！解铃还须系铃人，你的猪惹的祸！"

"我又不是头儿，我喊哪个？"夏威夷叫屈。

"我要你喊，你就得喊！能喊几条枪就是几条枪。听说新四军打到河西了，你过河去喊呀！"

茭笋又腰跺脚，夏威夷只好说："好，我去喊，我去喊。"他妈的，这女人犟哩，你犟得过女人？

夏威夷最后看了一眼茭笋，丢下镰刀就开跑。

月光如水，田野上一片闪光的镰刀。凉爽的五月，夜真是又美又安宁。

夏威夷磕磕绊绊地跑，夏威夷气虚了，红汗白流。夏威夷猴着腰在交通沟里跑，跑过坟山，跑过滩汊，泥一身水一身。夏威夷总算来到了河边，寻思着怎么过河。河边的炮楼多着呢，夏威夷看着月光下银带子一样的河水。过河去，黑灯瞎火的，哪儿去找新四军？河过得去？茭笋让我死咧，这女人诅咒我死呢，这女人不讲感情。露水好重，露水打湿了夏威夷的头发和短裤。一路的麦芒不时刺得他四肢皮疼皮痒。夏威夷觉着活得没滋味了，被女人赶来赶去，那还有活头！好嘞，请新四军是假，赶我滚蛋才是真。我没这么苕货，我请新四军？请新四军给老糜帮忙？

夏威夷干脆困觉。夏威夷躺在一片茅草里，正睡得香，听到一些铁器碰撞的声音和脚步声。夏威夷马上惊醒了，马上屁股朝天趴地下。

……鬼子？！鬼子扫荡了！

鸡开始叫第二遍。那些荒鸡，远村的荒鸡，叫第二遍了。

夏威夷手抓着土坷，僵硬的土坷，砸什么，都可以一砸一个洞。

夏威夷想到茭笋，茭笋还在田里。鬼子比公猪更厉害。想到那些家伙能干出的秽事，夏威夷就不能忍受了，夏威夷的手摸到腰里插着的劁猪的家什。噢，报个信，劁了个杂种！

夏威夷看见几双脚从他身边踏过去，差一点踩着了他的脑袋。

又过来了一个，突然在他面前站住了。

怎的，发现老子了？夏威夷缩着头，一动也不敢动。那家伙干什么呢？

"哼"了一声，一股腥臭的液体直冲夏威夷脑门，还热呢，趁热浇哩，闻闻，妈呀，日本骚尿！夏威夷闭住嘴，不让自己呼吸。夏威夷的劁猪刀捏得跟平时劁猪一样有力。夏威夷伸出手去，一把钩倒了鬼子，神速地去摸那个还没被送进裆里去的赘物，劁猪刀画了一个圈，赘物就像剜萝卜剜下来了，最后残存的骚液和血水溅到夏威夷脸上。

鬼子哀哀地惨叫起来，同时枪响了。这家伙不知是有意，还是枪走了火。夏威夷把那半截赘物扔了老远，拔腿就往河边苇丛里钻。

枪声正满世界响哪。

十一

听到枪声的时候，杨五六的两亩地已经割完了。杨五六一抬头，就看见了一排刺刀的寒光从周围射来。乡亲们有一二十人都被逼着退到杨五六的空地里来了。

一个个踩着麦茬子。杨五六拿着冲担，两头包铁的尖家伙，也不比刺刀差咧！杨五六见到了仇人，眼睛明了，杨五六摸摸受伤的鼻子，蒙着嘴，想喊。

"哒哒哒……"

机枪响啦，人割麦一样地倒。瞅瞅左右，人呢，他娘的人呢，刚才好好的，怎么都不见了，躺下了？

"还我的鼻子！还我的鼻子！"杨五六石破天惊地冲向前去。

"哒哒哒……"

杨五六身上打出了一溜窟窿眼，像天上的繁星，杨五六还握着两头尖尖的冲担，发疯一样地往前冲。

"还我的鼻子！还我的鼻子！！"

杨五六的两只眼睛也被打瞎了，杨五六没有倒下，这时他双手扶着冲担，冲担戳进松软的土里，像一根树桩。杨五六双手抱着冲担，腾出手在空中瞎抓。

"还我的鼻子！"

杨五六的破衣裳挂在冲担上，身子也就那么挂着了，挂在那儿血口喷人：

"还我的鼻子…"

血填满了嘴，杨五六的呼喊声被自己的血给淹没了。

夏威夷一瘸一拐地走出芦苇滩时，枪声有些稀落了，哭喊声和狗吠声也稀落了。

夏威夷顺着来路一直向自己村的麦地走去。

"老糜，看你怎么收拾！"夏威夷这样笑眯眯地嘀咕着，结果他踩着了软绵绵的东西，一摸，是死尸。

死人了？噢，死人了。夏威夷有点害怕起来。

鸡叫第五遍了，天、地、树、屋，都现出似梦非梦的影廓来。

夏威夷看到了杨五六，这个裁缝还挂在冲担上，像个顽皮的孩子。

"茭笋，茭笋！"夏威夷在淡淡的雾里喊，夏威夷像个游魂，穿过一堆堆死尸。

"茭笋，怎不回答我呢？"夏威夷在沟坎下总算看到了茭笋，她赤裸的身子白得发亮。夏威夷去摸她冷冰冰的奶，冷冰冰的大腿，全粘稠稠的。夏威夷去拍她的手，手捏得紧紧的。抓住什么咧！夏威夷咬起牙掰。

在怀里摸出那个镯子。夏威夷捧在手里吹了吹，然后，轻轻地戴上茭笋没有热气的手腕。

"老夏。"

夏威夷浑身发寒，转过头，见是个活人喊他，是老糜。老糜手上举着几根香签子，正在一个接一个地打嗝。

"我去土地庙给我娘找香去了。我娘没香了。我在庙里，我藏在土地爷的肚里，我以为都死绝了咧。"老糜干巴巴地说。

"茭笋……"夏威夷也干巴巴地说。

"麦子，真黄了呢，像遍地黄金。麦子可是个好东西。"老糜说。

"看你说的。"夏威夷说。

"是哪，是哪，麦子熟了，好香的风。老夏唱个歌子吧，老夏。姐儿生得嫩蕖蕖……"

老糜边唱边走。夏威夷坐在那儿，对茭笋说："你别听他唱，他盘算你呢，茭笋，你睡你的，你别听他唱，他是个疯子。瞧他打嗝，老糜是个酒疯子……"

村里死一般静，没一个人啦，到处冒着青烟。老糜在村子里走。

老糜走进自己的家就喊："娘，娘！"

娘还躺在床上。

"娘，我找香来了，我给您烧香。"

老糜摸出火柴，跪在地上，把三炷高香一根根点着了。

"娘，你醒过来了吗，娘？你想吃新麦粥吗？"老糜唤着。老糜看见娘总算睁开了眼。

"娘，你笑一笑，笑一笑咧。"

娘看着坍塌的屋檩，看着屋罅上的天空，娘张开了嘴："咯咯咯，咯咯咯……"娘笑了。

"娘，你笑，你只管笑！"

"咯咯咯咯……"

少女般的嘣脆的笑声，穿出断墙，回荡在村子里，田野上。那时候，残星正隐去，东方已经通红。

（原载于《青年作家》2020 年第 4 期）

春　雁

　　古建设十九岁，就成了县委工作队队员。他是下乡知青，没有招工，被抽到县里搞亦工亦农，却被看中去驻队。他驻了几个月队，春雁从公社中学毕业回来了。有一天，工作队在春雁家开会，春雁父亲是三队的财经队长。突然家里多了个年轻女子，见人羞涩地笑，一歪头一扭身，实在惹人怜。在学校里没见什么日头，脸白白的，手也白白的。工作队看到的是财经队长老柳背着女孩的行李卷儿，进屋就说："这是我闺女，毕业回乡了。"

　　工作队的雷队长是个麻子，四十多岁，长期搞农村工作，在县里是农委的副主任，看着春雁，嘴都闭不拢了，对老柳说："柳队长，你可有福气啊，姑娘都成人啦。"

　　老柳说："可不是，回来正好顶个劳动力。"大队的丁书记说："春雁算是咱们大队文化水平最高的女孩子了，有知识、有文化，又漂亮，才貌双全啊，大队现在农业学大寨，要建设咱们社会主义新农村，缺的是有知识的人才。"

　　雷队长摸着麻子脸问春雁是不是团员，春雁说是，还得知春雁能歌善舞，就对丁书记说："老丁啊，我看春雁就是棵好苗子，要注意培养妇女干部，我们不能老待在这儿，工作队一走，仓道大队还得靠你们自己建设。"老丁说，是的是的是的。

　　雷队长说："掏心窝子的话，你们大队那些武汉沙市下放知青，都是准备随时离开的，这地方留不住他们。要改变面貌，还得靠当地的回乡知青，自己的家乡才有感情。"

不久后的一天，雷队长让古建设去通知春雁，要她来工作队。从三队叫到大队部，春雁戴着一顶草帽，裤腿还是卷起的，白得像藕。古建设与她走一起，跟一个漂亮的女孩子结伴，古建设是第一次，也没有什么经验，就问了她在学校的事情。古建设早春雁一届，给她说，应届高中毕业生中有百分之三的人可以直招读大学，他说自己的成绩在全班是第一，应该是有希望的。春雁笑着说，百分之五十她才有希望。古建设说，雷队长有可能是给你重任，今后工农兵推荐上大学肯定让你挑，我家条件不好，没有什么关系，推荐轮不到我。我想如果有直接升大学那样的好事，总是要选成绩最好的上吧，谁知道呢。

到了大队，在座的有丁书记。雷队长要春雁坐，春雁左手勾右手站着，不肯坐。雷队长说："高中生呀，要大方。春雁，我们跟大队支部研究，决定你任大队团支书，怎么样？有什么想法？"

春雁笑起来，好半天不说话。她还真不好说，有点害羞地说出了几个字："我干不好。"

"学中干，干中学嘛。"丁书记说。雷队长的麻子红彤彤的，像喝了酒一样，说："春雁，丫头呀，当了干部，更要大方，要把青年人团结起来，组织他们赛诗，搞文艺节目，推动村里学大寨运动，领导相信你能抓好！"

春雁还是谦虚地说："我实在干不好。"雷队长说："还有我们呢，有丁书记，有大队民兵连长九高，都协助你干嘛。"

当上团支书的春雁，才从学校回来一个星期。

古建设想的是，他哪天在野猫湖边的水田里插秧或者割谷时，他的同学从远远的田埂上跑来，举着大学录取通知书，最好是他在中学心仪的女同学，喊着他的名字，来告诉他，他被大学录取了，然后他就洗脚上岸，与这个工作队和乡村告别。这种幼稚的幻想是他的希望，在当时，他真的以为这会实现的。

古建设就驻三队，就是春雁家的那个生产队。全队为了搞原田化，将所有村民搬到了干渠两边。干渠上有木桥相连。

古建设本来是在水利局搞堤防的白蚁防治，每天挖白蚁窝，但水利局见他能写会画，就抽调他在局里搞宣传搞专案，又碰上县里抽人下乡驻队，就派他下乡了。问题是，古建设还是个知青，农村户口，没有通过正式招工，是个"背米袋子"的临时工，叫亦工亦农。

雷队长让古建设配合春雁把大队的宣传队搞起来，参加全公社会演，争取拿个名次，为大队争光。

民兵连长九高是春雁的初中同学，初中没毕业就回家参加生产了，党员，家境又好，被母亲带着到春雁家去过两次。春雁父母好像认了这个未来的女婿，大家都说春雁要嫁，必是九高无疑。

民兵连长九高，很瘦，形象举止就像个女孩，没有民兵连长的气派。宣传队排练在大队队屋，九高四处借夜壶，灌了柴油当灯。九高文化不高，也没有唱歌跳舞的兴趣，就是搞后勤，看身材很好的春雁教大队的女孩子们节目，一招一式地教。春雁身段真的好，长相也好。每晚排练九高都来，其实就是来看准未婚妻春雁的。但春雁好像有点懵懵懂懂，没有这方面的心思，既不对九高热情，也不对九高冷淡，就像一个工作的同事一样。一个团支书，一个民兵连长，都是前途无量的，至少在大队里，都是做接班人培养的，堪称金童玉女。果然，不到两个月，雷队长就让春雁递交了入党申请书。

古建设与春雁当导演，春雁也作为领舞上场。男孩子们演的是《四个老头逛新城》，表现丰收之后的喜悦；女孩子们演的是《公社好风光》。都是小歌舞，古建设创作的。

有个胖姑娘腊梅怯场，她是春雁的发小，但只读了个小学，因为她总是与大家不协调，古建设和九高就在一旁用手打拍子，打着打着腊梅就溜出来了，捧着脸连连说："好丑，好丑啊。"

怎么劝腊梅也不肯再进场，又没有女孩子愿意来演，一个晚上加五分工，才两毛多钱，基本是义务。但春雁唬得住腊梅，九高动用了两个民兵，采用强制手段将腊梅架回屋里，由春雁示范，一遍又一遍。古建设对春雁的迷恋就是示范时产生的。这女孩真的有一身的文艺细胞，跳得好。跳热了，她脱了外衣，身段就显出来了，有发育完整的胸，臀部，脚也不大不小，虽是布鞋，穿着也那么好看。脸上有红有白，额上有汗，手一甩，头发一扬，光洁的额头就像玉石一样，额上和鬓旁的细茸短发，再用发夹夹着，脸就显得像是个娃娃，像是他的小妹妹，就有想去亲一口的欲望。古建设开了小差，拿着节目稿子呆傻在一边，心想春雁根本不是乡下的女孩，比他小镇上的所有同学都漂亮。

在排练的那些日子，古建设经常借故到春雁家去，修改节目是最好的借口。春雁呢，也会到古建设住的地方来。都在一条河渠边，相隔就十几户人家，两个人挨着头凑在煤油灯下边哼边修改词儿和音乐。有时候，春雁从家里抓几把炒花生来，两人放下曲谱，就边聊天边吃花生，满屋有余香。古建设谈起学校的趣事，都是乡镇中学，都是在学校睡上下铺，都是一样的课本。只不过古建设出生在小镇上，父亲是有单位的，在税务所，母亲是家庭妇女。他家比春雁家兄弟姐妹还多，只不过春雁是老大，他是老幺。春雁问他找没找女朋友，古建设连连摇头说没有没有，他高中时是全班最小。他们那个班是四届合在一起的，"文革"后的首届高中班，有的同学大他五六岁。

"书没得读，工没得招，在乡下不谈那些。"古建设说。

"可你们有希望，我们乡下人就回乡务农了，就是一辈子农民，唉！"

古建设说："喂，你明摆着是要被推荐读大学的，大队和工作队这么培养你，我们才是没有希望的。"

"可你们至少能招工走啊。就算都不行，你在县水利局还可以转正，你这么有才。"春雁说。

"你不懂，"古建设说，"不过，我想还是有读书的希望的，我只想读书。"

古建设把想问的终于说出口了："听说你跟九高在谈？是你……还是你父母他们的意思……"

"父母他们这样想的，我从来没答应，我还小啊。"春雁说。

其实古建设看出了春雁眼里的复杂心思，虽然外人看他们两家蛮般配，两个人都是大队重点培养的对象，可春雁并不想在农村待一辈子。

古建设经常到春雁家去，春雁的娘也很喜欢古建设，看着春雁与古建设在一起，她就让春雁的两个妹妹出来带上房门，让他们去说话。

春雁娘见古建设来，总是留他吃饭，不是腊肉就是鸡。杀了鸡，端上桌来，连连往古建设碗里夹，问长问短，还要古建设把换洗的衣裳、被子都拿来，她洗。春雁娘说："小古，跟你爸爸说，给我们春雁在你们镇上找个临时工，行不行啊？"又说，"春雁是我最心疼的闺女，以后要转个城镇户口就好了，在这野猫湖没啥出息，水田乡，农活太累，一年四季栽秧割谷，春雁受不了，这几个月都累得起不了床。"

小古说："只怕丁书记不放她走。"春雁娘说："还不如到小学代个课，农活儿我丫头受不了，唉……"

全公社的会演，竟然拿了个第二名，公社有二十个大队参赛。节目还拿了一个一等奖，两个二等奖，还有一个创作奖，一个个人表演奖。个人表演奖是春雁，她演的是《野猫湖上闹春耕》，创作奖是奖给古建设的。大队领导和工作队非常高兴，这在仓道大队是破天荒的，头一次，还在大队渔场请了所有参加演出的人吃鱼，搞表彰大会，一大锅鳜鱼煮萝卜，还有酒。古建设和九高都喝得一塌糊涂。

演出完了，宣传队就散了。可古建设的心突然很空落，跟农民一起在水田里干活儿时，他总是盼望有一个高中女同学扬着大学录取通知书来他这里，每天望穿秋水。

古建设想复习下课本，比如背诵英语单词，却没有心思。刚拿上书春雁的影子就出现了，他忍不住还是往春雁家跑。他住的那户人家，房东是个老实人，篾匠。房东的老婆有手抖病，弄饭时常把开水烫到自己，每天在厨房忙，不忙也在厨房坐，有个儿子在外地教书。他跟篾匠没有话说，生活寂寞无聊，无家可回，没电影可看，晚上守着油灯抽闷烟。他去春雁家，跟春雁说说话，就是最好的享受和消磨时间的办法。

春雁的爹在队里太忙，经常不在家，春雁的娘巴不得古建设与春雁在一起。古建设是县委工作队队员，水利局干部，比女儿大一岁，白白净净，说话脸红的那种，春雁娘很放心。

有一天，春雁问古建设穿多大的鞋。小古很敏感，心想，该不是给我做鞋吧？送鞋就是有了那个心事。他还是说了。可那几天，古建设看到歇晌时，春雁跟腊梅几个女孩子一起绣着鞋垫儿。腊梅是老师，她手巧，挑花绣朵很在行。可腊梅看到春雁绣的鞋垫很大，就问："给哪个绣的？你爹？九高？"

春雁笑嘻嘻地说："我自己呀。"

腊梅说："鬼扯，你哪来的这么大一双脚！九高的也没这么大……是给小古绣的？"

春雁说不是不是，脸却红了。腊梅心里很高兴，她想追九高。你春雁外嫁，九高就是我的了，胖女孩总是这么想的。他们还是亲戚，想两家亲上加亲，嘴里就说："春雁，你命好呀。"

春雁要她莫嚼舌根，就是跟她学绣花，好玩的。

将鞋垫给古建设的那天，是一月十一日。古建设和一些社员在生产队禾场上打营养土。等他们走了，春雁就把他叫到牛棚那边，塞给了他一双绣好的鞋垫，绣得大红大绿，有花朵，有鸟。他揣上这双鞋垫，心中有暖流，也有寒流，但失落的预感十分强烈。

这双鞋垫让古建设纠结了好几天，他考虑着以后的前途。

春雁送鞋垫的事还是让腊梅说了出去。这话传到了九高耳里。有一天，九高要划船到公社买谷种，让春雁陪他去，春雁不从。春雁明明也是要到公社领学习资料的，春雁不仅不去，还没好声相。九高就直截了当地说："古建设约你去，你去不去？"春雁说："你提他干啥？"九高说："你与古建设的事以为别人不知道？这事我管不了，但工作队没几天就走的，是不是玩弄你啊，你当心点！"

春雁气得脸发白了，大声说："你好无聊，九高！"春雁看着瘦弱的九高上船，便匆匆地跑了。她在剅闸那儿见到古建设，对他说："晚上我找你有点事儿，在队屋禾场那里。"

古建设见春雁气鼓鼓地走了，也没弄明白出了什么事。到了晚上，古建设故意绕了几条道，才来到空无一人的禾场，小声咳嗽着。这时有电筒光亮了，春雁从草垛后头走出来，摁熄了电筒。古建设在黑暗中说："你也不怕啊，这么黑！"

春雁说："怕鬼吧？我不怕鬼。明天我去公社领学习资料，你能跟我一起去吗？我还要去我同学那儿，她写信来了。"古建设说："明天下午工作队要开会，恐怕不能……你约我出来就为这事吗？"春雁拔腿要走，说："算了，算了。"说完竟然哭了起来。

古建设暗想，这女孩性格有点硬，任性，父母惯肆了她。只好说："去吧去吧。"他有些期待，晚上出来时还刷了牙，可能有鼓起勇气吻她的好事，但春雁已经走了，留下他一个人在黑暗的禾场上站着，与黑魃魃的草垛站在一起。乡村真的好荒凉，特别到了晚上。野猫湖的湖水在远远的地方扑打，发出瘆人的浪涛声。

"我去！好吧！"他大喊。

回去后他给房东说，明天工作队要找他，就说他上公社理发买书去了。第二天早晨他起了个大早，在春雁门口等到她出门。到公社办完事，理了发，春雁就把古建设带到她同学家。同学在街道的一个小藤编厂做事，叫马小兰，见到马小兰，春雁介绍说这是我们大队县委工作队的小古，县水利局的。这等于是将古建设给她同学看的。马小兰心里明白，就在家里给他们做饭吃。

古建设想的是工作队要开会，在镇上吃了饭，回去起码是收晚工的时间了。古建设拦住做饭的马小兰，说："饭就不吃了，我们回去吧。"但马小兰不干，春雁也没有走的意思，只好眼巴巴地等着吃饭。马小兰做了不少菜，还买了酒。古建设不喝酒，只想把一碗饭送进肚里赶快回去。吃饭时，春雁故意不停地给古建设夹菜，都是做给马小兰看的，意思很明白，古建设是春雁的男朋友。古建设只得装着憨傻傻的、公事公办的样子，不是来玩的，就是在镇上理发的，两个人同行而已。

看到马小兰的宽脸和短身材，春雁的美也就被衬托出来了。马小兰很聪明，在古建设面前不停地夸春雁在学校是校花，演铁梅和常宝，标致可爱，老师喜欢，同学追求。这样一顿饭吃到两三点，再回去，夕阳西下，百鸟归林。

古建设一想到麻脸雷队长平时那张冷漠阴暗的脸就有点后怕，心里发虚。可春雁的目的达到了，显得很开心，在湖堤上见没人就挽着了古建设的手臂，过一个树林的时候，春雁说走累了，要坐坐，古建设只好坐下来。四野无人，薄烟浮升，古建设见春雁真的很疲倦，就揽着春雁的腰，春雁便倒在古建设怀里了。古建设嗅着春雁的头发，春雁的头发有一些是白的，他早发现了。春雁说："我的头发怎么白得这么快啊？"古建设说："你这是少年白，在学校读书营养没跟上。"春雁说："没跟上我咋长这么高？比镇上的马小兰她们不会矮嘛，也不瘦啊。"

果真不瘦，古建设的手移到了春雁胸前，但他不敢动，手在发抖，说："白头发等我回单位去给你开药治。"

春雁枕着他的腿仰着头看他，古建设就俯下头亲了她的脸和嘴。两张嘴贴在一起就分不开了，也不管什么工作队开会的事。亲了好一会儿，听到田埂的牛叫才分开，天已经黑了。

回到房东家里，房东果然说，工作队来找过他，要他到大队开会去，没找着他的人，说明天继续开。房东说："我告诉他们你到公社剃头去了。"

少不了一顿批评是肯定的，但在人生里，古建设走出了第一步，接触到了女性的身体，亲吻了女性。这滋味在口腔里飞扬回旋，要好好品尝回味。手上还有那种抚摸女性胸脯的奇异感觉，虽然是隔着衣裳。他心想，要是往里面摸，她也不会反对。可人生第一次，这样的胆子就不错了，这真是开天辟地，这太幸福了。老抱怨领导将他安排到这血吸虫湖区来驻队，等于流放，可哪知发生了这样幸福的事，春雁真是上天派来安慰我的尤物啊。一整夜，古建设都在甜水里荡漾，手没洗，口没漱，睡在床上精神亢奋。水中鸭子游，天上喜鹊飞，湖里白帆飘，全是美景泡着。

第二天古建设去了大队。到了开会的地点，工作队员都在，都不同古建设说话，用异样的眼神看他。雷队长放下笔和笔记本，问他："古建设，昨天上哪儿去了？"古建设说："公社理发去了，还买了些书。"他是作了准备的，把从县里带来的书拿上了一本，让雷队长看，是一本列宁的《哲学笔记》，人民出版社出版的，全新的，是他在水利局图书室借的。

雷队长瞄了瞄书，没有兴趣，又看了看古建设理得清清爽爽的头，绷着坑坑洼洼的麻脸说："也不至于要一天吧？"古建设无法回答。雷队长接着说，"我们工作队下来，主要的任务是组织贫下中农学大寨。小古呀，我们也有过年轻的时候，不能没了组织纪律咧，也不能影响农村正在上进的女青年，让她们沾染不良的习气，如果出了什么问题，你不好交代，我老雷也不好向县委交代……"

古建设无地自容地坐在那儿。可雷队长又说："小古，你下来时交了入党申请书吧？"古建设说："是交了。"雷队长说："那就更要严格地要求自己。放下政治学习不参加，不请假，无组织无纪律，遵照毛主席开展批评与自我批评的指示，本着惩前毖后、治病救人的态度，现在大家发言，对古建设同志进行批评教育和帮助。"

雷队长一说完，平时关系很好的队员们，一个个争先恐后发言，指责批评古建设。古建设恭恭敬敬地做着笔记，但心里乱蓬蓬的。

接受了大家的批评帮助，古建设好几天心情郁闷，快快不乐，想法躲着春雁。有一天，他托人到公社卫生院，还是开了几盒乌发的女贞子糖浆，悄悄送给了春雁。

有一天傍晚，春雁突然找到古建设，把他拉到屋后的菜园边，神色惊慌痛苦。古建设问她有什么事，她哭起来，说："你们雷队长是个流氓，他打我的主意。"古建设问是什么情况，春雁说："雷麻子让我去谈事，我以为是工作上的事。他在大队的工作队办公室里，问了几句工作上的话，就掏出我的入党申请书，希望尽快让我入党，以后搞大队党支部副书记。说着说着就把我抱住要亲我摸我，我就拼命挣扎，他后来住手了，说是好玩的，让我别当真，不要说出去。那个烂雷麻子去死！去死！我才不想当什么副书记！哇……"

春雁哭得凶，古建设就抱住她安慰她，问给她父母讲了没有。她说没有，还没有回家。古建设抱着她也没主意，只是说，驻队的队长一年一换，他滚蛋了就好了。

古建设想，原来雷麻子盯着我，是他在打春雁的主意，这麻子太恶心，太坏，老浑蛋，渣滓。

好在，恶人自有报应。雷队长突然不见了，听说是回县城办学习班去了，这是让古建设和春雁高兴的事儿。

九月，工作队正在公社集中学习，突然接到通知，工作队撤离，各自回原单位。

工作队突然要撤了，古建设心里说不清是高兴还是失落。离开这里，规划自己的未来，也许是不错的选择。这个野猫湖并非他工作的地方，生活也许会有翻天覆地的改变。

收拾东西时，春雁来说她娘要请他吃个饭。去后，她娘杀了一只鸡，专为古建设送行。春雁的两个妹妹不让上桌，春雁父亲也没在家，就古建设与春雁母女吃。春雁娘自己没吃，她一个劲儿往古建设碗里夹鸡，说："小古呀，你还为春雁的白头发买了这么多药，我们春雁好感谢你。你这娃子待人太好了，这一走，不知几时再到仓道来，山高路远的。"

古建设说："也没那么难吧，有车，车一搭，就来了。再说，我骑自行车也就三四个小时，很快的。"

春雁娘叹着气，看看坐在古建设身旁闷声不响的春雁，又说："小古，拜托你了呀，我们春雁，托你爸给她找个临时工作，我们都很感谢了。如果你有同事，给我们春雁说个婆家，让她离开野猫湖，那就太好了，在这里，有人害他爹，让她抬不起头来……"

春雁不让她娘说，说："您啰唆个什么呀，让不让人吃饭的？野猫湖的人就不是人？"

古建设就笑，就说："伯妈，你不要担心，现在时局有变，我的同学给我来信说，肯定是往好的方面变，我们都是有希望的，读了这么多书不会白读，国家肯定会用我们，有我们的用武之地。春雁又漂亮又聪明，一定会有出息，这事不要您吩咐，我也会放在心里。"

"要常走动啊。"春雁娘说。

就像攀了个亲戚，古建设感到春雁娘的好，就像丈母娘对女婿的好，吃着吃着，古建设都想哭了，但他忍着了，没让泪掉下来。

吃完了饭，春雁娘要春雁送送古建设。走到禾场，天色已暗，两人坐在干枯的谷草里。古建设握着她的手说："回去后我会写信给你的，也会找时间来看你。我希望你不要消沉，书要拣起来，特别是数理化，包括英语，都不能丢，如果有恢复高考的一天咧？"

不知怎么，春雁在古建设怀里又哭起来，哭得很伤心，古建设的心里也不是滋味。这村子的夜晚很荒寂，像是这地方没有人一样。古建设就把手放进春雁衣服里面……

拖拉机把工作队全部拉走了。送行的人很多,春雁没来。古建设交代春雁不要来,说分别场面他心里受不住,其实古建设是在为自己的前途着想。

春雁站在远远的树丛中,看拖拉机开动。古建设走了,坐在行李上,他也想最后看一眼春雁,但没有看到,他的心里突然有一阵如释重负的感觉。

回去后,他果真给春雁写了一封信。春雁接到古建设的信,拿到房里,称呼是"雁"。但内容很简单克制,语言有点干瘪瘪的,说是他去了下放的队里一趟,都说知青要全部返城。他招工是有望了,只是单位好坏问题。他用了这样的词:瞻念前途,不寒而栗。

春雁回信说:"你前途远大,不像自己永远是农民。"

古建设再回信安慰她,并邀请她到县城玩。春雁就告诉她娘和父亲,娘说可以去看看,但得找个人陪着。于是春雁就约了马小兰,问她去不去县城玩一趟。马小兰没去过县城,就答应了。于是,两个没去过县城的乡下姑娘就坐车去了县城。

这是四月春暖花开的时候,出现在古建设面前的春雁挽着个竹篮子,篮子里是几十个鸡蛋和一只活鸡。

活鸡咋办咧?住在集体宿舍里,两人住的,碗才一个,吃食堂。好在旁边有一对结婚的同事,有灶有刀,杀鸡剁鸡,再炒,炖,炖了一大锅,还煮了些鸡蛋。三个人在院子里吃了一顿鸡肉。吃是吃了,古建设有点抱怨春雁不该拿鸡来,好麻烦。乡下来的女孩在县城总是让人感觉不适应。在野猫湖,他咋觉得春雁那么漂亮,漂亮得像天仙呢?而现在一看,春雁就是个乡下女孩。"我难道就找个乡下人结婚?这不可。"

晚上给古建设洗衣服,去到单位大院后头花圃旁的自来水管前,见没有人,古建设放下水桶就抱着春雁亲。春雁说:"你好像有什么心事一样的?我不该来?"

古建设说:"没说你不该来,你把马小兰带来干啥,人家不上班?"春雁说:"我怕找不到路,多个人安全些,我又没来过县城,觉得县城是外国哩。"古建设说:"怕我吃了你?"春雁说:"不是的,真不是的。"

当时古建设对春雁有些冷淡,甚至不好向单位的人介绍,只说是他驻队地方的团支书，她们出差来的。再者，中间横了个马小兰，让他跟春雁讲话也不方便。玩了一天，看了一个电影，第三天，他就给她们买了车票让她们回去了。没有挽留，说要上堤去采访一个白蚁防治工，不能陪她们，这样等于就是下逐客令了。

两个女孩在车上很闷，春雁什么也不想说，心里怅怅的。在公社下了车，走回仓道村，暮鸦乱叫，春雁手里挽着个空篮子，想起古建设的不冷不热，走着走着，突然哭出声来。

走到村口，擦干了泪，闲若无事地踏进家门。春雁娘正在喂鸡，见春雁回来了，忙给她拂肩上的尘。两个妹妹以为姐姐带回了什么酥食点心，瞧瞧姐姐放下的空篮子，好失望。她娘问："小古怎么样？还好吧？"春雁说："还好。"她娘又问："你跟小古谈了什么？他没带你去他家吗？"春雁不耐烦地说："他家在好远的小镇，我是去县城。带着个马小兰能去哪儿？您的主意呀！"

话中有话，春雁娘听出了女儿的心情不畅，带了个女友一同去，是有点不方便，怪只怪自己出的馊主意，怕女儿没见过世面路上受骗。

工作队一走，开会就没了，民兵也不再搞什么集训，团支部也不再组织排练节目，演唱赛诗。春雁不过挂了个团支书，照样早晨出工，晚上收工，点灯吃饭，洗脚上床。

到了深秋，红薯挖了，留一部分进窖，储着自己吃，其余的就卖掉。腊梅就邀春雁结伴，一人挑了一匾篮红薯去公社镇上卖。春雁不好意思，怕镇上的同学看见，躲在人背后，让腊梅一个人掌秤。中午卖完了，两人说去照张相，就挑着空匾篮上照相馆。两人照了张合影，又各自照了张单的。

过了几天，照片请人带回来了。在村头，一群女孩都抢着看她们的照片。有的说，腊梅好富态，就是脸板着，笑就好了。有的说，春雁好洋气。腊梅说："还敢笑！灯一打，眼睛都睁不开，心跳得紧呢，像打鼓，还敢笑！还是春雁会照，照得就像电影演员。"并悄悄问她："准备送给哪个呀？小古还是九高？"

春雁不高兴了，说："哪个小古，哪个九高？"腊梅说："你上次不是到县城去了一趟吗，是小古请你去的，队里都晓得。"春雁说："我是到县里看白头发去的，跟我同学马小兰一起去的好不好。"腊梅说："那就是送九高啰。"春雁低声对腊梅说："腊梅，你喜欢九高，我知道。反正我五年之内不会嫁。我只告诉你一个人，请为我保密，我有个同学在部队上当兵，你明白了吧，你放心了吧。"腊梅指着她的鼻子说："春雁，军婚啊，你沉得住气，以后随军呀。春雁你嘴好紧，好了好了，我不会跟人说的。"

晚上，春雁在房里拿着自己的照片端详，这个照片上的人真的有几分电影演员的派头。眼睛大，嘴巴小，鼻子正，瓜子脸，胸脯不大不小。嘴被古建设吻过，胸被他摸过。古建设还喜欢咬她的舌头，她也咬他……想到这些，春雁就觉得浑身发热，顾不了那些，摊开信纸，给古建设写了一封长信，把她的思念，一股脑儿泻在信上，她说她爱他，爱得神思恍惚，吃不下饭，想起过去在一起的日子，总是甜蜜、思念和伤心掺杂在一起，忍不住流泪。这封信一直写到鸡叫三遍。她夹了一张照片，赶快找饭粒把信封上。第二天一早，不管三七二十一，就跑到大队部的邮筒那儿，毅然投了进去，管他冷热、嫌弃还是回心转意，总得把话说出来，这样不死不活太折磨人了。

她投出了信，心情反倒轻松了。可是等啊等啊，等到树叶落尽了，等到下雪冻凌，还没有收到回信。一想，后悔了，心太急，人家怎么回答？一个女孩子，怎么先表白呢？让人家看不起，认为轻浮，语文成绩又一般，在能写会画的古建设面前，肯定班门弄斧让他笑话了，轻贱了。何况你是个乡下姑娘，回乡知青，就是个农民，在他的眼里自己该有多贱啊？活该活该！柳春雁，你这是自作孽，不可活，恨不得投河死了算了。

转眼到了春节，打糍粑的那天晚上，正在生病的春雁爹说："打糍粑的劳力活儿我一个人干不了，能不能把九高叫来帮个忙？"在灶膛前添火的春雁听到了，黄蜂螫了一样跳起来说："不要不要，我不能帮您打吗？"

打糍粑得在碓窝里用木棍杵蒸熟的糯米，要很大的劲儿，是男人干的活儿。家里三个女儿，不是干这个的料，杵不烂，糍粑就不好吃。春雁坚称不要九高来，父亲母亲也没办法。母亲对她说："春雁，不要九高来，你究竟是咋想的？小古答应没有，有没个准信让父母踏实？"春雁吼："我的事不要你们管！"

春雁与父亲拼了命杵碓窝，糍粑还是杵好了，没有男人一样办得成事。只是，干完，双臂酸痛了好久，一夜不能睡。

可打完糍粑的晚上，娘还在嘀咕说："九高人不错，以后是大队书记的料，人又老实，咱们出生农村，就认这个命，认了命，是福气。"但春雁爹说："春雁还是个孩子，不急不急，是她的事，她长大了，她自己做主。没有命不命的，乡下人又不少吃少穿，别羡慕别人。"

可春雁娘说："我们春雁长得这么标致，就是托生托错了，你到公社街上走一圈，有几个我们春雁这样灵醒的丫头？凭什么当营业员或读书教书的事就轮不到她……"

到了正月初二，春雁还在睡懒觉，就听见有来客的声音，往堂屋里一看，竟然是九高和他娘来家里拜年了。春雁娘很热情，赶快喊春雁要她起来，还要春雁的两个妹妹叫"九高哥"。桌上摆了酥食点心，泡了茶。

春雁磨磨蹭蹭起床，看到九高已经在院子里帮春雁家劈柴了。春雁与九高娘打了招呼，就到厨房里帮厨。一会儿饭熟了，春雁爹叫九高吃饭，春雁娘见九高脸上劈出了汗水，就对春雁说："还不给九高打盆水洗脸！"春雁打了一盆水放到台阶上就走开了。两家人吃饭喝酒，九高也不会喝酒，喝了几口脸就红得像猴屁股，连连说不斟了不斟了，可春雁故意要用大杯给九高斟。春雁爹说："当民兵连长不喝酒，打起仗来了哪能冲锋陷阵？"好歹被逼不过，喝了几杯。春雁娘看九高站立不稳要摔倒的样子就说算了算了，不能喝就不喝，对春雁说："放下酒，九高不能喝了。"又对九高娘说："我们春雁不懂事，翻过年来就十九进二十啦。"九高娘说："属鸡的？"春雁娘说："对呀对呀。九高属什么的？"九高说："属猴的。"九高娘说："都不小啦，旧社会像他们这么大，儿女都成行了。"春雁娘说："说得在理呀，嫂子，六队顺德家，他娘大他十三岁，十三岁就生了顺德，十二岁怀的。"九高醉眼蒙眬说："你们莫说旧社会了，现在是共产党领导的新社会。"九高娘说："是人都要成家，生儿育女的。"春雁娘说："早栽秧，早收谷，早养儿子早享福，走遍天下都是这个理。"九高娘说："是呀是呀。"两个娘演双簧一样的，见春雁放下筷子下桌了往外走，九高娘说："春雁不吃啦？"春雁说："你们慢吃，我吃饱了。"

　　桌上的话就冷了。春雁娘忙赔礼说:"我们家春雁从小娇惯坏了,嫂子,您别往心里去呀!"九高娘说:"没事没事,我看着春雁长大的,前几年还只这么高,一蹿就像苞谷蹿这么高了。女娃儿是娇气些,我喜欢,我就是喜欢这样的。"又对手足无措的九高说:"九高不能喝了,快去陪陪春雁,跟她说说话,这娃子,呆木头一块,还愣着干什么,快去呀!"

　　九高这才起身出去。春雁娘摇着头,说:"娃儿们大了,跟他们操不完的心。"九高娘说:"做大人的为儿女,还前世的债啊。"春雁爹说:"你们也别讲太多了,年轻人不想听的。"

　　春雁是往干渠沿上走的,风还很冷。她性子一来,什么都不顾了。她的这个变化也没多久,过去她其实是很顺从父母的,不会当面让人难堪,但现在她突然变了,变得连自己也不认识自己了。她跑出来,只有一个强烈的想法:一个大男人,一个民兵连长,过年还让他娘带着,真好意思!这样的男人她绝对瞧不起!

　　九高满身酒气歪歪倒倒从后面跑来喊她,她也没停下来,还越走越快,专走小田埂,看九高摔下田去。果然,九高摔倒了。再爬起来,再喊,再追。春雁觉着做过头了,就站在原地看后头的九高,说:"你不是在喝酒吗?"九高喘着气说:"喝、喝不下了,过了量。你跑出来干什么?我又没说什么,全是他们嚼舌根,大人们的话,旧脑筋,你也生气?"

　　春雁盯着九高的红脸看,有些可怜,说:"我没有生气呀。九高,你现在清不清醒?"九高说:"清醒。"春雁说:"那我有话就要说了,九高,我知道你的心事,但我直言一句,我不可能跟你谈朋友。"

　　九高一把死死抓住春雁的手,说"怎么不可能?难道我会喜欢别人吗?"春雁抽出手说:"但我会喜欢别人,我有个同学在部队当兵……"九高马上打断说:"你别哄我了,腊梅都告诉我了。我调查过,根本没这回事,你是诬腊梅的。你只有一个同学在内蒙当兵,是榨油湾的,人家在村里早定了亲。"

　　春雁见被戳穿了,就说:"腊梅比我强,她那么喜欢你,皮肤又好,白白胖胖,哪个男人不喜欢这种类型的?你们还是亲戚,以后亲上加亲……"

　　九高说:"不不,腊梅是送照片给我了,但我退给她了,不可能就是不可能,你心里清楚我喜欢哪个。"春雁说:"我真的有男朋友。"九高说:"古建设？他是在这里骗吃骗喝的，一走就没影了。我也去调查了的，他早就谈了女朋友，是他们水利局一个科长的姑娘。你就死了这个心吧，你好单纯，我早就想告诉你，你快快丢掉幻想。我说了一句假话，愿天打五雷轰！"

春雁傻了，春雁的耳朵嗡嗡直响，头发涨，她扯下脖子上的红纱巾，揪成一团，拔腿就跑。

春开地暖，桃红柳绿。在春耕犁耙水响的辛苦季节到来之前，人比较闲散，沤肥施肥，清理沟垄。大队丁书记为了活跃群众文化生活，接了个乡剧团到仓道来演出，让团支书春雁接待。

这时节，《洪湖赤卫队》《梁山伯与祝英台》都在上演，乡剧团也活跃起来。乡剧团的衣箱简单，布景和道具也十分陈旧。春雁领人搭戏台，选剧目。乡剧团是唱楚剧的，选了《汾河湾》《双下山》和《秦雪梅吊孝》。在用芦席隔出来的化妆室里，春雁看着那些演员涂脂抹粉，穿古戏服装，觉得新鲜有趣。这时，乡剧团的孙团长就拿起一套花旦的戏服要春雁穿上试试。孙团长是个干巴巴的中年人，头发往后梳，油光水滑，牙齿却是黑的，他让春雁穿一下过过瘾。

春雁果真就穿上了，还学着戏里的样子做了几个动作，手眼身法步，一招一式还真像那么回事，在场的演员都鼓起掌来。孙团长夸奖道："扮相俊美，好清爽！好清爽！你是不是演过戏啊？"春雁就说她在学校演过样板戏，常宝、铁梅、阿庆嫂都演过。

"怪不得，怪不得！"孙团长说，"你唱一段我们大伙儿听听，欣赏欣赏。"

春雁就说都忘了，想了想，就清了嗓子，唱了一段阿庆嫂的《斗智》。哇，真是好嗓子，字正腔圆，大家都夸奖唱得好，有专业水平。孙团长说："这嗓子天生是唱戏曲的，扮相俊美，又打远又响堂，不要扩音设备。"就开玩笑似的对她说："春雁书记，想不想到我们剧团唱？我们剧团就差个当家花旦。"春雁以为他是开玩笑说说的，也就开玩笑似的说："好呀，好呀。"孙团长就说："一言为定！拉钩！"伸出手指来要跟春雁拉钩，春雁也假装同意就拉了下钩。

晚上演出完了，孙团长要春雁留下在他们剧团吃夜宵。吃饭时，孙团长又正儿八经地把她拉到一边说："希望这是真的，不是糊弄我老孙的。"说春雁这么好的先天条件，不当演员是亏了。她如果成为剧团的当家花旦，拿的工资比普通演员多许多，基本工资加上按场次的补贴，他给春雁算了算，可以拿到六七十元。而一般在工厂上班，只能拿到三四十元。春雁想想古建设给她说的，他的工资就是三十七块五。连那个麻子老雷，也才不到五十块。

春雁这下有点心动了，在生产队累死累活，一天挣不到一块钱，但在剧团至少可以不吹风不淋雨不晒太阳。可她说："女孩子长年在外头漂泊，我可能不适应。"孙团长说："你在家是安稳，可你一年有多少收入？手上还没有活钱，不像我们，一月一结决不拖欠。你们这里又是水田乡，每天一身水一身泥，面朝黄土，背朝青天。你想好了尽快回答我。在外头，剧团还有这么多师姐师妹呢，可以互相照应，我们团还有几个城镇户口的，跟你一样是高中毕业，她们唱得很好啊。"他还告诉了春雁，他们虽然是乡剧团，但归吴溪公社文化站领导，剧团在吴溪镇上，只要好好演，三年唱红，三年就能转城镇户口，然后再慢慢转正。"我们有几个演员都转了户口的。"他说。

吴溪镇离县城不远，十来里路。想到县城，就想到古建设，心里又无端地热了。她又问了其他人，果然有几个转成了城镇户口，孙团长没说假话。又问了工资，都还不错，的确是月底准时发。如果转户口，成了国家干部，古建设就不会瞧不起她。说到底，古建设是喜欢她的，唯一的原因嘛，就是嫌她是乡下户口，她心里明白。

乡剧团在这儿演了三天三夜。第四天，乡剧团就走了，仓道大队的团支书春雁，跟他们走了。

这在仓道大队简直是原子弹爆炸，全大队人一下子就传开了。他们的团支书竟然跟戏班子跑了，村里最标致的女孩，被一个中年男人孙团长拐骗走了，唱戏去了。

大队的丁书记闻讯后肺都快气炸，带着报信的九高快跑到春雁家来，春雁娘和春雁爹也在唉声叹气，说劝不住她，她坚决要走，是偷跑的。

"追！"

说是追，大队就一台手扶拖拉机，而乡剧团坐的是大卡车，沿路去追，在手扶拖拉机上，几个人肠子都颠断了，追到公社，路也岔了，谁都不知道是往哪条道走的。丁书记当场气得吐血，在路上大骂："姓孙的鳖孙子，老子知道你没安好心。让我们的团支书唱戏？孙子唉，老子报案了！"

春雁爹也在手扶拖拉机上，对丁书记和九高说："我和她娘死活不同意，可她说不让她去就要上吊寻死，我们有什么办法？"

到了公社派出所报案，登了个记，一行人只好回家。

九高对丁书记和春雁父亲说："她一定是上当受骗了，她不会这么傻的。我去找她，相信能劝她回来。"丁书记垂头丧气地说："九高，你去找，工分给你记。我们唯一的一个妇女干部，还是工作队培养出来的，不容易。"九高说："工作队没做什么好事，春雁就是被工作队那伙人带坏的。"

九高在外头找了几天，一点线索都没有，垂头丧气地回来了。

春雁跟着乡剧团到外县演出去了。她先是演配角，丫鬟、听差什么的，再就是刻钢板，推油印机，给演员分发剧本。不过，戏班里的戏都是口传亲授，晚上就排戏，跟着师傅学，一招一式，师傅怎样教，你怎样做，不得走样。刚开始学的是折子戏，什么《送友》《赵玉珍装疯》《葛麻》，一学就会。后来又学全本的《站花墙》《双下山》《哑女告状》《秦雪梅吊孝》。剧团有个花旦，唱得好，就是扮相有点老，身形太瘦。虽然春雁是新手，但扮相很好，嗓子也好，在乡村演出，农民没那么多讲究，好看是第一标准。春雁那双眼睛顾盼生辉，身材袅娜，有胸有臀，一双纤纤玉手的兰花指美艳得很。她音域开阔，行腔婉转，特别是楚剧特有的悲迓腔，老味儿十足，很受乡下的那些上了年纪的戏迷喜欢，每唱台下必哭声一片。年轻的粉丝也无数，一些男青年带着洗具跟着剧团转点，为的就是要看春雁。柳春雁的名声比县剧团的演员都响了。

但乡剧团到村镇演出，大家都住通铺，男一间，女一间，一般是住一些仓库里头，学校教室。逢到有戏台的，就住在后台，一个个浑身脏兮兮的，没地方洗澡。虽包伙食，但很差，不是萝卜就是白菜，不是白菜就是萝卜，说是吃肉，其实榨菜比肉多。

孙团长自从得到春雁后，剧团响了，赚钱也多了，但说好的是六十元一个月，到手的才四十多。不过，这就够多了。春雁想给家里寄钱回去，但又怕暴露了地址，就存了三十块钱，以后一齐寄给娘，自己留十几块钱买生活用品。

孙团长住单间。有个唱青衣的女孩，二十一二岁，总是跟在孙团长身边，叫兰翠，她唱青衣，也管剧团的财务，经常跟孙团长两人关在房里子摁计算器算账。转点联系，孙团长就带着兰翠去，两人住旅社，吃馆子。孙团长不跟演员在一起吃，孙团长餐餐喝酒，不是肉就是花生米，兰翠也跟着沾光。春雁一来，就发现兰翠跟孙团长的关系非同一般。另外，那个叫桂英的瘦花旦，有时候转点联系工作，孙团长也带桂英去，但极少极少。

孙团长的儿子也在这个戏班里，叫昌泰，唱小生的，有人说孙团长有意让兰翠做自己的儿媳妇，所以账目让兰翠管着，外人不得插手。

昌泰也是高中毕业，跟春雁一届。昌泰练功很勤奋，早晨春雁就跟着他吊嗓子。昌泰台上是小生，台下也像个小生，毕业后就到了剧团。春雁问他是不是城镇户口，他说："我不是，我爹是的。他那时候下放，现在回镇了，我的户口跟我妈都在乡下。"

春雁说："你爸讲，三年后就能转，你都没转，我们何时能转？"昌泰说："转是转过三四个人了。我们是自筹资金办的团，公社投资了一点，如果剧团搞得好，公社一重视，说不定哪一天就会转的。"春雁说："那要等多久？"昌泰说："你是有前途的，我看得出来，你素质好，扮相俊，到时县楚剧团将你招去，不就一下子全都解决了吗？"

越了解，越茫然。可道路是自己选的，就是一泡屎也得自己咽了，怨不得谁，咬牙坚持就是了。

第三个月发工资的那天，孙团长把春雁叫了出去，塞给她一个红包，对她说："春雁，这是额外的，辛苦了，拿着，莫跟别人讲。"春雁看孙团长弄得神神秘秘的样子，把红包装进兜里，点点头。在僻静处，春雁打开红包，是二十块钱，工资之外的。这个月她存了五十元，她认为能赚到钱，跑出来就是对的。在乡下真是没出息，外面的世界很大，挣钱的机会也多，我再回去干什么啊？

那天，在一个小镇演出，下午没事，桂英忽然对春雁热乎起来，说："春雁，跟我上一趟自由市场，我想买一条牛仔裤，买双鞋，帮我参考参考。"

春雁说:"师姐,我欣赏水平不行。"桂英说:"你不帮我参考,我帮你去参考,你的衣服也要换代了,师姐我帮你打扮一下。"

春雁被桂英连哄带拖,上了街。到了自由市场,问价还价,走了几个摊,桂英才买到,还非要春雁也买不可。"我有你这两条腿,早穿了!青春有几天?像我们,都过去了哟。"

春雁说:"师姐,哪能这么说,你正当年啊。"春雁试着穿了一下,不行,屁股包得紧绷绷的。春雁想脱下来,被桂英制止了,桂英说:"这一穿,土味全没了,好,你莫脱,瞧你的曲线,哪个男人看见不想入非非!"说得春雁不好意思,给了钱,就拉着桂英匆匆离开了。

走到面摊,桂英说肚子饿,还埋怨剧团,说:"钱给他们赚得不少,伙食开得却比叫花子都不如。"桂英要掏钱,春雁说:"师姐,还是我来吧。"便叫了两碗肉丝面。桂英也不推辞,说:"你请客,好,你该请,我教了你这么多,这个月孙团长给你红包了吧?"

春雁先是想否认的,但看到桂英哀怨的眼神,就老老实实地点了点头。吃着面,桂英说:"春雁,该你们跑红啦,我们是过期作废啰。"春雁说:"我什么都还没学到呢,还得靠师姐多指教。"桂英说:"过去,我也有过红包,这两年就没了。姓孙的这个老狗日的,老色鬼,见兰翠年轻,对她下手。"

春雁睁大眼睛,说:"师姐,孙团长是这种人?兰翠不是说可能跟昌泰吗?""见了个鬼!"桂英说,"这事我还不清楚!他哪是在找儿媳妇,是在给他自己找。兰翠这个小婊子,她得意啦。不过春雁哪,你实话说,姓孙的没对你瞎来?"春雁摇摇头。桂英说:"小心点。"春雁说:"不会吧?"桂英说:"乡村戏班子,谁管得了他?"

吃完面回剧团,桂英向她们炫耀牛仔裤,春雁却走开躺到自己的床上。她想,可能是桂英跟孙团长闹了什么别扭,故意说他的坏话。自己也是二十来岁的人了,不是小娃娃,有自己的观察和思考。剧团是有点乱,她已经看出来了,自己留点神,洁身自好就行了,苍蝇不叮无缝的蛋,切莫跟她们一样。她还想着什么时候休整回吴溪镇,离古建设就近了,就可以去见见他了……

这一天演出完之后,桂英对她说,有个男的来找她,说是她们大队的,要她到戏棚后面去一下。春雁没卸妆，就往后面走。有个男的站在那儿，看身影很熟悉，走近去，竟是九高，两个人都很吃惊。九高风尘仆仆，像个牛贩子，还背着一个包。那个包春雁认识，她爹出差时背的。

"春雁！"九高声音哑哑的，好像干了几天没喝水，把那个包给她，说，"这是你娘带给你的，你跟家里也不写个信，你娘急死了。你究竟是为什么啊？"九高快哭起来。春雁接过家里的包，眼泪就籁籁地流出来了，喉咙哽得像石头，问九高："你吃饭了吗？"

九高说："我在街上吃了馒头。"春雁说："你是专门来找我的？"九高说："是，丁书记要我来的，说大队的团支部工作你得回去管，有很多事，要抓好大队青年的思想政治工作。"

春雁捧着包说："我没得那个兴趣了，我的思想都成问题，我还抓谁的思想政治工作？村里人怎么说我？"九高搪塞说："也没有人说什么，丁书记说是你到县里培训去了。"

春雁说："骗不了我，晓得传些什么话！不过，我不怕。"九高说："真的没有人说什么。春雁，你还是回去吧。我已经找了你三次，还去过吴溪。"春雁说："吴溪是演出淡季才回去。"九高说："你这么辛苦，是为什么呢，春雁？"

春雁没回答，不好回答。每个人想法不同，经受的也不同，都是没必要跟人讲的。过了一会儿，九高抓住春雁的手，说："春雁，跟我回去吧，我求求你，你爹娘和大队领导都急死了。你不回去，总还是有闲话的。"

春雁说："那你说说闲话看。"九高欲言又止，最后还是说出了："好吧，我说吧，说你跟人贩子跑了……"

春雁听了哈哈大笑起来，说："说什么我都不在乎了，说什么我都不会回去，让他们去说好了。现在要我回仓道，真的没有可能。"

晚上，春雁让九高跟男演员们挤了个铺，第二天一早就把他送到车站，并取了两百块钱让九高带给母亲。

过了些时日，剧团终于回到了吴溪镇，名曰整顿学习，实则放假，许多人都回家了。剧团的牌子挂在公社剧场外边，里面有一个办公室和男女两间宿舍。办公室只有一张办公桌，落满灰土，没有谁办公。

春雁也想回家，可她发现她很难回去见人，虽然她没干什么坏事。回去怎么面对村里的人，跟他们解释？

她步行去了县城，买东西，也主要是想去古建设那儿。但走着走着，想到古建设没有给她回信，又听九高说他已经谈上了一个家庭条件好的、比她强百倍的城里女孩，她自惭形秽，现在更是一个乡剧团唱戏的，古建设会理她吗？脚步变得千斤重。

这几月，全国恢复了高考制度，说不定古建设已经考取了哪所大学，到外地读书去了。如果是大学生了，不再理她，她春雁是可以原谅他的。高考恢复后，春雁也动过心，买了两本书复习，但好多都忘了，除非回家去静心复习。在剧团天天演出，住通铺，没有复习的环境，想到自己的学习成绩也不是很好，又这么多人竞争，只得死了这个心。不过，她想，古建设是一定会考的，他那么聪明，学习成绩一直在他们学校排前三，总会考上一个学校。这就走到了古建设过去上班的地方，悄悄去问门房。

门房老头告诉她，古建设不在这里上班了，他是临时工，没有转正就走了。春雁问他是不是考取了大学走了，门房老头摇头说不知道。古建设没在这里了，她就可以进去看看，看她曾和马小兰一起在这儿住了两夜的宿舍，杀鸡的地方，晚上在院子后头提水洗衣的地方。古建设在那儿，亲过她，她也咬过他。她突然无端地流了两行泪，突然很恨古建设。后来，她还是想问清楚古建设到底去了哪儿，就到他曾经的邻居，也就是在人家家里煮鸡的一家。女主人在，她问起古建设，这下问到了去向。古建设原来参加了高考，不知什么原因没考上，好像也是没时间复习，又因这里不能解决转正问题，就招工到了一个什么街道工厂，肯定是在县城。

春雁听到这些，心里才舒服了一点。一个街道工厂，也算不得什么，等于是与她的距离缩短了，扯平了不少。希望在隐隐拱动。可是到哪儿找他去呢？县城这么大。春雁在县城的巷子里到处找，大街上到处走，希望能碰到古建设。街道的小厂太多，有的门还关着。那一天，春雁走了无数条大街小巷，问了许多小厂子，大厂也问了，问有没有一个叫古建设的新招工的工人，但都说没有这个人。到了天快黑，春雁只好放弃，拖着沉重的双腿回到了吴溪镇。

孙团长去跟公社领导和文化站站长汇报工作回来后，对春雁说："领导们都知道你的名字啦，表扬我招了个有前途的当家花旦，好好干吧，春雁。"春雁没有高兴，只是谢了团长。

食堂吃饭的人少，孙团长就自己买菜，有时候有肉，就会喊春雁和兰翠去吃。春雁也不好客套，就去吃。不知怎么，春雁发现昌泰不跟他爹在一起吃，父子之间没什么感情。

兰翠对春雁的态度很怪，见了总是翻白眼，干笑几声。兰翠也不理春雁，好像她不存在似的，这让春雁很难受。后来逢孙团长喊吃饭，她就借故推辞，尽量不去，省得尴尬。

那几天，文化站翻修，站长来过几次，好像是找孙团长要钱，孙团长后来跟站长都粗嗓门说话了。晚上吃饭后，孙团长要春雁到他寝室去一下，说有事要商议。孙团长住在后台的一间房子里，春雁有点害怕，但还是去了。在门口，她听见屋里传来哭泣声，她敲了门，门打开了，哭泣的是兰翠，坐在孙团长床上，头发凌乱。见春雁进来，马上揩揩脸，站起来，也不与春雁打招呼，与她擦肩而过时，还恶狠狠地瞪了春雁一眼。

等兰翠走了，春雁问："兰翠怎么啦？"孙团长掩好门，说："我讨厌她，"又对春雁说，"你坐下吧。"春雁不敢坐，问有什么事。孙团长说："我不想让兰翠管财务了，她嘴不紧，跟文化站说了我们的收入。我们是自负盈亏，只交管理费，准确收入一说出去，他们就眼红。再说兰翠，瞎花了我的钱，买衣裳，买化妆品。这个剧团，春雁哪，你不知道，是我辛辛苦苦办起来的，我要交给放心的人。你接兰翠的手，帮我管账好吧？"

春雁连忙拒绝说："我不行，我不行，我对数字很迟钝的，我肯定干不好这个，您还是让兰翠干吧，要不，就叫昌泰干，他是您儿子，这更放心。"

孙团长做出一副痛苦的表情，闷着头抽烟，一只手拍着春雁的肩，说："昌泰是我儿子不假，可我跟他们母子关系很淡，很淡很淡，聊胜于无，就这么回事。唉，春雁，你年龄还小，不知道我们这一代受了多少磨难和痛苦。当年，我在县楚剧团，是当家小生，招人妒恨，被人出卖了，到了乡下。在乡下，吃没吃的，穿没穿的。后来，在村里认识了昌泰他娘。她大字不识一个，但家里有饭吃，我就结了婚，有了个栖身之处，有了口饭吃……唉！我又不想放弃我的专业，因为太喜欢楚剧，我就是为楚剧而生的，我就自己拉了一班人，成立了这个乡剧团……"

春雁听这个四十多岁的中年人讲他的遭遇，发现这个被人说闲话的团长内心藏有感情，命运坎坷沧桑，也吃了不少苦，许多东西都埋藏在心里，不容易。

孙团长说："春雁，这些话我对谁都不愿说，说了也白说。春雁，我觉得你冰雪聪明，善于理解人，是真正的文化人，在我们剧团没有第二个。我们剧团水平普遍低，出口带脏字。这个剧团工作，你应该助我一臂之力。我相信你，你又能干，希望你能提高我们剧团演员的文化知识，没有文化水平的演员是走不远的……"

就在这时候，忽然停电了。小镇上每天晚间都要停一会儿电。春雁忙说："那我走了，孙团长，您说的让我回去想想。"哪知孙团长迅速拉住她，说："春雁，坐一会儿，我还有事跟你说。"春雁说："那您点灯吧。"孙团长说："没油了，就这样坐坐说说也好，你说呢？"

孙团长拉着春雁坐下来，春雁走不是，不走也不是。孙团长的一只手搭在她肩上，用难以察觉的动作抚摸她后脖子，春雁想离他远一点。忽然，孙团长把她揽过来抱着。春雁挣扎起身说："孙团长，我走了。"

可孙团长力气大，不让春雁起来，一只手已经伸到春雁的内衣里去了，嘴也压了过来。"春雁，坐一会儿，电马上就来了，保县城工厂，压我们这儿的负荷，你别慌。"

春雁死死拽住孙团长的手，但是她的嘴却透不过气来。一会儿，房间里的灯果然亮了，春雁终于坐了起来，往外走。孙团长说："春雁，你真的要助我一臂之力，答应管账吧。"春雁边走边说："我回去想想。"

回到女宿舍里，没一个人。春雁关上门，又用板凳抵住了门，对着电灯睁着大大的眼睛一动不动，洗也没洗，衣裳也没脱，就这么躺了一夜。

兰翠终于把账交出来了，孙团长又把那些账送到春雁手里，春雁只好接了过来。孙团长一副失魂落魄的样子，天天嘴里骂骂咧咧。有一天，她问春雁："文化站要我们额外交两千块钱作为赞助费，你说交不交？"

春雁说："我不知道，您说交就交，我说不好。"孙团长说："我们是挂靠在文化站的，当时他们是帮了我们忙，但现在敲竹杠很无聊。"春雁说："那就交呗。"孙团长就说："好，听你的，咬咬牙交了，只当少演出了几场。"

春雁请教了兰翠怎么划支票，拿着划好的支票，送到文化站去了。

接会计的后果是，兰翠对春雁怀恨在心。有一天，春雁端脸盆去洗脸，竟然发现脸盆里有一泡金黄的尿液。春雁自然想到是兰翠干的，但她没有吱声，就在暗中监视兰翠的一举一动。有一天，她看到兰翠躲着她鬼鬼祟祟一个人溜进宿舍，她悄悄跟着，看到兰翠用水笔在春雁的蚊帐上洒墨水。春雁跑进去，将兰翠逮了个正着，大喊："兰翠你在干什么！"她这一喊，进来了剧团的几个人，大家看到兰翠拿着钢笔，春雁的蚊帐已经到处是蓝墨水迹了。春雁怒不可遏，抓住兰翠的衣裳要去找孙团长和文化站领导评理，兰翠不从，也抓春雁。春雁占了理，劲头十足，实在是忍无可忍，说："你在我脸盆里屙尿，我忍了，又污我蚊帐，老子今天不会放过你这个婊子。"兰翠在地上也开骂。两个人打得死去活来，看客巴不得她们打，特别是桂英，抱着双手笑着，像个裁判前后看着，说见分晓了，见分晓了！后来被闻讯赶来的孙团长拉开。孙团长自己掏钱给春雁买了一床蚊帐，买了个新洗脸盆。

但这事闹得沸沸扬扬，两败俱伤，剧团几天不得安静。兰翠要走，可人手不够，孙团长又劝，不知怎么劝回了兰翠，估计是给了她一笔钱。

春雁也有走的打算，但想想走到哪儿去，没地方，有家不敢回。剧团摇摇欲坠，人心惶惶，这还算不上，又祸不单行了。因为知道孙团长焦头烂额，有人还来个落井下石，墙倒众人推，待遇问题让演员们早有意见，一个从孝感请来的唱花脸的师傅要求孙团长加工资，闹起了情绪，有了底气与他大吵大闹，要孙团长答复，开口就是一月加三十。孙团长说不可能，因为这口子一开，都要加，他招架不住。这个花脸第二天早上就不辞而别，竟然把兰翠也带走了。这位大花脸，有真本事，脸上的肉能一块块动，吐口须的功夫尤其好，观众喜欢，只要他脸上的肉扯动吐口须，台下就会打赏飞钱，放鞭炮。孙团长对女人大方，对男人小气。这一下跑了两个主角，让孙团长没有面子，躲在房间里不出来。到外地演不成了，好在那位大花脸师傅传授了一个新连台本《粉妆楼》，剧团只好在吴溪镇上演出。虽观众不多，但毕竟能把每人的工资勉强挣回来。

孙团长像被霜打了一样，整天喝酒。他还是把春雁喊去吃菜，有时候有分寸地动动手脚。他似乎有点畏春雁。他把春雁的工资加到每月一百元，说是她干了两个人的活儿，这工资绝对比镇长的工资还高。春雁拿着这些钱去买衣裳，也把余下的钱寄回仓道的家去。

不过，春雁经过深思熟虑，觉得自己要待在这个剧团，就是伴孙如伴虎。她想了个好办法，这就是故意靠近孙团长的儿子昌泰，让孙团长觉得她是在与昌泰谈朋友，他就不敢太放肆了。

这招果然有点灵。春雁跟昌泰一起上街，给他洗衣裳，甚至跟他一起看电影，吃夜宵。昌泰比较老实，完全不像他的父亲，在黑黢黢的电影院，两个人挨着，他竟然连春雁的手都不碰一下。而孙团长看到春雁与儿子成双成对，再没有对春雁的不良举动了。

六月，孙团长到外地戏班请师傅去，要春雁陪着去，春雁不去，孙团长只好把桂英带上，桂英甭提有多高兴。孙团长安排昌泰和春雁暂管剧团的工作。

因为昌泰有这么个父亲，春雁是不会找他的，何况昌泰太平庸，连当演员也是混日子，抽烟喝酒样样在行，还有赌博恶习，入不敷出，经常找他爹要钱。有时候他整夜不回，就是去赌博了。当时兴一种花牌，镇上的人打上了瘾，剧团也打，连春雁都学会了。春雁瞧不上昌泰，她认为自己有过古建设那样才貌双全的男孩入过她的心，其他的男人都不值得她动心了。

春雁继续去县城寻找古建设，到处打听。

昌泰有个同学叫梦得，人很朴实，没多少话，经常到剧团看演员排戏。他是吴溪镇上人，在镇农机修配厂上班，也会修理摩托车。他没有摩托，可修理的时候常常把摩托车骑出来载着昌泰和春雁在长江大堤上兜风。春雁坐在昌泰后面，抱着昌泰的腰。有一次，三人骑得很远，到了县城，玩了半天，昌泰还请他们吃了一顿火锅。在县城时，春雁寻找古建设的念头又强烈地蹿出了。她有一次在街上碰到梦得，梦得又邀她上车去兜风。春雁就说："去县城帮我找个人。"梦得爽快答应，带上春雁就骑往县城。

路上，春雁编了个故事，说当时一个叫古建设的驻队干部，她父亲借了他二十元钱忘了还，后来想起来，那人已经走了，但找不到这个人了，只知道他在县里一个街道工厂上班，其他不知。只能去撞，她爹吩咐这钱是怎么都得还的，不然心里不安。

那到哪里找去？县城这么大，街道里的工厂那么多。问她有没有多一点的线索，春雁说，这个叫古建设的会办墙报，会画画，字她认得，会写一种隶书，跟别人写得不同，超级好看，如果看到他办的墙报，就找到人了。

梦得骑着摩托，陪春雁穿街走巷，到处问工厂的门房，到处找墙报，一天一无所获。又过了几天，春雁又碰上了梦得，他又在骑摩托，又问今天去不去县城找。春雁说去，于是请了个假又坐在梦得后头去了。

三个月里，他们去了五次，共五天。在县城，头都转晕了，但梦得一直陪着她，没一句怨言，脾气好得像是自己的哥哥，可她没有哥哥。

有一天下午，梦得来找春雁和昌泰，说他打了几只斑鸠，让他们去喝酒，春雁他们就去了。农机修配厂不像工厂，破铜烂铁堆得到处都是，一个大车间，杂乱无章。梦得住在一间工具房的隔壁，屋里到处是油衣服、木箱子和油盆。地上高低不平，窗子没有玻璃，用塑料布扯着。那些斑鸠都已经剁了，梦得用煤油炉炒，一手扶锅一手握铲。春雁正在看他的房间，他说："春雁，还是你来吧，你炒的肯定比我炒的好吃。"

春雁炒得满屋辣味。炒熟了，梦得端出一个用木板钉的小桌，就用碗倒酒，三人围着一大碗斑鸠吃起来。梦得很热情，自己先喝了半碗，要春雁他们喝，昌泰也喝了半碗。看到梦得的真诚，春雁不好推辞，喝了两口，觉得酒很好喝，辣是辣点，但很爽，能推倒忧愁，直奔快乐。

昌泰喝得一塌糊涂，倒在梦得的床上像猪一样哼哼。梦得也差不多了，可他说："春雁呀，哪天我再陪你去找那个古建设，你为二十块钱，这样找人还钱，我就知道你好善良，你父亲也善良。"春雁就把酒全倒进嘴里了，说："谢谢梦得哥。"梦得看到她哭了，就很吃惊，问她哭什么。春雁说哭自己。梦得说："那也是呀，剧团必定不是长久之计，又不能解决户口，除非到县剧团还差不多。"

"明天陪我去县城。"春雁说。梦得答应了，说要借到摩托。春雁要回去，可扶着桌子站起来，不稳。梦得就说要送送她。两个醉鬼歪歪扭扭地走着，春雁靠在梦得的肩上，说："梦得，你这个名字好怪。"梦得说："我娘做梦得子，果然生了我。"

春雁说："我今天出丑了。"梦得说："没有，你喝酒也好看，你的戏演得好，凡是你演出，我都要看的，看一千遍也不厌。"春雁说："这是假话，哄我穷开心的，现在的年轻人，哪个喜欢看这种戏，像瞎子喊街。"梦得说："我说的是真心话，春雁，就是因为你在剧团，我才有事无事去那里玩，就是想看看你。"

梦得把春雁搂得更紧了，她感觉走在棉花上，云端里。梦得搂着她的胳肢窝，慢慢地搂到她的胸脯上。梦得比她高一个头，她只好把头埋在梦得怀里。梦得吻她的脸，吻她的嘴，她像麻木了一样。

第二天，梦得真的又骑摩托来了。两个人在县城转悠了一天，晚上才回到吴溪镇。一身汗水，在剧团又没有洗澡的地方，春雁就说："我拿几件衣裳去你们厂澡堂洗个澡去。"

她拿了衣裳，到了修配厂澡堂，洗了澡，又洗完衣裳出来。很晚了，梦得让她到他宿舍去坐坐，说过一会儿他送她回去。

澡堂离他宿舍不远，打开房门，春雁说："你屋里一股的霉味加烟味。"梦得说："这是没有女朋友的悲剧。"春雁问梦得有没有关系可以搞个城镇户口。梦得说，这得找关系，你把你的情况写一个东西，以剧团的口气写，然后要昌泰的爹盖个章递上去。春雁说，剧团的公章就是她拿着的。梦得说，这就好了，赶快写，他再去找人。他又说："还有另外一条路是，你找个城镇户口的人结婚，问题就简单多了，解决会快一点。"

春雁听出了他的意思，没出声。梦得就挑明了："春雁，跟我结婚吧，我一定把你的户口弄到吴溪来，再给你找个工作，别再当演员到处流浪了，好不好？"

春雁摇头。梦得扳着她的肩，说："怎么？我是不配你？你长得漂亮，但你相信我，以后我会对你很好的。"春雁说："你爹妈会同意吗？我是乡下人啊。"梦得说："我说了一定解决你的户口，我还能骗你吗？我一定想天方打地洞。如果我们成家有小孩了，小孩跟母亲入户，不为你着想，也要为后代着想啊。至于家里的工作，我去做，我爱你，谁也不能阻挡，现在又不兴包办婚姻，父母管得了儿女啊？”

春雁想："你口里是这么说，但我春雁瞧不瞧得起你还是问题。"说久了，春雁要走，梦得说："你就睡我这里算了，我去隔壁工友那儿借宿。"给她带上门，自个儿走了。

春雁坐了一会儿，见没有动静，便拉熄电灯，脱衣上床了。她迷迷糊糊睡了一会儿，感觉黑暗中有人钻她的被窝，她问："谁？"那人按住她说："是我。"

梦得紧紧地抱着她，她说："你走，你莫动我，不然我就喊了。"但是梦得浑身着火，正去脱她的内衣。梦得咬着她的舌头，她喊不出声，只觉得下面一阵灼痛，便知道已经发生了什么。

什么都献出去了，春雁把自己的命运全托付给了这个并不怎么了解的小伙子梦得。他们的关系公开化了，昌泰悻悻的，酸梦得说："你他妈的厉害，夺我所爱啊，梦得只是笑，抱得美人归。"孙团长却老了脸，把哮喘都气出来了，把春雁叫去，痛苦地说："春雁，你辜负了我一片心意。你不是跟昌泰好好的吗？"春雁就说："一切都是天定吧。"

孙团长说："恭喜你找了吴溪镇上的一个地痞，一个赌棍。"春雁说："那也是我的命。反正就这样了，以后我会尽心尽力地演出，跟过去一样，我把您当作我尊重的长辈。"

春雁怀孕两个月的时候，他们匆匆结了婚。梦得的父母对春雁非常满意，这个儿子初中肄业，基本就是个文盲，人家女孩漂亮标致，还是高中毕业。虽是农村户口，他们这样的城镇户口也没有啥优越的，一贫如洗，房子还是个破旧的土墙屋，梦得母亲也没有工作，家庭妇女一个。他们就在土屋里欢天喜地结了婚，置办了一套家具，买了台黑白电视机，就算有了个家。

婚后回娘家，物是人非，春雁已成他人妻。她挽着梦得的手臂，有一种完成任务之感。当经过她与古建设坐过亲过的地方时，往事像电影一样浮了出来。这地方经常入梦，现在已远走了。梦得长相不错，有工作，城镇人，自己肚里有他的孩子，人生就这么回事，春雁想。

春雁娘见新女婿上门，高兴得不行。女婿带来了许多东西，有衣服，有鞋子，有点心，有给岳父母的，也有给春雁两个妹妹及春雁的好友腊梅姐妹的。

晚上，腊梅她们都来了，吃喜糖，送恭贺，见了面说想死了想死了。问起腊梅的情况，腊梅说刚跟九高订了婚，订婚照也照啦。腊梅说："还是春雁你有胆气，有福气，跟我们比，你成上等人啦，又是全县的著名演员，又嫁到城里了，你真有能耐啊！"春雁只把苦水咽在肚里，对她们说："还是家里好，我说的是真心话。"

回到吴溪，春雁吃不下饭，呕吐，就没上剧团去了，在她公公的帮助下，到镇里一个腌制皮蛋咸蛋的食品加工厂搞出纳去了。

他们从家里搬出来，租了一间旧房子居住。渐渐地，春雁发现梦得的许多恶习暴露出来了，经常夜不归家，赌博，领到的工资没几天就输光了。春雁的几个工资，要买营养品，要吃饭，还得给梦得买烟抽，梦得输得连烟钱也没了，四处借钱，欠了一屁股债，经常有人到家里来找梦得，是来讨钱的。究竟欠多少，梦得含糊其词，春雁也不知道，在床上问他，他总是爱理不理，恶狠狠地说："男人的事，管得宽，又不要你还！"

春雁说："你是我男人，我怎能不管？你这样生活，有什么前途？"梦得说："你管好你自己，少让人说些闲话！""无聊！无聊！"春雁气愤，哭泣，独守空房，举目无亲。

有一天下班回来，春雁吃完饭，为未出世的孩子织毛衣。这时有人敲门，以为是梦得，可开门一看，是个穿皮短裤的女孩，比自己小得多，估计十六七岁。春雁问她找谁，那女孩说找梦得。春雁很警惕，很诧异，又问有什么事。那女孩在门口掏出一支烟来抽，也不说话，只是看着春雁的肚子。那时候春雁已有六七个月身孕，出怀了，见女孩盯着她的肚子，更疑惑了。终于，女孩子说："梦得跟我有了那个事，我现在已经怀孕三个月了，他丢下我不管，他害了我。"

春雁眼前一黑，差点晕倒。这么个修理工，结婚不久，又找女孩行骗鬼混，这还是个人吗？

女孩子没在这儿寻死觅活，也没吵没闹，看起来弱小，但走时却丢了一句狠话"要梦得去见我，我这次没带我哥来，我哥来了，是一定要教训他的！"

春雁在后头问她："你姓什么？"那女孩说："就说是刘豺狗的妹妹！"

刘豺狗？恍惚听说过这个名字，他心狠手辣，当知青时用狼牙棒夯死过人，坐过牢刑满释放不久。等到梦得回来，春雁冷静地告诉他刘豺狗的妹妹来找过他。他马上收拾东西说："你回娘家躲躲，我得到沙市去。"

当晚，梦得也没给春雁道个歉，就迅速溜了。春雁也赶快收拾东西，装进她在剧团转点的旅行包，坐到天亮，然后挂上锁，离开吴溪镇，回仓道娘家去了。

回到家里，春雁的第一个想法是把肚里的胎儿打掉，她觉得给这样的男人生孩子不值，只能是自己一生的负担和屈辱。母亲问为什么要打掉孩子，春雁只是说不想拖累，过几年再要。她别的没说，也不好意思说。哑巴吃黄连，有苦说不出，说出来让人笑话。

春雁娘天天给她炖鸡炖鸭，她没有胃口，吃不下。就给娘说了，过几天梦得就来接她的，娘便天天叨念女婿来接自己的女儿，却总不见人影。娘讲得烦了，春雁想到落锁的吴溪家里，正好有个便车，于是就回了吴溪镇。

租住的家哪还有，门被撬了，家具和锅盆碗盏被砸了一地。没有梦得的人，去他单位问，说他好久没来上班了。那就死乞白赖地住到他父母家中去。他父母已经知道儿子干了什么事，对春雁说对不起她，这孩子不争气，把她害了。说刘豺狗兄妹天天到家里来闹，不晓得梦得跑哪儿去了。

看情况不对，春雁下了决心把孩子打掉。她重回租住的地方，搬砖把砸坏的床垫起来，买了锅碗、煤炉，自己想以后的事。

第二天，她步行到县城，想去县城医院做手术。到了县人民医院妇产科，医生说没有证明不能做，引产是要大队和单位证明的，还要管计划生育的领导来，春雁的心凉了半截。她沿着江边的树林往回走，走几步，歇几步，浑身乏力，越是离吴溪近，就越没精神。忽然，她看见从吴溪方向过来一个骑车人，好生面熟，是古建设！古建设也认出她来了，下了车就吃惊地喊："春雁，是你！你是春雁吗？"

春雁快掉下泪来了，"扑哧"一笑，说："不是我是鬼！"古建设说："你怎么出现在这里？"

　　这就说来话长了。古建设让春雁坐下来，还将头上的草帽取下垫在春雁屁股下。春雁说这不好，要把草帽拿出来。古建设说，没事没事，一个帽子没事的。两人四目尴尬相对，古建设嘿嘿傻笑。

　　然后还是春雁说了，说她先在吴溪镇乡剧团，后来到食品加工厂做出纳，老公是搞修理的工人。就这些，其他不说，没什么可说的，没说她到吴溪镇是因为想离他近一些，没说到县城找了他多少次。只问当初她寄给他的照片和信为什么没回。可古建设矢口否认接到过她的照片和长信。这就坏了，这封信遗失了，如果古建设说的是真话。古建设说，他后来招工到县里一个小床单厂，先是搞工人，后来搞美工设计，再后来，被抽调到轻工业局搞专案。所谓专案，就是审讯。高考恢复后，因为搞专案是日夜两班倒，他完全没有时间复习，结果考砸了，心情灰暗了好久。第二年又考，又考砸了，也就死了这条读书的心。后来见春雁没有一点消息，也就没联系了。

　　古建设说："没想到在这儿碰见你。"他是去了另一个镇出差回来。

　　春雁问古建设："你结婚没？"古建设嗫嗫嚅嚅，吞吞吐吐，不好意思说。他说他找了个床单厂的工人同事，没春雁漂亮。准备结婚，她被派到沙市床单厂学习去了，要几个月才回来。

　　古建设说："春雁，过去的时光越久，越珍贵，可是我们都回不去了，只有怀念与回想。你送我的一双绣花鞋垫，我还保存着，并且根据上面的绣花图案，设计了好几种床单，很好销，给床单厂赚了不少钱。我家里垫的床单就是你绣花鞋垫的图案。"春雁当然记得找腊梅学的绣花，但图案她早忘了，就说："真的呀，不会是哄我的吧？"

　　古建设说："那我们去看看，看是真是假！"就要春雁回转，去县城看下他的床单。

　　春雁说："走不动。"古建设说："我用车托你。"

　　说走就走，春雁坐在古建设的自行车后头，那一年在仓道的感觉似乎又回来了。问了春雁爹娘，春雁说她娘老念叨他，整天"小古小古"的。古建设说："你娘待我太好了，总有一天我会去看她的。仓道有美好的纪念，有你的小房间，有禾场、草垛，有树林……"

　　古建设的住房也很差，是单位的老房子，一室一厅，家具是全的，厨房

227

用具也齐全。进去后，古建设就让春雁看床单，又从书桌的一个抽屉里拿出一双鞋垫。天啊，真是一样的绣花图案，就像对上了暗号。春雁接过鞋垫，认出这是自己绣的，是崭新的，没有用过。古建设过来坐在她旁边。她抱住了他，眼泪滚滚而下。古建设抱着她，吻她，给她擦泪，摸着她头上的白发，说："没有增多，但还是要治，我去医院开药给你吃。"春雁说："治不了，想你想白的。"古建设抱紧春雁，要她躺着休息，他去街上餐馆买排骨汤和饭来。春雁躺在自己绣出的图案里，有穿越感，有温馨感，有安宁感。这时，风雨不存在，苦难和挣扎也不存在。存在的是现在躺在古建设的床上，就像在自己的小家一样，梦中温馨的小家。

不一会儿，古建设买来了热气腾腾的排骨汤，上面飘着葱花，是给春雁吃的。吃过之后，天黑得沉，古建设让她别走了，怕路上有闪失。自然而然，两个人就在鞋垫图案的床单上躺了下来。

是个女孩，春雁在吴溪生的，梦得的母亲照顾她。梦得没有回来，梦得以后再也没有回来，也没任何音信。后来，春雁依然在吴溪镇食品加工厂上班，把孩子送回仓道交给了她母亲带，户口没上。女儿叫古建设"爸爸"。

（原载于《清明》2020 年第 1 期）